亦舒
作品
○1

亦舒 著

喜宝

CTS 湖南文艺出版社
HUNAN LITERATURE AND ART PUBLISHING HOUSE
博集天卷
CS-BOOKY

目
录

喜

宝

我曾经被爱过。我想，是的。

他们都爱过我，再短暂也是好的。

我不介意出卖我的青春。青春不卖也是会过的。

"我一直希望得到很多爱。如果没有爱，很多钱也是好的。

如果两者都没有，我还有健康。我其实并不贫乏。"

我并不想走，我恨他的时候有，
爱他的时候也有，但我不想走。

生命是这么可笑，我们大可以叠起双手，
静观命运的安排与转变，何必苦苦挣扎。

勖存姿的故事是完了，
但姜喜宝的故事可长着呢。

一

我曾经被爱过。

我想，是的。

他们都爱过我，再短暂也是好的。

认识勋聪慧是在飞机上面，747大客机，挤得像二轮戏院第一天放映名片。我看到她是因为她长得美，一种厚实的美。她在看一本书。

客机引擎"隆隆"地响，很明显地大部分乘客早已累得倒下来，飞机已经连续不停地航行十二个小时。但是她还在看书。我也在看书。

她在看一部《徐志摩全集》，我在看奥·亨利[1]。

全世界的名作家最最肉麻的是徐志摩，你知道：我是天空里的一片云，偶尔投影在你的波心……多么可怕。但是这年头中国学生都努力想做中国人，拿着中国书，忙着学习中国文艺。

真是疲倦。我打个大大的哈欠。关掉顶上的灯，开始歇睡，奥·亨利的《绿门》——男主角经过站在街边发广告卡片的经纪，卡片上写着：绿门。别人拿到的都是"爱咪公司春季大减价"。他再回头拿一张，又是"绿门"，终于他走上那家公司的楼上探险，在三楼看到一扇绿门，推门进去，

[1] 奥·亨利：欧·亨利，美国短篇小说家，美国现代短篇小说创始人。

救起一个自杀濒死的美丽女郎。他发觉"绿门"不过是一家夜总会的名字。他们后来结了婚。

一切属于缘分。

很久很久之后，我隔壁的女孩子还在看徐志摩，她掀到《爱眉小札》。我翻翻白眼，我的天。

她笑，很友善地问："你也知道徐志摩？"

"是，是，"我说，"我可以背出他整本诗集。"

"呵！"她惊叹，"真的？"

我怀疑地看着她，这么天真。可耻。

我问："你几岁？"

"十九。"她答，睁大圆圆的眼睛，睫毛又长又卷。

十九岁并不算年轻。她一定来自好家庭，好家庭的孩子多数天真得离谱。

她说："我姓勖，我叫勖聪慧，你呢？"她已经伸出手，准备与我好好地一握。

"勖？我不知道有人姓这样的姓，我叫姜喜宝。"

"真高兴认识你。"她看样子是真的高兴。

我被感动。我问："从伦敦回香港？"最多余的问题。

"是，你呢？"她起劲地问。

"自地狱回天堂。"我答。

"哈哈哈。"她大笑。

邻座的人都被吵醒，皱眉头，侧身，发出呻吟声。

我低声说："猪猡。"

"你几岁？"她问我。

"二十一。"我说，"我比你大很多。"

她问："你是哪个学校的？"

啊哈！我就是在等这一句话，我淡淡地答："剑桥，圣三一学院。"

勖聪慧睁大了眼睛。"你？剑桥？一个女孩子？"

"为什么不？"我仔仔细细地看着她问。

"我不知道，我并不认识有人真正在剑桥读书。"她兴奋。

"据我所知，每年在剑桥毕业的都是人，不是鬼。"

她又忍不住大笑。我真的开始喜欢这个女孩子，她是这么愉快开朗，又长得美丽，而且她使我觉得自己充满幽默感。

"明天下午可以到达香港。"我说。

"有人来接你？"她问。

"不。"我摇摇头。

"你的家人呢？"她又问。

我问："你姓勖，哪个勖？怎么写法？"

"冒字旁边一个力。"她说。

"仿佛有哪一朝的皇帝叫李存勖，这并不是一个姓。"我耸耸肩，"你叫　—聪慧？"

"嗯。"她点点头，微笑，"两个心，看见没有？多心的人。"

我才注意到。两个心，多么好，一个人有两个心。

"我们睡一会儿。"我掏出一粒安眠药放进嘴里。

"服药丸惯性之后是不好的。"她劝告我。

我微笑。"每个人都这样说。"我戴上眼罩。

哪天有钱可以乘头等舱就好了，膝头可以伸得直些。

我昏昏沉沉睡了很久，居然还做了梦，十八岁那年的男朋友是个混血儿，他曾经那样地爱我，约会的时候他的目光永远眷恋地逗留在我的脸上，我不看他也懂得他在看我，寸寸微笑都心花怒放。可是后来他还是忘了我。一封信也没有写来。这么爱我尚且忘了我，梦中读着他的长信，一封又一封，一封没读完另外一封又寄到，每封信都先放在胸前暖一暖才拆开来阅读。

醒来以后很惆怅。我忘了他的脸，却还记得他未曾写信给我，恐怕是因为恨的缘故。

身边两个心的聪慧说："每次乘飞机回香港，我都希望能够把牙齿刷干净才下飞机。"

我很倦，看着她容光焕发的脸，这女孩子是奇迹。我点点头。是，刷牙。她担心这种小事。

"真没想到在飞机上认识一个朋友。我可以打电话给你吗？"她问得这么诚恳，相信我，勖聪慧是另外一个星球的生物，她那种活力与诚意几乎令人窒息，无法忍受。

"是，当然。"但是我没有说出号码。她把小簿子与笔取出来。"请说。"她真难倒我，只好把号码给她。

飞机降落。我们排队过护照检查处，勖聪慧与我一起等行李，取行李。我注意到她用整套路易维当[1]的箱子。阔人。

我只得一件新秀丽[2]。往计程车站张望一下，六十多个人排队。没有一辆车，暗暗叹口气。

勖聪慧问："没有人接你？"

我摇摇头。

---

[1] 路易维当：路易威登，Louis Vuitton，简称 LV，奢侈品牌。

[2] 新秀丽：Samsonite，国际著名箱包品牌。

"来搭我家的车子，来！"她一把拉我过去。

车子在等她，白衣黑裤的女佣满脸笑容替她挽起行李，放入车厢——劳斯莱斯的魅影。这次可好，姜喜宝出门遇贵人。心中千愿万愿，我嘴里问："真的不麻烦？我可住得很远。"

"香港有多大？"她笑得太阳般，"进来。"

司机关上车门。我说出地址。到家门口勖聪慧又与我握手道别，司机还坚持要替我把箱子挽上楼，我婉拒，自己搭电梯。

到门口就累垮了，整张脸挂下来。我想如果我拥有勖聪慧一半那么多，我也可以像她那么愉快。

我长长地按铃。老妈来开门。

我疲倦地说："嘿，老妈。"坐下来。

"你回来做什么？"她开口，"有钱买飞机票，不会到欧洲逛？"

"我想念你，妈妈。"我说，"你或许不相信，但在这个世界上，你只有我，我也只有你。"

老妈眼泪流下来。"女儿。"

"妈妈。"我们拥抱在一起。

哭完一场之后我淋浴，换上干净衣服，与老妈在一起吃盒饭。我细细打量她，她也细细打量我。我说："妈妈你眼睛后有皱纹。"

"四十岁。"老妈放下筷子，"还想怎么样？我年年身材维持三十五、二十五、三十五。瞧你那样子，你都快比我老啦，再不节食，立刻有士啤呔[1]。"她白我一眼。

---

[1] 士啤呔：spare tire，即后备车胎。粤语中常用来取笑人胖了，腰上的肥肉藏不住挤出来，形成"一波三折"的走样身材。

背影仿佛像他，都吓一大跳，急急忙忙避开。奇怪，当初脱离家庭也是为他，结婚生子也是为他。一切过去之后，我只觉得对不起你，女儿。错在我们，罪在我们，你却无端端被带到世界上来受这数十年苦楚。"

"我的天，又讲耶稣。"我打哈欠，"我要睡了。明天的忧虑自有明天担当。"

我拿出安眠药吞下，躺在长沙发上，一会儿就睡熟。每次都有乱梦。梦见穿着白裙子做客，吃葡萄，吃得一裙紫色汁液，忙着找地方洗……忽然来到一层褴褛的楼宇，一只只柜子，柜子上都是考究白铜柄的小抽屉，一格一格，像中药店那样，打开来，又不见有什么东西。嘴里念念不忘地呢喃，向陌生人细诉："他那样爱我，到底也没有写信来。"还是忘不了那些信。

醒来的时候，头痛，眼睛涩，像刚自地狱回来，我的天，一切烦恼纷沓而来，我叹口气，早知如此，不如不醒。而且老妈已经上班去矣，连早午餐的下落都没有。

我想结婚对她来说是好的，可以站在厨房削一整个上午的薯仔皮，够健康。所有的女人都应该结婚，设法叫她们的丈夫赚钱来养活她们。

老妈的日子过得很苦，一早嫁给父亲这种浪荡子，专精吃喝嫖赌，标准破落户，借了钱去丽池跳舞，丽池改金舫的时候母亲与他离婚，我大概才学会走路。我并未曾好好与他见面，也没有遗憾，我姓姜，母亲也姓姜。父亲姓什么，对我没有影响。

真是很悲惨，我知道我有更重要的事去忧虑，譬如说：

下学期的学费、住宿与零用。

我不认为韩国泰先生还有兴趣负担我下年度的开销。我们争论的次数太多，我太看他不起，对他十分恶劣，现在不是没有悔意的。

我的学费，我的头开始疼。

电话铃响，我接听筒。

"咏丽？"洋人念成"WingLi"，古古怪怪，声音倒很和善。

"咏丽不在。"我说。

停了一停。"你是谁？"

"我？我是咏丽的女儿。"

"噢！嘿！"他很热诚，"你好吗？剑桥高才生。"

"母亲告诉你我是剑桥的？"我问。

"自然，"他说，"你是你母亲的珍珠！啊，我是咸密顿[1]。"

"你好，咸密顿先生。"我问，"你送我母亲的钻石，是不是巨型的？将来你待她，是否会很仁慈？"

"是，我会，珍珠，我会。"

"我的名字不是珍珠。"我叹口气，"你打到她公司去吧，请爱护她，谢谢。"我挂上电话。

我走到窗口站在那里。香港著名的太阳曝晒下来。我们家的客厅紧对着别人的客厅，几乎可以碰手，对面有个穿汗衫背心底裤的胖子，忽然看见了我，马上"咔"的一声拉下百叶帘，声音这么清晰，吓了我一跳。我身上也还穿着内衣，

---

[1] 咸密顿：汉密尔顿。

我没拉帘子，他倒先拉下了，什么意思？可能他在帘子缝那里张望着。

我留在家中做什么？我是回来度暑假的，我应该赶到浅水湾去晒太阳。

电话铃再响，我又接听，没想到老妈的交游竟然如此广阔。但这一次那头跟我说："姜喜宝小姐？"

"我是。"我很惊异，"谁？"

"你猜一猜。"

我的天。猜一猜。

我想问：伊丽莎白二世？爱丽斯谷巴[1]？

忽然心中温柔地牵动。很久之前，韩国泰离开伦敦到巴黎去度假，才去了三天，就叫先回来的妹妹打电话问我好。那小妹妹一开口也是："猜我是谁？"

我曾经被爱过。我想，是的。他们都爱过我，再短暂也是好的。他们爱过我。我的心飞到三千里外。

电话那边焦急起来："喂？喂？"

"我是姜喜宝。"

"你忘了？记性真坏，我是劭聪慧。"聪慧说，"昨天我们才分手。"是她，黄金女郎。

"你好。"我说，实在没想到她会真的打电话来，我又一次被感动，"你好，聪慧，两个心的人。"

"想请你吃饭。"她说，"有空吗？出来好不好？家里太静太静。"

---

[1] 爱丽斯谷巴：爱丽丝·库珀，Alice Cooper，美国休克摇滚歌手。

"现在？"

"好不好？"她的恳求柔软如孩童。

"当然！"我慷慨地说，"聪慧，为你，什么都可以。"

"我开车来接你，我知道你住哪里，三十分钟以后，在你楼下见面，OK？一会儿见。"

看，有诚意请客的人应该如此大方，管接兼管送。

聪慧准时来到，挥着汗，开一辆黄黑敞篷小黑豹跑车，使劲向我挥手。如果我是个男人，我早已经爱上她。

"我们哪里去？"我嚷。

"看这太阳，管到什么地方去？"聪慧笑，"来！"

我也喜欢她这一点。

我们在公路上兜风，没有说话，只让风打在脸上，我感到满足，生命还是好的，活下去单是为这太阳为这风便是充分理由。

车子停下来，我笑问聪慧道："你可有男朋友？"

"嗯，"她点点头，"他明天从慕尼黑回来。他姓宋，叫家明。我会介绍你们认识。"

"真的男朋友？"我问。

"当然是真的。我们就在这几天订婚。"她憨笑。

我把头俯下，脸贴在表板上，太阳热辣辣的，聪慧的欢欣被阳光的热力蒸发出来，洋溢在四周围。我代她高兴——这年头至少还有一个快乐的人。

我侧着头问："告诉我，聪慧，在过去的十九年当中，你尝试过挫折没有？"

她郑重地想一想，摇头说："没有呢。"非常歉意地。

我点点头，我代聪慧高兴。

"我们从这里又往哪儿去？"我问。

"回家去。"她问，"在我家吃饭？"

"好。"我很爽快，总比吃盒饭好。澳洲人也许约了老妈出去。

"我介绍哥哥给你。"她说。

"他也回来度暑假？"

"他一直在香港，从来没有在外面读过书，他与我都不是读书材料。我又比他更糟，一家学院跳着换第二家，年年转学院：伊令工专转伦敦，武士德换到雪莱，我在英国六年，年年不同中学与大学，我只是不想回香港。在外头听不见母亲啰唆。"

我点点头，表示了解。"但为什么不喜欢读书？"我问，"读书很好玩的。"

她耸耸肩。"我不喜欢。甲之熊掌，乙之砒霜。你是喜欢念书的，我看得出来。"

"这完全是个人的需要问题。"我说。

我知道我需要的是什么，我太知道，是的，我睁着双眼，"机会"一走过便抓紧它的小辫子。

"你是怎么进入剑桥的？"聪慧好奇地问。

"我跟拜伦是老朋友。"我向她眨眨眼，"他介绍我。"

聪慧捧住头大笑："天啊，你实在太好了，你怎么会是一个如此开心的人？"

我反问："如果我说那是因为'信耶稣'的缘故，你相信吗？"

聪慧一怔，伏在驾驶盘上，笑得岔了气，抬不起头来。我耸耸肩。其实我说的话有什么好笑？只不过她特别纯情，听什么笑什么。

聪慧说："我一定要介绍你给聪恕，他会爱上你，任何男人都会爱上你，真的，你的男朋友一定以吨计算。"

"我没有男朋友。"我说。

"我不信。"

"如果我有男朋友，"我摊摊手，"我还会在此地出现吗？"

"那么我介绍聪恕给你，他有其他的女友，但是我与姐姐不喜欢她们。喂，你一定要来。"聪慧很坚决。

"聪恕。"我问，"你们家人人两条心？姐姐叫什么？"

"聪愁。"她答，"就我们三个。"

"聪明的人睡着了。"我笑，"这名字舒服。"

"来，我们回家吃饭。"聪慧发动引擎。

我按住她的手："慢一慢，聪慧，你对我完全没有戒心，你甚至不知我是坏人还是好人。"

聪慧惊讶地看着我："坏人？是坏人又怎么样？你能怎么害我？你不过是一个女孩子，能坏到什么地方去？咱们俩打起架来，说不定还是我赢呢！"

她并不笨，她只是天真。

我点点头。

车子向石澳驶去。

聪慧说："本来我们住浅水湾，但是后来游泳的人多，那条路挤，爹爹说大厦也盖得太密，失去原来那种风味，所以搬到石澳。我们一向住香港这边，九龙每个地区都杂得很。"

"你爹爹很有钱？"我问。

聪慧摇摇头："不见得，香港有钱的人太多太多，我们不过吃用不愁，他有生意在做，如此而已。"

"他多大年纪？"

"比我妈妈大很多，妈妈是第二任太太，大姐姐的生母去世后，爹爹娶妈妈。妈妈才四十岁。"

糟老头子。

车子驶入石澳。有钱真是好，瞧这条路上的风景，简直无可比拟。

聪慧又说："爹很宠妈妈，妈妈的珠宝都是'辜青斯基[1]'的。"

我诧异："卡蒂亚[2]的不好吗？"

聪慧笑："那是暴发户的珠宝店，暴发户只懂得卡蒂亚。"她当然是无意的。

我的脸却热辣辣红起来。

聪慧问："在伦敦你住在哪里？"

"宿舍。"

"爹有房子在李琴公园，我有一次看见玛嘉烈公主[3]，她有所房子在那里——我直说这些，你不觉老土吧？宋家明最不高兴我提这些事。"聪慧笑。

车子驶到一栋白色洋房前停下，聪慧大力按车号，好几

---

[1] 辜青斯基：kutchinsky，波兰的古老珠宝品牌，距今有一个多世纪的历史，以工艺繁复、设计精美著称。

[2] 卡蒂亚：卡地亚，Cartier，法国钟表及珠宝制造商。

[3] 玛嘉烈公主：乔治六世和伊丽莎白·鲍斯－莱昂所生的小女儿，现任英女王伊丽莎白二世之妹。

个男女用人走出来服侍她。

黄金女郎。我暗暗叹气。

我并没有忌妒。各人头上一片天，你知道。不过她是这么幸运。难得的是她还有个叫宋家明的未婚夫，如此懂得君子爱人以德之道。

勘家美轮美奂，不消多说。布置得很雅致，名贵的家私杂物都放在适当的地方，我与聪慧坐在厨房吃冰。就算是厨房，面积也好几百呎[1]。

我伸个懒腰，抱着水果篮，吃完李子吃苹果，再吃文丹[2]，再吃橘子、香蕉、葡萄。

聪慧问女佣：“少爷回来没有？”

女佣摇摇头：“没有，少爷叫把船开出去，看样子不会早回来。”他们家的女佣个个头发梳得光亮，笔挺的白衣黑裤。

厨房窗口看出去都有惊涛拍岸的景色，一道纱门通到后园，后园的小石子路通到石澳沙滩。

“看到那些白鸽了吗？”聪慧说，“老管家养的。”

白鸽成群在碧蓝的天空中打转，太美，我说：“像里维埃拉。”

“你说得真对，”聪慧笑说，“像意属里维埃拉，法国那边实在太做作，所以爹喜欢这里。”

老头子知道天不假年，能多么享受就尽量地享受。

我吸进一口气，在水果篮里找莱阳梨。

---

[1] 呎：英尺，英美制长度单位。一呎约等于0.3米。文中指平方英尺。

[2] 文丹：文旦，柚子的一种。

一个男孩子走进来，摔下外套，拉开冰箱，看也不向我们看一眼，拉长着脸，生着一桌人的气那样。

聪慧向我吐吐舌头。"二哥。"她叫他。

"什么事？"他倒一杯果汁。

"回来啦？"聪慧问。

"不回来我能看见你？"她二哥抢白她。

我心中冷笑，二世祖永远是这样子，自尊自大，永远离不了家，肯读书的还好些，不肯读书的简直无可救药，勖聪恕一定是后者。

聪慧却不放弃："二哥，我给你介绍一个朋友。"

"谁？"他转过头来，却是一张秀气的脸，漂亮得与聪慧几乎一样，因此显得有点娘娘腔。

我肆无忌惮地上下左右地打量他。他还只是一个孩子。或许比韩国泰先生更没有主意，注定一辈子花他老子的钱。

聪慧诧异："喂，你们俩这样互相瞪着眼瞧，是干吗呀？"

勖聪恕伸出手来："你好，你是谁？仿佛是见过的。"

聪慧笑出来，侧头掩着嘴，勖聪恕居然涨红了脸。

我惊异，这个男孩子居然对我有兴趣，我与他握手。"我姓姜。"我说。我可以感觉到，女人对这种事往往有莫大的敏感，他对我确是另眼相看。

"姜小姐。"他搬张椅子坐下来。

聪慧问道："这么早便回来了？"

"是。"她哥哥说，"有些人船一开出，就是朝九晚五，跟上班似的。如果不能即去即回，要船来干什么？"

我微笑，兄妹俩连口气都相似。他们的大姐应该稍微有着不同——至少是同父异母。

勖聪恕犹疑一刻，他问："姜小姐，你可打网球？"

聪慧说："看上帝分儿上，叫她名字。而且从什么时候开始，你忽然尊称人家'小姐'的？"

勖家有草地网球场。聪慧有球衣球鞋，我们穿同样号码。换衣服时聪慧惊讶地说："哗！你有这么大的胸脯！我以为只是厚垫胸罩。"

我笑笑。她真是可爱。

我一点没有存心讨好勖聪恕。在球场把他杀得片甲不留，面无人色。他打得不错。我的球技是一流的，痛下过苦功。

我做事的态度便如此，一种赌气。含不含银匙出生不是我自己可以控制，那么网球学得好一点总不太难吧。

聪慧说："老天，你简直是第二个姬丝爱浮特[1]。"

"笑话了。"我放下球拍，用毛巾擦汗。

"淋个浴吧。"聪慧说，"宋家明快来了，我们一起吃晚饭。二哥，你不出去吧？"

"啊，不，不。"聪恕有点紧张。

"这毕竟是星期日，"聪慧说，"你有约会的话，不要客气。"

"不，不，我没地方去。"他说，"我与家明陪你们。"

我上楼淋浴，换回原来衣服，宋家明已经来到了。

一眼看到宋家明，我心中想：天下竟有聪慧这么幸运的女孩子，宋家明高大、漂亮、书卷气，多么精明的一双眼睛，富家子

---

[1] 姬丝爱浮特：克里斯·埃弗特，Chris Evert，美国著名女子网球运动员。

的雍容，读书人的气质，连衣着都时髦得恰到好处。他与聪慧并没有表露出太多的亲密，但是他们抬眼举手间，便是情侣。我最欣赏这种默契。

真是羡慕。

我坐在一角，忽然索然无味。我还是回到自己的世界去好，当初是怎么来的？连车子都没一辆，到时又要劳烦他们送，这年头却又少有周到人——聪慧怕是例外。

我对聪慧说："我有点累，出来一整天，想回去。"

"吃完饭，吃完饭我送你。"她说，"如果真是累，我也不勉强，我们家一向不逼客人多添一碗饭，或是多坐一小时。"她笑。

宋家明转过头来，双目炯炯。

回去，回去干什么？也不过是看书看杂志。

我点点头："吃完饭再说。"

那边的勖聪恕仿佛松了一口气。

他喜欢我。当一个男人喜欢一个女人的时候，他可以为她做一切事。只要她存在，他便欢欣。我知道。我爱过好几次，也被爱过好几次。

他说："吃完饭我送姜小姐回家。"

菜式并不好。大师傅明显地没用心思。宋家明沉默地观察在座几个人，令我坐立不安。其实我心中没有什么见不得人的事。

自卑，一定是自卑，所以我想离开这地方。宋家明对我有防备之心，他薄薄的嘴角暗示着：别梦想——仙德瑞拉[1]的

---

[1] 仙德瑞拉：辛德瑞拉，Cinderella，灰姑娘故事的女主角。

故事不是每天发生的。但勖聪恕并不是白马王子。

我放下筷子，与宋家明对望一阵，我要让他明白，我知道他在想什么。

聪慧正在诉说她与我认识的过程。

然后勖太太回来了。

一个四十岁左右的女人，头发做得一丝不乱，镶绲条的旗袍套装，优雅的皮鞋手袋，颈项上三串珍珠，手上起码戴着三只戒指，宝石都拇指甲大小。国语片中阔太太造型。她很美，那种富态型的俗艳，阔太太做久了，但还是甩不掉她原有的身份——这女人出身不会好。

正当我在研究勖太太的时候，猛一抬头，发觉宋家明在察看我的表情，他并不喜欢我。

真是奇遇，一天之间便见匀勖家的人。

勖太太客气地说："你们多玩玩。我上去休息。"她上楼，又转头问："姐姐今天会来吗？"

"没说起。"聪慧说。

"好好好。"勖太太终于走上楼梯。

我说："我真要走了。"

聪慧拉起我的手。"你怎么没有今早高兴？怎么了？有人得罪你？"

"谁会得罪一个无关紧要的人？"我笑着反问。

最后聪恕送我回家，路上一直没有对白。到家我只说声谢。他说："改天见。"我笑笑，我很怀疑再见的可能性，我并不是国色天香，他不讨厌我不一定代表会打电话来约会我。

老妈还没睡，她看上去很疲倦，正在看电视。

我洗把脸。

"人是有命运的吧？"我绞着毛巾问。

"自然。"妈妈叹口气。

"性格能控制命运？"我问。

"自然。一个女人十八岁便立志要弄点钱，只要先天条件不太坏，总会成功的。"妈妈说，"顾着谈恋爱，结果自然啥子也没有。"

"有回忆。"我说。

"回忆有屁用。"妈妈说，"你能靠回忆活命吗？回忆吃得饱还是穿得暖？"

我答："话不能这么说。"我笑笑。"爱人与被爱都是幸福的，寸寸生命都有意义，人生下来个个都是戏子，非得有个基本观众不可，所以要恋爱。"

"你与韩国泰怎么样？"妈妈问。

"他不是理想观众，他是粤语片水准，我这样的超级演技，瞧得他一头雾水、七荤八素。"

妈妈笑。

"真的，我这个人故事性不强……你能叫琼瑶的读者转行看狄伦汤默斯[1]吗？完全是两码子的事，边都沾不到，陪韩国泰闷死，格调都降低了不少。"

"没有人勉强你与他在一起。"

"怎么没有？我的经济环境勉强着我跟他在一起，这还不够？"

---

[1] 狄伦汤默斯：狄兰·托马斯，Dylan Thomas，英国诗人，作家。

"你确实不能与他结婚？"

"我？"我指指鼻子，"剑桥读 BAR[1] 的学生嫁与唐人街餐馆调酒师？"

"他父亲是店主，他也从来没冒充过他不是唐人街人马。"母亲不以为然，"你就是这一点不好。"

"妈妈，每个女人一生之中必须有许多男人作为踏脚石，如果你以为我利用韩国泰，那么你就错了，韩某在被利用期间，也得到他所需要的一切。他并不是笨人。"

"我反对你这么做。"老妈妈说。

"这是生存之道。"我说，"妈妈，你应该明白，我一个人在伦敦的日子是怎么过的。"

"你可以回到香港来，我不相信你找不到工作。"

我凄凉地微笑。"回香港来？在中环找一份工作？朝九晚六，对牢一个打字机啪啪啪。度过这么一辈子？我的要求比这个高很多呢，不幸得很。"

"如果你可以找到爱人，打字机的啪啪声也是享受。"

"爱人？"我叹口气。

"我到澳洲去后，这间房子便退掉，以后住在什么地方，你自己做准备——我对不起你，什么事大大小小都要你自己做打算——"

老妈说着眼泪又像要掉下来的样子，我连忙顾左右而言他，安抚她老人家。

我们两个都早早上床。

---

[1] BAR：律师，barrister 的缩写。

我在长沙发上辗转反侧，到清晨三点才吞安眠药，不知是否心理作用，老觉得天蒙蒙亮，想到词里的"梦长君不知"。真可悲，二十一岁已经靠安眠药睡眠，我独个儿坐在沙发上很久，点一支烟。

以前谈恋爱，电话就搁床头，半夜迷迷蒙蒙接了电话说的都是真心话，因为说谎需要高度精神集中。有人去了外国，一日早上六点半通话，我在长途电话中非常呜咽地问："式微式微，胡不归？"醒来之后觉得十分肉麻不堪。

白天工作的时候，穿上无形盔甲，刀枪不入，甭说是区区一个长途电话，白色武士他亲自莅临，顶多也是上马一决雌雄。但黎明是不一样的，人在这阴雾时分特别敏感，一碰就淌眼泪。

能够爱人与被爱真是太幸福。像勋聪慧，宋家明坚强有力的拥抱永远等候着她。离开父母的巢就投入丈夫的窝，玫瑰花瓣的柔软永远恭候她。真令人烦躁，到底是什么原因使她运气好得这个样子。

聪慧的电话又来了。她说家中有一个宴会，邀我参加。我虽有那个时间，却没有好衣服与好兴趣。我问："有特别的事吗？如果有人生日，最好告诉我，免我空手上门这么尴尬。"

她隔半晌说："是我与宋家明订婚。"她叫宋家明喜欢连名带姓，像小孩子唤同班同学，说不出的青梅竹马，说不出的亲昵。

"呵。"我有点无措。该送什么礼，我如何送得起体面东西。有钱人从来不懂得体谅穷朋友的心。

聪慧说："你来的时候带一束花给我，我最喜欢人家送花，行不行？"声音又嗲又腻。

"好好好。"我一迭声地应着，这还叫人怎么拒绝呢，难题都已解决。

后来我还是到街上四周转逛一个大圈子，想选礼物送聪慧，市面上看得入眼的东西全贵得离谱，一只银烟盒都千多元，送了去他们也不过随手一搁，耽在那里发黑，年代一久，顺手扔掉。聪慧这种人家什么都有，想锦上添花也是难的。所以我买了三打玫瑰花，淡黄与白相间，拿着上勖府去。

聪慧打扮得好不美丽！白色的瑞士点麻纱裙子，灯笼袖，我看得一呆。以前写小说的人作兴形容女孩为"安琪儿"，聪慧不就像个安琪儿？

她接过花，拥吻我的脸。

我坦白地说："不是你建议，真不晓得送什么才好。"

"宋家明想得才周到呢。"聪慧笑，"他的主意。"

我抬头看宋，他正微笑，黑色的一整套西装，银灰色领带，风度雍容，与聪慧站在一起，正是一对璧人，难为他们什么都替我想得周到。

聪慧说："你来见我们大姐。"她在我耳边说："不同母亲的。"

我记得她大姐姐叫聪憩。二十七八岁的少妇，非常精明样子，端庄、时髦。白色丝衬衫、一串檀香木珠子、金手表、一条腰头打褶的黑色猄皮裤子、黑色细跟鞋子，他们一家穿戴考究得这么厉害，好不叫人惊异。

聪慧悄声说："她那条裤子是华伦天奴，银行经理一个月的薪水。"

我笑:"你怎么知道银行经理多少钱一个月？你根本不与社会有任何接触。"

聪憩迎出来，毫无顾忌地上上下下打量我，然后笑:"早就听说有你这么一个人了，是姜小姐，单听你名字已经够别致。"

我只能笑。她是个精明人，不像聪慧那么随和。比起他们，我一身普通的服装忽然显得极之寒酸。

我喝着水果酒，聪恕走过来，他对我说道:"我想去接你，怎么打电话到你家，你已经出了门？"

我不知道聪恕打算接我，还挤了半日的车。我说:"没关系。"其实关系大得不得了。

"今天你是我的舞伴。"他急促地说。

"还跳舞？"我诧异。

"是，那边是个跳舞厅，一面墙壁是镜子，地下是'柏奇'木地板，洒上粉，跳起舞来很舒服。"聪慧不知什么时候走过来的。

我笑说:"我没跳舞已经多年。"

勋聪憩笑说:"想是姜小姐读书用功，不比我这个妹妹。"

聪慧说:"大姐姐是港大文学士，她也爱读书。"

勋聪憩看着我说:"女孩子最好的嫁妆是一张名校文凭，千万别靠它吃饭，否则也还是苦死。带着它嫁人，夫家不敢欺侮有学历的媳妇。"

我自然地笑:"可不是，真说到我心坎里去。"索性承认了，她也拿我没奈何，这个同父异母的姐姐非同小可，要防着点。

宋家明很少说话，他的沉默并不像金，像剑。我始终认为他也是个厉害角色，在他面前也错不得。

聪慧的白纱裙到处飞扬，快乐得像蓝鸟。差不多的年龄，我是这么苍白，而她是这么彩艳，人的命运啊。

天入暮后，水晶杯盏发出晶莹的光眩，我走到花园一角坐下，避开勖聪恕。

勖聪恕并不讨厌，只是我与他没有什么好说的。有些男人给女人的印象就是这么尴尬。相反地，又有一些男人一看便有亲切感，可以与他跳舞拥抱甚至上床的。韩国泰不是太困难的男人，相处一段时间之后，可以成为情侣，但渐渐会觉得疲倦，真可惜。

我坐着喝水果酒，因为空肚子，有点酒意，勖家吃的不是自助餐，排好位子坐长桌子，八时入席，我伸个懒腰。

有一个声音问："倦了？"很和善。

我抬头，是位中年男士，居然穿短袖衬衫，普通西装裤，我有同志了，难得有两个人同时穿得这么随便。

"嘿！"我说，"请坐。"

陌生的男人在我身边坐下来，向我扬扬杯子，他有张很温和的脸。

"一个人坐？"他问。

我看看四周围，笑着眨眨眼："我相信是。"

他也笑："你是聪慧的朋友？"

我点点头："才认识。"

"聪慧爱朋友，她就是这点可爱。"陌生人说。

"那是对的，"我对他说，"当然勖聪慧绝对比我姜喜宝可爱，因为勖聪慧有条件做一个可爱的人，她出生时嘴里含银匙羹，她不用挣扎生活，她可以永永远远天真下去，因为她有一个富足的父亲，现在她将与一个大好青年订婚……"我滔滔不绝地说下去，"但是我有什么？我赤手空拳地来到社会，如果我不踩死人，人家就踩死我，人不为己，天诛地灭，情愿他死，好过我亡，所以姜喜宝没有勖聪慧可爱，当然！"

陌生人呆在那里，缓缓地打量我的脸。我叹口气，低下头。

我说："我喝了几杯，感触良多，对不起。"

"不不，"他说，"你说得很对，我喜欢坦白的孩子。"

"孩子？"我笑，"我可不是孩子。"

"当然你是，"他温和地，"在我眼中，你当然是孩子。"

"你并不是老头子。"我打量他。

"谢谢。谢谢。"他笑。

我喜欢他的笑。

"你对这个宴会有什么感想？"他问。

我耸耸肩。"没有感觉。"忽然我调皮起来，对他说，"这是有钱人家子弟出没的场合，我或许有机会钓到一个金龟婿。"我笑，"不然我干吗来这里闷上半天？"

他也笑："那么你看中了谁？"

"还不知道。"我说，"有钱不肯花的人有什么用？五百块钞票看得比耗子还大。"

"你是干哪一行的，小姐？"他很有兴趣。

"十八猜。"我说。

陌生人笑："你是学生。"

我纳罕："真奇怪，我额头又没凿字，你怎么知道我是学生？"

"来，喝一杯，姜小姐。"

我们俩碰杯，一饮而尽。

花园这角实在很美，喝多水果酒之后，情绪也好，这个中年人又来得风趣，而我正在香港度假，别去想过去与将来的忧虑，今天还是愉快的呢。

"你一个人来？没有男伴？"

我摇摇头，抿抿嘴唇。"他们都离开我，我没有抓住男人的本事，我爱过他们，他们也爱过我，但都不长久。"

"但你还很年轻。"他叹息。

"我已说得实在太多，谢谢你做我的听众，我想我该去跟聪慧说几句话。"

"好，你去吧。"他说。

我向他笑笑，回转客厅，聪慧一把拉住我。

"你到哪里去了？二哥哥到处找你。"她说。

我答道："躲在花园里吃老酒。"

聪慧睨我一眼。勖聪恕的座位明显地安排在我身边。我客气地与他说着话：哪种跑车最好。西装是哪一家做得挺。袖口纽不流行，男装衬衫又流行软领子。打火机还是都彭的管用。

宋家明也来加入谈话，话题开始转入香港医生的医德。宋家明是脑科医生。我听得津津有味。他冷静地描述如何把病人的头发剃光，把头骨锯开，用手触摸柔软跳动的人脑网

膜……勖聪憩"啧啧"连声。聪慧阻止他:"宋家明——宋
家明——"

我觉得宋家明很伟大,多么高贵的职业,我倾心地想。

客人终于全部到齐,数目并不太多,两张长桌拼成马蹄
形,象征幸运。银餐具、水晶杯子,绅士淑女轻轻笑声,缎
子衣服窸窣作响,这就叫作衣香鬓影吧。但觉豪华而温馨,
我酒后很高兴。

聪慧说:"我爸爸来了,我介绍爸爸给你认识。"

我连忙站起来,一转头,呆在那里。

真是五雷轰顶一般,聪慧拖着她的父亲,而她的父亲正
是我在花园中对着大吹法螺的中年人。

我觉得恐怖,无地自容,连脖子都涨红。想到我适才说
过的话,心突突地跳。我当然知道他是今夜的客人之一,却
没想到他就是勖某人。

聪慧一直说她父亲年纪比她母亲大好一截,我以为勖某
是白发萧萧的老翁,谁知跑出来这个潇洒的壮年人。

地洞,哪里有地洞可以钻进去?

只听见勖某微笑说:"刚才我已经见过姜小姐。"

我在心中呻吟一声,这老奸巨猾。我怕我头顶会冒出一
股青烟昏过去,但我尽量镇静下来,坐好,其余的时间再也
没有说话。

勖某就坐在我正对面,我脸色转得雪白,食而不知其味,
勖聪恕一直埋怨白酒不够水果味,鱼太老,蔬菜太烂,我巴
不得可以匆匆忙忙吃完走人。

这个故事告诉我话实在是不能多说,酒不能多喝。但既

然已经酒后失言，也不妨开怀大饮。

我喝得很多。勖聪恕说："你的酒量真好。"

其实我已经差不多，身子摇摇晃晃，有人说句什么半幽默的话，我便叽叽地笑。

散席时我立刻对聪慧说："我要走了。"

"我们还要到图书室去喝咖啡，你怎么走了？"聪慧不肯放我，"还没跳舞呢。"

宋家明说："她疲倦了，让聪恕送她。"

聪慧说："可是聪恕又不知走到什么地方去了。"

宋家明说道："有司机，来，姜小姐，请这边。"

我还得说些场面话："我祝你们永远快乐。"

聪慧说："谢谢你，谢谢。"她紧握我的手，然后低声问："你没事吧？"

"没有，你放心。"

宋家明送我到门口。他很和善，一直扶着我左手。

被风一吹，我醒了一半，也没有什么后悔。多年之前，我也常喝得半醉，那时扶我的是我爱的男孩子——我真不明白，短短二十一年间，我竟可以有那么多的伤心史——幸亏我如果觉得没安全感是不会喝醉的。

勖家的车子停在我们面前。我听到宋家明惊异地说："勖先生。"

是勖聪慧他们的父亲，他开着车子前来。

他推开车门说："请姜小姐进来，我送姜小姐。"

我只好上车。

车门被关上，车内一片静寂。我把头枕在座椅上，闭上眼睛。

车驶出一段路，他才开口："我叫勖存姿。"

我疲倦地说："你好，勖老先生。"

"是不是你不愉快？实在对不起。"

"不，不，是我自己蠢钝。"

"你并没做错什么。"

"我与我的大嘴巴。"我没有张开眼睛。

他轻笑。

我仍然觉得他是个说话的好对象，虽然他太洞悉一切内情。但我不会原谅他令我如此出丑。

"我不会原谅你。"

"为什么？你并没说错什么，我刚想介绍自己，你已经站起来走开，我根本没时间。"

我睁开眼睛："什么？你不认为我离谱？"

"直爽的年轻人永远受我欢迎。我在席间发觉你很不开心，所以借机会送你回家，叫你振作点。"

我看着他："你的意思——你不介意？"

"为什么要介意？"他问。

"你真开通。"我又闭上眼睛，我觉得好过得多，但又不放心，"你忘了我说过些什么吧？"

"我记得每一个字，但我不介意——没有什么好介意的。"

"谢谢。"我吁出一口气。

"你的家到了。"他说。

"你怎么知道我住在这里？"我奇问。

"呀，这是一个秘密。"

聪恕与聪慧的脸盘与笑容都像他。

"再见。"我推开车门。

"几时？"他问。

我回转头："什么？"

"你说'再见'，我问'几时再见'。"他说道。

我的酒完全醒了。

我指着自己的鼻子："我？"

"是。"他微笑。

我再问一次："你说，你要再见我？"

"为什么不？我太老了吗？"他有那份诚意。

"当然不！但是——"

"但是什么？"

我简直毫无招架之力。

"几时有空？"他打铁趁热。

我睁大着眼，心狂跳。

"明天下午两点。"他说，"我的车停在这里，OK？"

我呆子似的点头。

"你上楼去吧，好好地睡一觉，明天见。"他又微微笑。

我转身，腾云驾雾似的回到家中。

二

我不介意出卖我的青春。

青春不卖也是会过的。

老妈咕哝："是有这等女孩子，一天到晚野在外头，也不怕累死。"其实是心实喜之的，这年头生女儿，谁希望女儿成日待在家中。

我往沙发一倒，实在支持不住了，睡着了。

第二天醒得早，但不比老妈更早。她已经上了班。空中小姐做得过了气，她便当地勤，地勤再过气，便在售票部做事。她大概就是这么认得澳洲佬咸密顿的。对她有好处。

我在喝牛奶，一边对昨夜的事疑幻疑真。

我拿一面镜子米搁在面前。看了看，还是这张脸。勖存姿看中的是什么？

而且他到底有多大岁数了。五十？六十？没想到东方男人的年龄也那么难以猜测——可是为什么要猜测。为我的自尊心。我尚未到要寻找"糖心爹地"的地步——但为什么不呢？心中七上八下。

这对勖存姿不公平。他是一个很具吸引力的男人。

即使他没有钱，我也会跟他出去约会——约会而已。

聪慧的父亲……勖存姿，存姿。一个男人的名字有一个这样的字，为什么。我会问他。我并不怕他。一点也不。

约会一个女孩子并不是稀奇的事。一个男人生命之中一定有很多很多的女人。一个女人的生命之中也有许多许多的男人。

以前的女人可以坐在兰闺中温馨地绣上一辈子的花，现在这种时节已经过去。约会女友的父亲也不是什么大逆不道的事，我是很开通的。

在家待到十二点，勖存姿的电话来了，是他的女秘书搭的线，他那亲切的声音说："别忘记我们两点整有约会。"我放下电话，觉得很满足、踏实。就像接听长途电话，可爱的男孩子在八千里外说："我想你。"其实一点实际的帮助也没有，薪水没有加一分，第二天还是得七点半起床，可是心忽然安定下来，生活上琐碎的不愉快之处荡然无存，脸上不自觉地浮起一个恍惚暧昧的笑容，一整天踏在九层云上。

我居然可以吸引到勖存姿的约会，这恐怕就是最大的成就。

正当我要出门时，老妈打电话来，叮嘱这个叮嘱那个。我叫她别担心，尽管自由地去结婚，或许我会买一条绣百子图的被面送给她。

她说父亲要见我一面。他书面通知老妈的。

我沉默一会儿，说："我没时间给他。"

"他无论如何还是你父亲。"

"我没有温情。我姓姜，姜是我的母亲的姓。"

"你自己告诉他。"

"不，你告诉他。"我说。

"我不愿与他有任何接触。"老妈说。

"我也一样。"我说，"叫他去地狱。"

"你叫他去。"老妈挂上电话。

我拉开大门，电话铃又响，是勖聪恕。他问我记不记得他。

"是，我记得你，"我哈哈地假笑，"当然我记得你。你好吗？"

我看手表，我已迟到了，勖聪恕的父亲在楼下等我。

他迟疑一刻问："今天晚上有空吗？"

"我现在正出门赴约呢。"

"啊，"他失望，"对不起。"

"明天再通电话好吗？明天中午时分。"我说，"对不起，我实在要出去了。"

"谢谢，再见。"我掷下电话。

勖存姿的车子果然不出所料，已经停在门口，是一辆黑色平治[1]，由他自己驾驶。

我拉开车门。"对不起，我迟下来。"

"迟十分钟，对女孩子来说不算什么呢。"他温和地说，"我相信你曾令许多男人等待超过这段时间。"

我笑。他开动车子。

"为兴趣问一下，你最长令人等过多久？"

"十年。"我说。

勖存姿大笑。他有两只非常不整齐而非常尖的犬齿，笑

---

[1] 平治：奔驰，Mercedes-Benz，德国汽车品牌。

起来并不像上了年纪的人，他的魅力是难以形容的。我不介意与他在一起。

我没问他去哪里，去什么地方都无所谓。

他说："女孩子都喜欢红色黄色的跑车。"

"我不是那种很小的女孩子。"我小心地说。

"你说话尽可能像昨天一般自由，不必顾忌我是老头子。"

"你老吗？"

"是的，老。我的肌肉早已松弛，我的头发斑白，我不行啦，"他笑得却仍然很轻松，"小女儿都准备结婚了——聪慧与你差不多大？"

"我比她大。"我说。

"但是她比你幼稚好多。"

"我说过她有条件做一个天真的人，我没有。"我简单地说，"聪慧并不幼稚，她只是天真，我非常喜欢她，她待人真正诚意，她像你，勋先生，勋家的人都好得不得了。"

"谢谢你。"他笑。

我们沉默下来。

过一会儿勋存姿问："你愿意到我另外的一个家去晚餐吗？"

"另外一个家？"我略略诧异。

他眨眨眼："狡兔三窟。"

我微笑："我愿意去探险。"

那是小小的一层公寓，在高级住宅区，装修得很简单，明净大方，门口树荫下有孩子脚踏车的铃声。像他这样的男人，当然需要一个这样的地方会见女朋友，有男佣为我们倒酒备菜。男佣比女佣能守秘密。

"聪慧说你在英国有房子。"

"是的。"他不经意地说。

我不服气。"我打赌你在苏格兰没有堡垒。"

"你喜欢苏格兰的堡垒？"他略略扬起一条眉毛。

"噢是。令人想起《麦克白》《奥赛罗》。悲剧中的悲剧。苍白的、真实的。我不喜欢童话式堡垒——从此之后仙德瑞拉与魅力王子愉快地生活在一起——甜得发腻——我又说得太多了。"

"不不，请说下去。"

"为什么？"

他正在亲自开一瓶"香白丹[1]"红酒，听到我问他，怔了怔，随即说："你是个可爱的女孩子。"

"大概是你喜欢孩子话，"我笑，"为什么不与聪慧多谈谈？"

他倒少许酒在酒杯中，递给我。"聪慧有宋家明，聪憩有方家凯。聪恕有无数的女朋友。我妻子有她的牌友。"

我问："你妻子不了解你？"我哈哈大笑。"真奇怪，"我前仰后合，"所有的妻子都不了解她们的丈夫。"

勖存姿凝视我一会儿。"你很残酷，姜小姐。"

"我根本是一个这样的人，"我说，"我不是糖与香料。"

"至少你诚实。"他叹口气。

我尝尝酒，又香又醇又滑，丝绒一般，我贪婪地一小口

---

[1] 香白丹：香贝丹，Chambertin，勃艮第的名酒，一直被列为宫廷贡品，拿破仑十分钟爱。

一小口啜着。

勖存姿一直在注视我，我的眼睛用不着接触他的眼睛也可知道。我极端地高兴。

他忽然问我："在生活中，你最希望得到的是什么？"

"爱。"

"呵？"他有点意外？

"被爱与爱人。"我说，"很多爱。"

"第二希望得到什么？"

"钱。"我说。

"多少？"他问。

"足够。"

"多少是足够？"

"不多。"我答。

"还有其他的吗？"

"健康。"

"很实际。"他说。

我一向是个实际的人，心中有着实际的计划。我可不能像勖聪慧这样浪漫在风花雪月之中。

"吃点生蚝。"勖存姿说。

"你的名字为什么叫存姿？"我边吃边问，"像个女人。"

他呆呆，然后很专心地说："从来没有人问我这个问题。"他看着我。

我耸耸肩。"没有什么稀奇。你公司的手下人怎么敢问你，很明显你与子女并不太接近。你的朋友也不会提出这么傻气的问题。这可是你的真名字？"

"是我的真名字。"他微笑中有太多"呵你这个好奇的孩子"的意思。我抹抹手。

"是你的父亲替你取的名字？——恕我无礼。"

"是我祖父。"

"很可能他做清朝翰林的时候暗恋一位芳名中带'姿'字的小姐，结果没娶到她，所以给孙儿取名叫'存姿'——姿常存在我心中。小说常常有这样的惆怅故事。"

"但我祖父不是翰林。"他笑，"他是卜卦先生，一共有九个儿女。"

"真的？多浪漫。卜卦，与《易经》有关系吧？"

"我只是个生意人，我不懂《易经》。"他答。

"你父亲干哪一行？"我更好奇。

勖存姿用手擦擦鼻子。"嗯。"

"对不起。"

"没关系，他也是生意人。"勖存姿答。

"自学的还是念MBA？"我继续问下去，一边把一瓶"香白丹"喝得精光。

"他是自学，我上牛津。"他答。

"不坏。"我说，"你知道吗？我去过牛津开会，他们的厕所是蹲着用的，两边踏脚的青砖有微凹痕，多可怕，你可以想象有多少人上过那厕所——"

勖存姿一边摇头一边大笑。勖家的人都喜欢笑。勖氏真是个快乐的家族。

第二道菜是鱼。我专心地吃。

勖存姿说："轮到我发问了。"

我摇头。"我不会回答你任何问题。"

"为什么?"他说,"太不公平。你知道你一共问过多少问题?"

我还是摇头。"我是一个普通女孩,我的身世一无可提之处,对不起。"

他怔一怔。"没关系,"他的风度是无懈可击的,"不愿意说不要说。"

"谢谢。"

隔一阵男用人放一张唱片,轻得微不可闻的一般背景音乐。我的胃口极佳,吃甜品时裙头已经绷紧。

勖存姿说:"我儿子聪恕——他对你颇具意思。"

意外使我抬起头。"是吗?"

"你觉得他如何?"他问。

我轻咳一声:"很文静。"

勖存姿笑:"如果他约会你,你会跟他出去吗?"

"我不知道,但如果你再约我,我会出来。"

他又怔住,然后缓缓地说:"如今的女孩子都如你这么坦白吗,姜小姐?"

"我认为是。聪慧也很直接,三天之内我们已是好朋友,时间太短,谁有空打草丛作无谓浪费。"

"说得好。"勖存姿点头。

"姜小姐,你有无习惯接受礼物?"他忽然问道。

"礼物?"我一时不明白。

他又轻轻颔首。

"我不会拒绝——呀,你仍在旁敲侧击地打听我。"我笑,

"我不会再回答任何问题。"

他自身后取过一只礼物盒子，递给我。

我接过，放在面前，看着它，心中矛盾地挣扎着。

礼物。为什么送我礼物？

见面礼？长辈见小辈？不可能，再阔的人也不会无端端送礼物。只有钞票奇多而且舍得花的男人遇见他喜爱的女人的时候才会送礼，代表什么，不必多言。

我用手撑着下巴，看看勋存姿，看看礼物盒子。一定是首饰。他是上午出去买的，很有计划地要送我东西。我当然可以马上拒绝。我轻叹一声，但我会后悔，盒子里到底是什么？

理应拒绝的。少女要有少女的自尊，一九七八年的少女也该有自尊。爽朗是一件事，我不想被任何人看轻，不拘小节绝对不是十二点。

我叹口气，多么讨厌的繁文缛节，多么希望仍然是个孩子，随便什么都可以抢着要。

我说："勋先生，我不能接受。"

"为什么？"他问。

"你不能问问题。"我说。

"连看一看都没有兴趣？"他笑问。

"只怕看一看便舍不得不收下。"我老实地说道。

"那是为什么？"他问，"为什么不接受？"

"还没到收礼物的时候。"

"什么是——收礼物的时候？"勋存姿炯炯的目光直看到我眼睛里去。

我的脸涨红。上一次收的礼物是韩国泰送出来，因为我们已经同居在一起。

勘存姿说："姜小姐，我希望你用心地听我说话。"

"好。"我说。

存姿站起来，踱到窗前，背对着我，这番话一定是难以出口的，否则他可以用他的面孔对着我。像他这样年纪的人，什么话没有说过，什么事没有经历过，他要说什么？

"姜小姐，我已是一个老人了。"

多新鲜的开场白。

"有很多东西，确是钱所办不到的。"他说下去。

我沉默地听着，一边把水晶杯子转过去，又转回来。他想说什么，我已经有点分数，很是难过，他为什么单单选我来说这番话？并不见得我家中穷点，就得匆匆地将自己卖出来。

我放下杯子，抬起头，他还是背对着我。

"是，"他说下去，"可以买到的东西，我不会吝啬，姜小姐，我自问没有条件追求你，我除去钱什么也没有，我已是一个老人。我很坦白，毫不讳言地说一句，原谅我，我非常喜欢你，如果你愿意的话，我们做一项交易如何？"他很流利地把话说完。

我把那只礼物盒子拆开，打开，里面是一只钻戒。不大不小，很戴得出去，两三克拉模样，美丽。我在手指上试戴一下，又脱下来，放回盒子里，把盒子仍然搁回桌子上。

我取过外套，自己去开门。

勘存姿转过身子来，我看着他，手在门把上，我都不知道要说些什么才好，我摊摊手。

"我得罪了你？"他问。

　　我摇头。公主才有资格被得罪，我是谁？我牵牵嘴角，拉开门。

　　"姜小姐——"他有点急，"姜小姐。"

　　"我替自己悲哀。我看上去像妓女？"我问，"你看上去像嫖客？我们两个人都不是那种人，为什么你要把情况暴露得这样坏？"

　　他说："我喜欢你。我急于要得到你。"他还是笑了。

　　"但我是个人，一个女人。你不可以这么快买下一个不是妓女的女人。最后我或许会把自己卖出来，但不是这么快。这是人与东西之别。"我转头出门。

　　"姜小姐。"勖存姿在后面叫我。

　　我已经离开，在街上截一部街车，他或者以为我是以退为进，随便他怎么想，我呆坐在计程车内，车子向家那里驶去，我下年度的学费，我想，学费没着落。生活费用。我的母亲要去嫁人，现在这个世界上我只剩下我自己。刚才勖存姿给我一个机会。我凄凉地想，如果我要照目前这种水准生活下去，我就得出卖我拥有的来换取我所要的。我绝不想回香港来租一间尾房做份女秘书工作，一生一世坐在有异味的公共交通工具里。这是我一个堕落的好机会，不是每个女人都可以得到这种机会。

　　我对计程车司机说："把车往回开。"

　　"什么？"司机转过来问。

　　"往回开。"我说，"我刚才上车的地方。"

　　司机好不耐烦。"喂，你到底决定没有？小姐，你到底要往哪条路走？你想清楚。"

我的眼泪汹涌而出。"我想清楚了，请你往回开。"

司机看见我哭，反而手足无措。"好好，往回开。"他把车子掉头，"别哭好不好？小姐，我听你的。"

我不会怪社会，社会没有对不起，这是我自己的决定。

下车时我付他很多的小费，司机投我以奇异的目光，然后离去，在倒后镜还频频看我数眼。

我按门铃，低声轻咳清清喉咙。

来开门的是勖存姿本人。他有一丝惊喜。"姜小姐。"

"我回来了，我适才不高兴是因为那戒指上的石头太小。"我很平静地说。

"姜小姐，对不起，你必须原谅我，因为年纪的关系我的时间太少，我很愿意走正常的追求路线，但是——"

"我明白。"我说，"但是你将你自己估价低，勖先生，你并不老，比我好得多了，我除出青春，什么也没有。"

"姜小姐，谢谢你回来。"他微笑说。

他是那么镇静，感染了我。

"你有——什么条件吗？"勖存姿问我。

"有。我要读书。"我简单地说。

"当然。你在剑桥的圣三一学院。"他说，"我会派人照顾你。我会在剑桥找一所房子——管家、司机、女佣，你不用担心任何事。"

"谢谢你。"我说，"你呢？你有什么条件呢？"

"你有男朋友吗？"他问。

"没有。"我说，"现在开始，一个也没有了。"

"你会觉得闷厌，我不会反对你正常的社交。"他说。

"我明白，勖先生，你会发觉我的好处是比其他的女孩子懂事。"我说。

"你会不会很不快乐？"他不是完全不顾虑的。

我笑一笑。"我想上街走走，你有空吗？勖先生。"我看着他。

"我公司里有事。"他拿出支票本子，签一个名字，把空白支票画线给我，"到首饰店去另买一只戒指。"

"谢谢。"我说，"呵，"我想起来，"聪恕约我明天与他见面，我如何推他？"

勖存姿一怔，凝视我。"你应该知道如何应付他。"

我说："但他是你的儿子。"

"那有什么分别？"他问。"推掉他。"他停一停，"现在你是我的人。"

我仰起头笑。这使我想起梁山伯对祝英台说："……你，你已是马家的人了……"我已是勖存姿的人了。

"我开车送你出去。"勖存姿说。

"谢谢。"

在车子中他缓缓地说道："我希望你会喜欢我。"

"我一直未曾'不喜欢'你。"我说，"别忘记，在花园中，当我还不知道你很有钱的时候，是我主动勾搭向你说的话。"我的眼睛看着前面的路。

"我会记得。"勖存姿微笑。

从此之后，他没有叫过我"姜小姐"。从此之后，我是他的喜宝。我到此时此刻才发觉这个名字对我来说是多么恰当，仿佛一生下来就注定要做这种女人。

"在此处放你下来可好？这区珠宝饰店很多。"他说。

我点点头，下车。我跟他说："我不会买得太离谱的。"

他笑笑："我早知道。"

我悠闲地走入珠宝店，店员们并不注意。我心中窃喜，随即又叹口气，把那张支票捏在手中，手放在口袋里，一种神秘的喜乐，黑暗罪恶的喜乐，左手不让右手知道，一切在阴暗中交易。这是我第一次痛快地用钱，兴奋莫名。

我坐下。

一个男店员向我迎上来。他问："小姐，看什么首饰呢？"他微笑着。大概以为我会买一只K金小鸡心，心面镶粒芝麻般小巧的碎钻。

我问："你们店里有没有十克拉左右全美方钻？"声音比我预料中恬淡得多。

男店员马上对我改观，又不好意思做得太明显。他答："我找我们经理来，小姐请稍等。"

我到经理室去挑钻石。我对珠宝并不懂太多，结果选到的一粒是九点七五克拉。全美，切割完整，但是颜色不够蓝。那经理说："姜小姐，如今这么大的钻石，十全十美很难的。"

"我不相信。"我说，"我要十全十美的。"

经理犹疑一会儿问："姜小姐，你是付现款吗？"

我抬起眼。"你们难道还设有十二年分期付款？"

"是，是。"他心中一定在骂我是母狗，"有一位客人口头上订一颗方钻，倒真是十全十美，不过小一点。"

"多大？"

"八克拉多。"

"太小。"我说。

"那么还有一颗，也是客人订下的，十二多克拉。"他瞪着眼。

"拿出来瞧瞧。"我说。

那经理轻轻叹息，去取钻石，相比之下，先头那一粒简直成了蛋黄石。我说："把这颗镶起来，越简单越好。"

"小姐，镶戒指你戴太大，你手指那么细，才五号。"

"我喜欢戒指。"我说。

"你戴起来钻石会侧在一边的。"这经理也是牛脾气。

我把支票拿出来，摊开。"我喜欢侧在一边，只要敲不碎就可以，敲碎了找你算账。多少钱？"

他看见支票上的签名，很错愕。大概勖存姿这种流在外面的支票很少看到。他熟悉这个签名。

"怎么镶呢？一圈长方的碎石——"他还啰唆。

"什么也不要，在石头四周打一个白金环，多少钱？"

他把价钱写在纸上。"我们与勖先生相熟，价钱已打得最低——"

我已经把数字抄在支票上。我说："如果退票，你与他相熟最好。"

"小姐——"

"快把支票拿去兑现，"我站起来，"趁银行现在开门。"

"是，是。"他心中一定在骂我是小母狗，我知道，一定。

我离开珠宝店，去找母亲。她的航空公司就在附近。我隔着玻璃柜窗看她，她正在补粉。刚吃完盒饭吧。可怜的母亲，我们都太需要安定的生活。

离远看，老妈还真漂亮，宝蓝色制服，鹅黄色丝巾。我敲敲玻璃，第一次她没听见，第二次她抬起头来，向我招手。

我走进去坐在她面前。"老妈。"我说。

"吃过饭没有？"她问。

我点点头。"妈。"我把手放在她手上。

"怎么了？"她很敏感，"有什么事？"

"今夜又约好咸密顿？"我问。

她说："是的，我知道很对不起你，但我们马上要动身……你明白的，你一直都明白。"她有点羞愧。

"当然，你只管去，我会很好，真的。"

"房子只租到月底……可以延长……你需要吗？"

我摇头。"我可以住到朋友家去，或是回伦敦，老妈，你担心自己就够，我会打算。"

"我一直对不起你——"

我看看四周。"嘘——老妈，这里并不是排演粤语片的好场所。"

"去你的！"

"老妈，我会过得极好，香港什么都有，就是没饿死的人，一个二十一岁的女孩子会有麻烦吗？当然不会，你好好地去结婚，我们两个人都会过得很好。"

"你在英国的开销——"

"我会回去找份暑期工。"我说，"老妈，你放心。"

老妈与我两个人都知道一千份暑期工加在一起都付不了学费。但是她既然在我嘴里得到应允，也并不详加追究，她只要得到下台的机会。

"我就要下班了，要不要等我一起吃晚饭？"老妈问。

"哈！你看你女儿像不像闲得慌，需要与她妈一起吃晚饭？我有一千个男人排队在那里等我呢。晚上见。"我站起来，扮个鬼脸，离开。

我也不知道该上哪里去，独自在街上逛着，每间橱窗留意，皮袋店里放着银狐大衣。你知道，加拿大的银狐与俄国银狐是不一样的。加拿大银狐上的白色太多，有种苍老斑白的味道，俄国银狐上的那一点点白刚刚在手尖，非常美——但我忽然觉得一切都索然无味，因为这些东西现在都变得唾手可得。得到的东西一向没有一件是好的。

唾手可得的东西有什么味道呢？买了也不过是搁家里，偶然拉开衣柜门瞧一瞧又关上。

我不介意出卖我的青春。青春不卖也是会过的。我很心安理得地回家去吃罐头汤。

勖存姿的女秘书已找我很多次，勖接过电话说："我忘记跟你说，你搬到我那里去住好不好？"

"好。"

"我看过你选的钻石。已经在镶了，收据在我这里。"

"倒是真快。"我说。

"我叫司机来接你。"他说，"你收拾收拾东西。"

"是。"

"别担心。"他说，"我会照顾你。"

"我相信。"我说，"我现在就收拾。"

"稍迟见你。"他挂上电话。

我有什么好收拾的，自英国来不过是那个箱子。带过去也只有这个箱子。我坐下来给老妈写一封很长很长的信,向她解释我这两日的"际遇",以及搬出去的原因。但没留下电话地址。"我会同你联络,你不必找我——好好地到澳洲去做家庭主妇,如果可能的话,再生一两个孩子,我不会同你联络,但我会写信。祝好,替我问候咸密顿先生。女儿敬上。"我一边流泪一边写。其实没有什么好哭的,这种事情在今日也很普通。

然后我提着衣箱下楼,勖家的司机开着那辆魅影在楼下等我。他下车来替我把箱子放好,为我开车门,关车门,忽然之间,我又置身在一辆劳斯莱斯之中。

那一夜勖存姿并没有来。他通知我说有事。我很乐意地把大门反锁,在陌生的床上睡得烂熟。

第二天醒来已是日上三竿。我自冰箱内找到食物,为自己准备早餐,冷静地据案大嚼。

门铃大作,我去开门,是一个女佣来报到,专门服侍我的。

我没有出门,自衣箱中拿出几本书看足一个下午,很轻松很满足很安乐,我一切的挂念一扫而空。我被照顾得妥善,这是我二十一年生命中从未发生过的喜事——为什么不这么想?

门铃又响,女佣去开门,是珠宝店送戒指来。我签收。把戒指戴在手上,然后问自己:除了钱之外,还有其他的道理吧?勖存姿永远会在那里,当我需要他的时候,他已经准备好了。我呢,是为安全感多点,还是为钱?

每次当我转头,谁在灯火阑珊处?我的头已转得酸软,为值得的人也回过首,为不值的人亦回过首。我只是疲倦,二十一岁的人比人家四十二岁还倦，我需要一个可供休息的地方，现在勖存姿提供给我，我觉得很高兴。这里面的因素并不只金钱，不管别人相信与不相信，我自己知道不只是金钱。

　　他的电话随后便到了。他说："你为什么不出去？我没有不准你上街。"他轻笑。

　　"我知道，我自己乐得待在屋子里。"我说，"老在外头逛，太疲倦。"我说的是老实话，并不故意讨好他。

　　"你与我儿子联络过吗？"他问，"你不能叫他白等。"

　　"我现在就推掉他。"我说。

　　"如何推法？"他问。

　　"把事实告诉他，我选了他父亲而不是他。"

　　勖存姿笑："不可以这样，说你没有空就可以了。"

　　"我还以为你会让我自由发展。"我温和地说道。

　　"不，我不会的。"他也很温和地答。

　　我原想问他今夜会不会上门来，但为什么要问？我又没有爱上他。

　　我翻到聪慧给我的号码，接听电话的正是她。

　　"姜小姐！你到什么地方去了？我与聪恕足足找了你两天！哥哥尤其找你找得厉害。"

　　"我想回英国。"我说，"告诉你哥哥，说我没有空。"

　　"胡说，我们一起回英国。你想回去的原因很简单：你觉得闷。跟我们出来，今天家明与我去探姐姐，聪恕也去，你在哪里？我来接你。"

　　"我不想出来。"我说。

"你患了自我幽闭症？真不能忍受你这个人，出来好不好，喂，好不好？"

如果聪慧知道我的身份，如果她知道现在我是她父亲的女人……

"你还在不在那一头？姜喜宝，快点好不好？"她在那里撒娇，半带引诱性，"看看那太阳，看，不出来岂非太可惜？出来见我们。"

出去见他们。是的，我也想借此了解一下，勖存姿可以雇三百个私家侦探调查我一生的故事，我可没有能力这么做，趁他还不能控制我，我可以见聪慧。

"我在码头等人。"我说。

"好，二十分钟后在码头见面。"

我把大门打开，车子与司机在。当然勖存姿会知道我一举一动。到码头的时候，我吩咐司机把车驶开，我说："我等的是勖聪慧。"

来的是聪恕，他羞涩地向我扬扬手。

"聪慧呢？"我问。

"已到姐姐家去了，今天是姐姐大女儿的两岁生日，你知道聪慧，一早起劲地去办礼物买蛋糕。"

我说："那我不去了，是你们自己人的盛会。"

聪恕笑："两岁孩子的生日好算盛会？大家会趁机到姐姐家去捣乱罢了——她那里新装修。我们到一下就溜走，好不好？"

"我们？"我问。

"你答应今天与我约会的，"他转过头来，"忘了？"

真忘了。

勖聪憩嫁的丈夫姓方，真是一个温柔殷实的好人，略略有点胖笃笃，脾气老好的样子，永远笑嘻嘻，一副和气生财模样——他又偏是做生意的，并没有飞黄腾达，但也不必倚赖岳父。

像方家凯这种男人是值得一嫁的——等四十岁的时候再说吧，四十岁之前嫁他，只怕活不到四十岁，活活地闷死，我不禁微笑起来。

方家凯两个小女儿都可爱得像天使，一个穿白，一个穿淡蓝，就差背上没长两个小翅膀，否则就是洋人宫廷壁画上的天使。

勖聪憩并不满足于这两个女儿，她要一个儿子，她当众说："一个家庭中如果没有男孩子，根本不好算是家庭。"

聪慧说："大家瞧瞧这女人那没出息劲，也算少有了，竟说出这种话来，亏她还是香港大学当年的高才生。"

方家凯只是憨憨地笑，并不反对生完又生，我在研究他的眼睛鼻子，看看到底他是哪一部分生得好，以至娶得到勖聪憩这样的妻子。

宋家明仍然坐在聪慧不远处，一双眸子尖锐地观察着一切，我忍不住又微笑。

聪慧把手臂亲昵地搭在我肩膀上。"你笑什么？"她问我。

宋家明说："笑也不让别人笑？"

我答："看你们这么幸福，实在高兴，所以笑。"

勖聪憩说："姜小姐与聪慧真是一见如故，爱屋及乌。"

聪恕笑问："咱们算是一群乌鸦吗？"

聪憩笑："那要问过姜小姐。"她对我始终维持客气的距离，不肯叫我的名字。

我踱到露台去，悠闲地站着看风景，这一刻在勘家面前，我是胜利者。

一转头，看到宋家明。

"不陪聪慧吗？"我闷闷地问。

"聪慧是天真一点，但并不是孩子，我不用时时刻刻陪着她。"他的话说得句句带骨头。

我笑笑，平和地说："是有这种人的！独怕别人沾他的光。你处处防着我，怕我不知会在聪慧身上贪图什么。宋先生，知识分子势利起来，确是又厉害了三分，你说是不是？"

宋家明略觉不安。

我说："我要占便宜，并不会在聪慧身上打主意。"再补一句，"更不会在聪恕身上盘算。"

"姜小姐，如果我给你一个小人的感觉，这是我的错。"他居然尚能维持风度。

我看看宋家明已变掉的面色，乘胜追击："不怕不怕，宋先生，不必道歉，穷人受嫌疑是很应该的。"我笑，"俗云：狗眼看人低。聪慧确是天真了一点，把我当作朋友，这真是……"

我还是那个微笑，宋家明凝视我半晌，略略一鞠躬，一声不响地回客厅去了。

这该死的人，又不姓勘，不过是将娶勘家的一个女儿，就这么替勘家担忧起来，真不要脸。不晓得勘存姿将来会拨多少钱在他名下。

　　我有种痛快的感觉，没有人知道我掌握着什么，这件秘密使我身价百倍。我把手上的戒指转过来，又转过去。

　　聪恕走出来。"你在这里？"他说，"我们去别的地方吧，孩子的生日会有什么好逗留的？"

　　"我喜欢留在这里，待会儿我有事，不能陪你。"

　　"是的，聪慧说过你想提早回英国。"

　　我沉默一会儿，伏在露台的栏杆上往下看，不知道哪里传来蝉声。

　　"我能陪你回英国吗？"

　　我转头，一时没听清楚聪恕说的是什么。

　　"我没有事，我可以陪你到剑桥，如果你不介意，我们可以去划长篙船。"聪恕的声音很兴奋。

　　我看着他，这次一点也不刺激，因为我已不用指望这些有钱少爷对我青睐有加，提拔于我。我只是奇怪他怎么会看中我这么一个人。

　　"我不行，聪恕。"我直截了当地说。

　　他涨红了耳朵。"你不喜欢我，你只喜欢聪慧。"

　　我不十分确定我是否喜欢聪慧。大部分漂亮富足的女孩子喜欢找一个条件比她略差的女伴，衬托起她的矜贵，聪慧对我也不外是如此心理，她携我出来散心，她帮助了我，成全她伟大的人格……我抬起头对聪恕说："我当然喜欢你，聪恕，但是我这次回去——我有男朋友在剑桥，我不是自由身。"

　　"啊！"他也靠着露台栏杆，"但聪慧说你告诉她，你并没有男朋友。"

"那时候我跟聪慧不熟，不好意思告诉她。"我说。

"他——比我强很多？"聪恕反而坦然了。

"我不知道，聪恕，我不认为把人来做比较是公道的事，总而言之，如果他的优点较为适合我，我就喜欢他。"

"我也有优点吗？"聪恕问。

"当然，聪恕，你这么善良、温柔、诚恳……你的优点很多很多。"

聪慧在我们身后笑出来，"是吗？"她走过来，"你看到聪恕有这么多优点？我不相信，香港有很多失意的女孩子也不会相信。"

"聪慧！"聪恕不悦。

"二哥哥，你算啦，我不是不帮你忙，你瞧你，弄巧成拙。"她转头看我，"怎么，你真的回英国？"

我点点头。"我打算到新加坡去转谐和号飞机。我还未乘搭过谐和号。"

聪慧端详我。"两天不见，喜宝，你有什么地方好像变了。"她终于看到我手上的戒指，"多么好看的戒指，新买的吗？"

"嗯。"我点点头，"聪慧，我有点事，我要告辞了。"

聪恕说："我送你。"

"不，不，我自己能够回去。"我说。

我逐一向他们告辞，勖聪憩送我到门口："姜小姐，不送不送。"

不用她送。她父亲的司机与车子在楼下接我便行了。

我开始明白勖家的毛病在什么地方。太有教养太过含蓄太过谦让，表面上看仿佛很美满，其实谁也不知谁在做什么，苍白而隔膜，自己一家在演着一台戏，自己一家人又权充观众——还有更诙谐无聊可怜可笑的事吗？我也明白勖存姿与勖聪恕怎么会对我有兴趣，因为我是活生生的赤裸裸有存在感的一个人。

我有什么忧虑？无产阶级丝毫不用担心顾忌，想到什么说什么，要做什么做什么，最多打回原形，我又不是没做过穷人，有啥子损失？

哪儿有勖家的人这样，带着一箱面具做人，什么场合用什么面具，小心翼翼地戴上，描金的镶银的嵌宝石的，弄到后来，不知道是面具戴着他们，还是他们戴着面具。

连对婴儿说话都要说"谢谢""不敢当""请"。

勖存姿有什么选择呢？他不能降低人格往荔园去看脱衣舞，或是包下台湾歌女。他又想找个情妇以娱晚年，在偶然的场合遇见了我——实在是他的幸运。

我的信心忽然充分起来，说穿了大家都一般空虚，至少我与老妈姜咏丽女士尚能玉帛相见，开心见诚地抱头痛哭。他们能够吗？

我保证勖存姿没有与他太太说话已有二十五年。勖太太那种慢吞吞腻答答的神情，整个人仿佛被猪油粘住了，拖泥带水的……忽然之间我对他们一家都恶感有加，或者除了聪慧，聪慧的活泼虽然做作，可幸她实在年轻，并且够诚意，并不讨厌。或者也除了聪恕，聪恕的羞怯沦为娘娘腔，明眼人一看就知道是怎么一回事，但聪恕像多数女性化的男人，他很可爱，他对我有好感是因为我体内的男性荷尔蒙比他尚多。

我不喜欢勖聪憨。对方家凯毫无意见。厌恶宋家明——他光明了宋家似乎还不够，尚想改革勖家。勖存姿并不见得有那么笨，再不争气的儿子跟女婿还差一层肚皮。宋家明除了得到聪慧的那份嫁妆，也没什么其他的好处，他应该明白。

在这次短短的聚会中我把勖家人物的关系分析得一清二楚，很有点得意。

回到勖存姿的小公寓，他本人坐在客厅听音乐喝白兰地。老实说，看见他还真的有点高兴。

因为我一向寂寞。

"哦，"我说，"你来了。"

他抬起头，目光炯炯，说："你到过我大女儿家吗？"

"是。刚回来。"我答。

"我以为你应该知道避开他们。"

"是，我是故意上门去的。"我说，"很抱歉，你是生气了？怕亲戚晓得我现在的身份？"

勖存姿说："我不怕任何人，你把我估计太低了。"

"或者我把自己估计过高。我尚未习惯我已把自己出售给你一个人。"

他沉默一会儿。

"我已经派人到剑桥去为你找到房子。你最快什么时候可以动身回英国？要不要与母亲说再见？"

他要把我遣回英国。这也是一个好主意。

我问："关于我，你知道多少？"

他微笑。"你是一个年轻的女孩子，你有什么历史呢？"

我不服气。我说："我有男朋友在英国。"

"你是指那位韩先生？"他笑，"你不会喜欢他，你一早已经不喜欢他。"

我也忍不住笑，我坐下来。"你对我倒是知道得很清楚。不过在英国，我也可以找到新男朋友。"

他凝视我："总比找上我自己的儿子好一点。"

我大胆假设："聪恕？聪恕对女孩子没有兴趣。"

勖存姿的面色一变。"他对你有。"

我说："因为我比他更像一个男人。"

勖存姿老练地转改话题："你像男人？我不会付百多万港币送一只戒指给男人。"他扬扬手，"看你戴着它的姿态！像戴破铜烂铁似的。"

我看着他。

他也看着我。

这实在是我第一次放胆地，仔仔细细地把他看清楚。他的确已经上了六十岁。两鬓斑白，头发有点稀疏，带天然波浪，但梳理得非常好，面孔上自然多皱褶，但男人的皱纹与女人的不一样，他的眼袋并不见得十分明显，皮肤松弛只增加个性。数十年前他一定是个无上英俊的男人，现在也还是很有风度很漂亮，但……确然是老了。

当然，精心修饰过的衣服帮助他很多。

脱掉衣服后，勖存姿的身材会如何？想到这里，我并没有脸红，反而有点苍白寒冷的感觉。到底是六十多岁的老年人。再保养得好，也还是六十多岁的老年人。

我相信他也是用同样心思在看我：这个女孩子，在她身上投资，是否值得？她值这么多吗？她的胸脯是真的还是穿着厚垫子的胸罩？大腿是否圆浑……他是有经验的老手，他不会花错钱。

最使他担心的应是将来如何控制我。我想这也是容易的。他有钱，我需要钱。我一定会乖乖地听命于他——在某一个程度之内。

我看着他良久，整个公寓里没有一点点声响，柔和的阳光通过白色纱帘透进来，他太阳棕的皮肤显得很精神。我叹一口气。

"我替你去订飞机票回伦敦。"他说，"到时有人在伦敦接你。"

"我知道，你在李琴公园有房子。"我说。

他笑："我喜欢聪明的女孩子。"

"是的，人家都这么说，请替我买'谐和号'头等票子。"

"你愿意到新加坡转机？"他诧异。

"愿意。"我笑。

"我会在伦敦见你。"他说。

"一年见多少次？"我问。

"我不知道。你的功课会很忙，"他含蓄地，"交际生活也会很忙。"

"你可以雇人盯死我。"我笑。

"我早已派好人了。"他也笑，"学校、家、伦敦、剑桥、香港——我有没有告诉过你？我是一个很忌妒的老人。"

"我感到荣幸。"我说。

"我有事，要先走。"他站起来。

"再见。"我说。

"我留下了现钞在书桌抽屉里。"他临出门说。

圣诞老人。

我不想在他面前提"老"字，不是不敢，有点不忍。他又不是不知道他老，我何必提醒他。

勖存姿毕竟是勖存姿，他转头笑笑说："你是五月的明媚好风光，我是十二月。十二月有圣诞老人，我是一个胜任的圣诞老人。"

我把手臂叠在胸前。"勖先生，"我说，"与你打交道做买卖真是乐事。"

"我也深有同感，姜小姐。"

他上车走了。

我在屋里看戚本大字《红楼梦》。隔很久我放下书。现款，他说。在书房抽屉里。

我走到书房，小心翼翼地坐下来，轻轻地拉开第一格抽屉。没有。我把第一格抽屉推回去。如果不在第一格，那么一定在第三格，别问我为什么，勖存姿不像一个把现钞放在第二格抽屉的人。

我更轻地拉开第三格，抽屉只被移动一吋[1]，我已看见满满的一千元与五百元大钞。我的心剧跳，我一生没见过这么多的直版现钞，钞票与钻石又不一样，钻石是穿着皮裘礼服的女人。现钞是……裸女。

我从未曾这样心跳过。就算是圣三一学院收我做学生那

----

[1] 吋：即英寸，1 英寸等于 1/12 英尺。

一天，我也没有如此紧张，因为那是我自己劳苦所得，何喜之有？但现在，现在不同，到目前为止，勖存姿连手都没碰过我。他说得不对，他比圣诞老人更慷慨。既然如此，我也乐得大方。我把抽屉推回去。反正是我的东西，飞不了，让它们堆在那里待在那里休息在那里，愉快、舒畅、坦然地贬值。

我竟然被照顾得这么妥当。我伸伸腿，搁得舒服点。

这使我想起一首歌，乔治·萧伯纳的剧本《卖花女》[1]被改为电影，女主角高声唱：

> 我所需要只是某处一个房间。
> 远离夜间的冷空气。
> 有一张老大的椅子。
> 呵那将是多么可爱。
> 某人的头枕在我膝盖上，
> 又温柔又暖和。
> 他把我照顾得妥妥当当，
> 呵那将是多么可爱……

我记得很清楚，歌词中只说"可爱"，没有"爱情"。

爱情是另外一件事。爱情是太奢华的事。

至于我，我已经太满足目前的一切。

我可以正式开始庆祝，因为我不必再看世上各种各样的

---

[1]《卖花女》：又被译作《皮格马利翁》，是爱尔兰剧作家萧伯纳的戏剧，后来被好莱坞翻拍成电影《窈窕淑女》。

人奇奇怪怪的脸色，我可以开始痛惜我自己悲惨的命运——沦落在一个男人的手中，做他金屋里的阿娇。

只有不愁衣食的人才有资格用时间来埋怨命运。

我把双腿转一个位置。

电话铃响了，我拿起听筒："喂？"

那边不响。我再"喂"，不响。我冷笑一声："神秘电话吗？"放下话筒。

电话再响，我再拿起话筒："喂，有话请说好不好？"

那边轻轻地问："是你？真是你？"

"谁？"我问。

"聪恕。"

他。他怎么知道我在此地。如果他知道，那么每个人都已经知道。消息真快。

我应该如何应付？

聪恕低声地说："他们说你在这里，我与聪慧都不相信。"

我维持缄默。

"为什么？"聪恕问，"为什么？"

我应该如何回答？因为我穷？还是因为我虚荣？还是两者皆备？

我并不觉得羞愧，事无大小，若非当事人本身，永远没法子明了真相，聪恕无法了解到我的心情。多年来的贫乏——爱的贫乏，物质的贫乏，一切一切，积郁到今天，忽然得到一个出口，我不可能顾忌后果，我一定要做了再说。

"你是为他的钱，是不是？"聪恕问，"我也有钱，真的，我父亲的钱便是我的钱，别担心钱的问题。"

聪恕，你父亲的钱怎么等于你的钱？我心中想问。

"我要见你，我现在就来。"他放下电话。

难怪勖存姿要把我调回剑桥，知子莫若父，他知道他儿子聪恕傻气得紧。我披上衣服便离开公寓，我不想见聪恕，这将会是多么尴尬的事。

我一个人踱在街上。女佣问我上哪里，我摇摇头，我自己也不知道，我怎么晓得，我只知道我一定要避开聪恕。

司机就在门口，他拉开车门，我上车。

我说："随便兜兜风。"

他们说，坐劳斯莱斯，最忌自己开关车门。《红楼梦》里说的：没吃过猪肉，也见过猪跑。那么终究有猪肉吃的时候不会出洋相。

坐在车子里要端端正正，头不要左右两边晃，要安然稳当，若无其事。

我现在就这么坐着。车子缓缓驶向郊外的马路，勖聪恕不会再见到我。

或者我会叫勖存姿买一辆跑车给我。像聪慧在开的小黑豹，抑或是别的牌于，我可以好好地想－想，他会答应的。假使我要月亮，他如果办得到，也会去摘下来——不是为爱我，而是因为他的虚荣心：勖存姿的女人什么都有，勖存姿是个有本事的男人。

司机忽然开口："姜小姐，少爷的车在后面追我们。"

"什么？"

司机小心翼翼地说："少爷的车子，你请往后看看。"

我转过头，勖聪恕开着一辆式样古怪的跑车，紧紧贴在劳斯莱斯的后面。

　　我问："他跟着我们多久了？"我不是不慌张的。

　　"一出大路，姜小姐。"

　　"摆脱他，我们加速。"

　　"姜小姐，少爷这辆车比我们的快。"

　　好，没法了。

　　"照常速，假装没有看见他。"

　　"是。"

　　但是勖聪恕想超车，当他的车子追过我们的时候，他降低速度，逼得司机停下车来。

　　"姜小姐——"司机转头。

　　"不关你事。"我说，"你开门让我下车。"

三

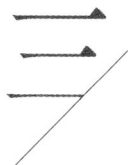

『我一直希望得到很多爱。

如果没有爱，很多钱也是好的。如果两者都没有，

我还有健康。我其实并不贫乏。』

车子停下来，聪恕敲着车窗。他并不愤怒，他的面孔很哀伤，我非常害怕看见这样的表情，因此我别转头，下了车我往前走，他跟在我后面。两辆车子就停在路边。

　　这种场面在国语片中见过良多。可惜如果是拍电影，我一定是个被逼卖身的苦命女子。在现实中，我是自愿的剑桥大学生，现实里发生的事往往比故事戏剧化得多。

　　我问他："为什么？"

　　"为什么？这是我要问的问题。"聪恕说。

　　"为什么跟住我？"我问。

　　"我先看见你，你是我的人。我已约好父亲今夜与他讲话，我们会有一个谈判。"

　　"谈什么？"我瞪目问。

　　"你是我的。"聪恕固执地说。

　　我笑："聪恕，不要过火，我们只认识数日，手也未曾拉过，况且我不是任何人的，我仍是我自己的。"

　　"他做过一次，他已经做过一次这样的事，我不会再原谅他！"聪恕紧握拳头。

"他做过什么？"我淡然问。

"我的女朋友，他喜欢抢我的女朋友。"聪恕脑上的青筋全现出来，我不敢看他。

我镇定地答："或许你父亲以前抢过你的女友，但我可不是你的女友。"

"不是？如果他没有把你买下来，你能担保我们不会成为一对？"

我一呆，这话的确说得有道理。遇上勘存姿之前，聪恕也就是个白马王子，一般女孩子抓紧他还来不及，当时我也曾为认识他而兴奋过一阵子。

"现在不一样了。"我说，"对不起，聪恕，我不是你的理想对象。"

"你在他身上看到什么？他已是个老头子。"

"他是你的父亲。"我说。

"他是个老头子。"

"我要回车上去，聪恕，对不起。"我说，"对不起。"

他拉住我。"道歉没有任何用。"他说。

"你要我怎么办？跪你拜你？"

"不不不。"聪恕道，"离开他。"

我不能。"我不能。"我说。

"你又不爱他，为什么不能？"聪恕问。

"聪恕，你不会明白的，我要走了。"

他跟在我后面，苍白而美丽的脸，一额头的汗。

"你能开车吗？"我实在担心他。

他看着我，完全茫然，听不到我的问题。

"我开车送你回去。"我无可奈何。

我发动他的跑车。进了第二排挡，车子已加速到七十米。他根本不应该开这辆危险的车子。

在车里聪恕对我说："……我很久没有爱上一个女孩子了。我对女孩子很失望……她们的内心很丑陋。但是你不同……你跟男孩子一般爽朗磊落。"他把头埋在手中，"我爱上了你。"

"这么快？"我非常讥讽地问，"这么快便有爱——？"

"你不相信我？"他问。

我把持方向盘稳健有力，我这样的个性，坚强如岩石，二十一年来，我如果轻易相信过任何人一句话，我可活不到今天。我甚至不相信我的老妈，更不用提我那位父亲。

假使有人说他爱我，我并不会多一丝欢欣，除非他的爱可以兑现。假使有人说他恨我，我不会担心，太阳明日还是照样升起来，他妈的，花儿不是照样地开，恨我的人可以把他们自己的心吃掉，谁管他。

但是当聪恕说他爱我，我害怕。他是一个特别的男孩子，他的软弱与我的坚毅是一个极端，我害怕。

我说："看，聪恕，我只是一个拜金主义的女孩子，我这种女人一个仙一打，真的。"

"把车停在路边。"他轻轻地说。

我不敢不听他。

他看着我，把手放在我肩膀上，他在颤抖，他说："你甚至开车也开得这么好！你应该是我父亲的儿子，勖存姿一直想要一个读书好开车好做人好，聪明、敏捷、才智的儿子，但是他得到的只是我……我和父亲互相憎恨对方，但是我们又离不开对方，你可以帮助我，我一定要得到你。"聪恕说得浑身颤抖。

他把手搁在我脸上摸索，手心全是汗，我的脸被他摸得黏答答的，说不出地难受。

我把他的手轻轻拨开。"聪恕，我不是你的武器。"

"求求你。"他把头伏在我胸脯上，抱住我的腰。

他不过是一个受惊的孩子。我不能令他惶恐，我要镇静他。

我轻轻地抱着他的头，他有很柔软的乌密的头发，我缓缓地说："你知道'金屋藏娇'的故事吗？一个皇子小时候，才七岁，他的姑妈抱他坐在膝盖上，让他观看众家侍女，然后逐个问他好不好，皆答不好。最后他姑妈问：'我的女儿阿娇呢？她好吗？'小皇子答：'好，如果将来娶到阿娇，我将以金屋藏之。'这便是金屋藏娇的来源。"

聪恕啜泣。

"你不应该哭，大男孩子是不哭的。"我低声说。

"我要你。"他声音模糊。

"你不是每样东西都可以得到的。"我说，"聪恕，这点你应该明白。"

他哭得像个无助的婴儿，我衬衫的前幅可全湿了。

我又说："不是你父亲与你争，而是你不停地要与你父亲争，是不是？"

他只是哭。

"让我送你回家。"我说道，"我们就快到了。"

"一到家你就会走的，以后我永远也见不到你。"

"你可来英国看我。"我猛开支票，"在英国我们可以去撑长篙船。"

"不，不，一切都是谎言。"他不肯放开我。

"聪恕，你这个样子实在令我太难为情太难做。"

我抬起头叹息，忽然看到勖聪慧站在我们面前。我真正吓一跳，脸红耳赤。勖家一家都有神出鬼没的本事。看到聪慧我是惭愧的，因为她对我太好，以致引狼入室，养虎为患。

"把他交给我。"聪慧对我说。

我推推聪恕。"聪慧来了。"

"二哥哥，你看你那样子，回去又免不掉让爸爸责备。"聪恕抬起头，聪慧拉着他上她的车子，她还带歉意地看我一眼，我更加难受。

"聪慧——"

"我们有话慢慢讲，我先把二哥送回家再说。"她把聪恕载走了。

聪恕的车——

司机的声音自我身后响起："姜小姐，我已叫人来开走少爷这辆车。"

我恨勖家上上下下，这种洞悉一切奸情的样子。

我一声不响地上车，然后说："回家。"

今天是母亲到澳洲去的好日子。

我总得与她联络上才行。电话拨通以后，我与老妈的对话如下：

"喜宝，你到什么地方去了？我们是八点钟的飞机，马上要到飞机场——"

咸密顿的声音接上来："你好大胆子，不送我们吗？你还没见过我的面呢！"

"我不需要见你。"我不耐烦，"请你叫我老妈回来听电话，我还有话说。"谁有空跟这洋土佬打情骂俏。

"喜宝——"

"听着，妈，我会过得很好，你可别担心我，你自己与咸密顿高高兴兴的，什么也别牵挂，咱们通信。"

"喜宝——"她忽然哭起来。

"真的很好，老妈，我进出坐的是劳斯——喂，你敬请勿哭好不好？"

"但他是个老人——"

"老人才好呢。每次我转头，他都一定在那里，无微不至，我甚至会嫁他，遗产不成问题。"

"喜宝，你终身的快乐——"妈说。

"我终身的快乐我自己知道，行了，母亲，你可以走了，再见，一切心照。"

我放下电话。

我很平安地坐在电视机前面。聪恕、聪慧、聪憩，他们不再重要，现在我才在显著的地位。我舒了一口气，我是最受注目的人物。

晚上八点钟，我独个儿坐在小客厅里吃晚饭，三菜一汤，精心烹制。每样我略动几筷，胃口并不是坏，但是我一定要注意节食，曾经我胖到一百二十八磅——奇怪，一有安全感后便会想起这些琐碎的事。

外表再强硬的人也渴望被爱。早晨的阳光淡淡地照在爱人的脸上……足以抵得钻石黄金……那种急急想报知遇之恩的冲动……

我躺在沙发上很久。大概是憩着了，梦中还是在开信箱，信箱里的信全部跌出来，跌出来，这些信全都变成现钞，在现钞堆中我拣信，但是找来找去找不到，心虚得一手都是冷汗，我觉得非常痛苦，我还是在找信，然后有人抓住我的手，我惊醒。

抓住我手的是勖存姿，我自然的反应是握紧他的手。

"你怎么了？"他轻轻地说，"一头的汗水，做梦？"他拨开我额头前粘住的头发。

我点点头。

"可以告诉我吗？"他轻轻地问。

我的眼睛红起来，润湿。我点点头。"我一直希望得到很多爱。如果没有爱，很多钱也是好的。如果两者都没有，我还有健康。我其实并不贫乏。"我的眼泪始终没有流下来。

"以后你会什么都有，别担心。"他说。

"谢谢你。"

勖存姿凝视我。"其实我一直希望有像你这样的孩子。你放心，我不会勉强你。你知道吗？很有可能我已经爱上了你——"他轻轻拥抱我。

我把头埋在他胸前，那种大量的安全感传入我心头。

我用手臂围着他的腰，他既温暖又强壮。

"你见过聪恕？"他低声问。

"是，见过。"

"他……一直是我心头一块大石。当聪慧嫁出去之后，再也不会有人关心他。"

"他不是婴儿了。"我说道，"他还有他母亲。"

"正是，正因他不是婴儿，所以没有人原谅他。"

"你担心他？"我问，"你担心我吗？"

"是的，我担心你。我担心你会不听话，担心你会逃走，"他轻笑，"担心你嫌我老……"

我也笑。

"你今夜留下来吗？"我问。

"聪恕有话跟我说。"他笑笑。

"可是我马上回伦敦，"我说，"你真的肯定这两天没有空？"

"我们还有很多的时间，"他看看我说，"我不会放过你，你放心。"

我忽然涨红了脸。"笑话，我有什么不放心的？"

他看着我，叹气。"你是一个美丽的女孩子，是，喜宝，太过美丽，太过聪明。"

我转过头去。这难道也是我的错？过分地聪明，过分地敏感。我们出来孤身作战的女孩子，如果不是"踏着尾巴头会动"，懂鉴毛辨色，实在是很吃亏的，一股牛劲向前冲，撞死了也没人同情，这年头，谁会冒险得罪人教导人，教精了别人，他自己的女儿岂非饿死。

一切都是靠自己吧。但是现在不一样，现在我有勖存姿，想想都精神一振。

"我要走了。"他说，"这几天比较忙，你自己收拾收拾，司机会把你送到飞机场——聪慧他们开学，我也很少亲自送，所以你不必多心。"

"我多心？"我讪笑，"我自己提着大皮箱跑遍整个欧洲，谁来理我的死活，现在倒真变成香饽饽了，连我自己都觉得奇怪。"

他临出门时看到茶几上的药瓶，他问："安眠药？"

我点点头。

"到伦敦有司机接你。"存姿边说着边穿大衣。

我在他身后帮他把大衣穿上，我问："你不禁止我服药？"

他看我一眼。"嘴头禁止有什么用？当你自己觉得不需要服药也可以睡得稳，你当然会得把药戒掉。我不会单单嘴头上为别人设想的。"他笑笑。

"谢谢你。"我说。

"当你觉得安全舒适的时候，药瓶子会得飞出窗口，光是劝你，大概已经很多人做过，而且失败。"

他开门走了。

只有勖存姿这样的男人，才好算是男人，我叹口气。能够做他的儿女是幸福，能够嫁他为妻也是幸福，就算我这样子跟住他，也并不见得不是好事。我心中的肮脏感觉渐渐消失，因为我开始尊重他，他在我心目中的地位相当重大。

他与聪恕的谈判如何，我永远不会知道，过了三天我就启程往新加坡转"谐和号"到伦敦。我发出一封信给母亲。我在香港已经没有家，命运的安排密不透风，我并没有沦落香港。

司机把我的行李提进去。我在新加坡候机室遇见宋家明。

我向他点点头，在很远的一个位子坐下阅读杂志。

宋却缓缓地走过来，坐在我旁边。我看他一眼，真出乎我意料，他还有什么话说？要与我斗嘴，他也不见得会得讨了好去。

宋家明，我心里说，放马过来吧。

他问："在香港没有看到聪慧？"声音则还和善。

"没有。"我简单地答，并没有放下手中的书本。

"这两日勖家人仰马翻。"他说。

"是吗？"我淡淡地反问，勖家塌了天又与我何关。

"聪恕自杀。"

我一怔。第一个感觉不是吃惊，而是好笑，我反问："男人也自杀？为了什么？"

"姜小姐，你可谓铁石心肠，受之无愧。"

"是的，我一向不同情弱者。如果身为聪恕还要自杀，像我们这种阶级的人，早就全该买条麻绳吊死——还在世上苦苦挣扎做甚？"

宋家明说："你这话说得并不是没有道理——可是你不关心聪恕的死活？"

我说："他死不了。他怎么死得？"

"料事如神，姜小姐。"

我说："你知道有些女人自杀——号啕痛哭一场，吞两粒安眠药，用刀片在手腕轻轻割一刀——"我笑出来，"我只以为有种女人才会那么做。"

宋家明凝视着我："你瞧不起聪恕？"

"我瞧不起他有什么用？"我说，"他还是勖存姿的独子，将来承继勖家十亿家财。"我盯着宋的脸。

"你知道吗，姜小姐，我现在开始明白勘存姿怎么选上你。你真是独一无二的人物。"

"谢谢，我会把你的话当作赞美。"

"是。"他说，"这确是赞美。在短短两个星期内，使勘氏父子为你争风，太不容易。"

我说："据我所知，我还并不是第一个这么成功的女人。"

"你知道得还真不少，"他嘲讽，"知己知彼，百战百胜。"

我只是笑笑。

"聪慧自然后悔把你带到家来。"他说。

"叫聪慧放宽点，一切都是注定的。"对聪慧我有愧意。因为她对我好，从头到尾，她没有对我说过一句夹骨头、难堪的话，她没有讽刺我，没有瞧不起我，从头到尾，她待我好。

"注定的？"宋家明问。

"是的。"我说，"生命中这么大的转变，难道还不是注定的？你听过这句话吗：先注死，后注生，三百年前订婚姻。"我变得温和，"注定我要与聪慧相遇，注定我会在勘家出现。"冥冥中自有主宰。

"这是最圆满的解释。"宋家明说。

"你不是去伦敦吧？"我问。

"是，有点事要办——代勘先生去签张合同。"

"将来伦敦的事恐怕不用我理，有你在。"他忽然与我熟络起来。

"我对这些其实没有什么兴趣，"我很坦白，"我想念好书，现在勘先生会供给我生活的费用。"

　　"很抱歉我这么说，姜小姐，我真的没有恶意，但你当然知道勖存姿已是一个老人，而你还是这么年轻貌美，你的机会实在很多的，况且又是知识分子。"他声音里充满困惑，的确没有挖苦的成分。

　　"我也不知道如何解释。"我说，"在适当的时间与适当的地点，他是一个适当的人，就是如此。"

　　"你不介意人们会怎么说你吗？"宋家明问。

　　我眯眯笑。"老老实实地告诉你，宋先生，人家怎么说，I don't care a fucking shit! [1]"

　　他不出声。忽然之间也笑了，他用一只手揩着鼻子，另一只手搭在我肩膀上，低着头笑。

　　"姜小姐，你真是有趣。"他说。

　　"谢谢你。"

　　"欢迎成为勖家一分子。"他说。

　　"你承认我？"我问。

　　"我是谁？我是老几？勖存姿先生不是早已承认了你？"

　　"但是你，宋先生，如果你看不起我，我的生活岂非略有瑕疵？"

　　"我原先以为你是个有野心的女……"宋说，"可是现在看不像——我不明白，姜小姐，你到底要什么？"

　　"爱。"我说，"如果没有爱，钱也是好的。如果没有钱，至少我还有健康。也不过如此，不，不，我不想霸占勖家的产业，这又不是演长篇电视剧，我要勖家全部财产来干什

　　[1] I don't care a fucking shit: 我才不管这些玩意儿。

么？天天把一捆捆的美元大钞往楼下扔？我只要足够的生活费——很多的煤烧得暖烘烘，很多巧克力供我嚼食——你听过这首歌？"我问。

宋家明看着我很久，我知道他已原谅了我。

"上飞机了。"我说。

我觉得很高兴，把宋家明赢过来并不见得是这么容易的事，我只希望他对我打消敌意而已。他会明白吗？像我这样的人。

他问："你真的在圣三一学院？"

我微笑。"如果我不是圣三一的人，叫这架飞机马上摔下来！叫我马上死掉。"

"好毒的咒！"宋摇头笑，"除我之外，还有数百个搭客陪着你一起摔下来。"

"你为什么怀疑？勖存姿可没有怀疑。"我说。

"勖存姿在认识你第二天就派人去调查过你，他有什么怀疑？这上下他清楚你的历史恐怕比他自己还多。"

"他是这么小心的人？"我抬起头。

"姜小姐，我替你担心，他不是那种糊涂的老人，你出卖的青春与自由，会使你后悔。"

"我认为他是好人。"我说。

"因为他目前喜欢你。"

"我只看到目前。"

"姜小姐，勖存姿是一个极其精悍的人，伴君如伴虎。"

"谢谢你的忠告，我们乞丐完全没有选择余地。谢谢你。"

"祝你好运。"他这句话说得是由衷的。

我点点头。

我们在飞机上坐的并不是隔邻位置，距离很远。宋家明在飞机上并没有过来与我交谈，下飞机时我没有看见他。我看到一部黑色的"丹姆拉[1]"。车牌是CCY65。

天气很凉很舒服，我吸进一口空气。

英籍司机迎上来："姜小姐？"

我点点头。

有一位中年外籍女士伸手过来说："我是辛普森太太，你的管家。"

"我的——管家？"我说，"好，从现在开始，我是主人，你一切听我的！"

她很震惊，没想到我的态度有这么强硬，我觉得这次下马威是必然的事，如果今天我一切都听她的，以后我就是她的奴隶。我干什么要听一个英国半老太婆的话？有什么事劝存姿亲自跟我说个清楚。

"你在等什么？"我不客气地问。

于是我们上车，到酒店开房间，我想这选择是明智的，因为宋家明一定住在他李琴公园的房子里，他不想在那里见我吧。

我用三天的时间逛街探访旧朋友观剧，辛普森太太与我同住一个套房。每天去什么地方，我一一与她说清楚。我也不想她的生活难堪，到第六天的时候，我们已经有说有笑。

她像一切英国中下级的人，非常贪小，我随手送她的小

---

[1] 丹姆拉：Daimler，房车的音译。

礼物，像是香水、胸针，都是货真价实的名贵东西，她很是感激。在这六七日当中，我肯定了"你是仆人"这件事。但凡洋人，你不骑在他头上，他会骑上来的，也不单是洋人吧，只要是人就这样。

过了十天，辛普森太太问我："姜小姐，我们还在伦敦住多久？"这次的语气是试探式的。

"我不知道。"我说，"我在伦敦很高兴。"

"或者我们应该回剑桥了，你应该看看美丽的房子。"

"那房子可逃不掉。"我说，"你放心。"

勖存姿一定已跟她联络过多次。他有没有暴跳如雷？他买下来的女人不听令于他。

不过我想得太幼稚。勖并没有动气，至少他面子上没装出来，一点痕迹都没有。我应该知道。他像那种富裕得过头的女人，一柜都是皮大衣，即使新缝制一件银狐，从店中取回，挂好，也就忘记这件事，并不会日日天亮打开衣柜去摸一摸——我把勖存姿实在是估计太低了。他见过、拥有过的女人有多少！他怎么会在乎我在跟他斗智。

想到这里，索然无味。因为我在伦敦逗留这么久，他一点表示都没有。这表示什么？表示见怪不怪，其怪自败。我决定停止这种游戏，乖乖回剑桥去。

我原本想勖存姿跟我大吵一顿，表示我存在的重要。他并没有给我机会这么做，迫使我自己端了梯子下台。他很厉害。现在我知道，他并不是一般出来玩的老男人。他是勖存姿。

于是我对辛普森太太说："我们回剑桥吧。"

我们乘车自伦敦驶出去。路很长。一路上我都没有开口说话。辛普森太太坐另外一部小车，我不喜欢与她同车，我叫司机另外找辆车给她。两个小时的路程，我干吗要跟她坐一起？是的，她脸上显出被侮辱的样子，她可以不做我的管家，她不干大把人等着来干。人生在世，谁不受谁的气。我自从给勖存姿买下来以后，何尝不在受气，他连碰都不碰我，这足够使我恨他一辈子。

我的一辈子……我的一辈子。我叹气……我的一辈子尚有多少？是一个未知数，想想不禁打个寒噤，难道我会跟足勖存姿一辈子？难道我还想"姜喜宝"三个字在他的遗嘱内出现？

不，不。等我读完这六年功课，我一定要脱离他，我叮嘱自己："六年，我给他六年。六年也不算是一个短的日子，一个女人有多少个六年。"一个。然而这六年不善加利用，也是会过去的。

等毕了业，我可以领取律师执照，我可以留在英国，也可以另创天地。

（伦敦往剑桥的路出名地美丽，两边的村庄田野，建筑得无懈可击的红砖别墅——阔人们又要开始猎狐了吧。时节近深秋。）

我那父亲得知我要念法律，自鼻子里哼出来。他说："念七年？念完又如何？你有没有钱自己开律师楼？没钱，挨完后还不是在人家公司里待一辈子！有什么小市民要离婚、卖楼你就给他们乌搅。告诉你，别以为你老子吊儿郎当是因为做人不努力，逢人都有个命，命中注定做小人物，一辈子就

是个小人物，你心头高有什么屁用？不相信，你去爬爬看，
跌得鼻青脸肿你才知道！"

我不相信。我不相信姜喜宝要坐中环写字楼的打字机前
终老，我总要赌这一把。

我不相信在剑桥孵七年而不能认识一个理想的对象。

第一年我是怎么过的？靠韩国泰。

韩的父亲在伦敦芝勒街[1]开餐馆。去的次数多了以后，付
现款渐渐为签单子，这些单子终于神出鬼没由韩国泰垫付。
他对我很不错，只是他自己能力也有限。

一个年轻的女人立志要往上爬，并不是太难的事，立志要立
得早。

我坐在 LIMOUSINE[2] 里，LIMO 的定义是司机座位与客人
座位用玻璃隔开的汽车。我喜欢这个感觉，以前我有很多不
愉快的经验，暂时也可算过去了。

车子到剑桥时是傍晚。

那层房子无懈可击地美丽，在《哈泼市场》杂志 [3] 常常可
以看到这种屋宇的广告。一辆小小的 "赞臣希里 [4]" 停在车房。
辛普森说："勖先生说你穿九号衣服，这些衣服都是我为你选
的，希望我的趣味尚能讨你欢喜。"

我看着衣柜里挂得密密麻麻的衣服，拨也没拨动它们，

---

[1] 伦敦芝勒街：伦敦的唐人街叫芝勒街。

[2] LIMOUSINE：limousine，豪华型车。

[3]《哈泼市场》杂志：*Harper's Magazine*，美国《哈泼斯杂志》，1850 年
创刊。

[4] 赞臣希里：赞臣希利，Jensen Healey，豪车，现已绝版。

我要学勖存姿，学他那种不在乎。所以笑说："谢谢你，其实我只需要两件毛衣与两条牛仔裤已经足够过一个学期。"

我要开始对辛普森好一点。只有暴发户才来不及地刻薄下人，我要与她相敬如宾。

我打开书房写字台的抽屉，第三格抽屉里有整齐的直版英镑。我的学费。我会将书单中所有的参考书都买下来。我将不会在大众图书馆内出现，永远不。

我吁出一口气。

我走到睡房。睡房是蓝白两色，设备简单而实际，我倒在床上。中央暖气温度一定是七十二[1]，窗外的树叶已经飘落。

我拉一拉唤女佣的绒带，一分钟后她进来报到："是。"

"我们这里有无'拍玛森'芝士[2]，'普意费赛'白酒，还有无盐白脱[3]，法国麦包[4]？"

她脸上没有什么表情，她说："小姐，十五分钟之后我送上来。"她退出去。

我觉得太快活，我只不过是一个廉价的年轻女人，金钱随时可以给我带来快乐。

辛普森敲门，在门外说："姜小姐，你有客人。"

"谁？"我并没有唤她进房，"那是谁？"

"对不起，姜小姐，我无法挡她的驾，是勖聪慧小姐。"

---

[1] 七十二：72华氏度，约为22摄氏度。

[2] "拍玛森"芝士：即帕玛森奶酪，Parmesan Cheese，产自意大利，被很多喜好奶酪者称为奶酪之王。

[3] 白脱：butter，黄油，指从天然牛奶中提炼出来的油脂。

[4] 法国麦包：无油全麦包。

我自床上坐起来。

勖聪慧。

"请她上来。"

辛普森在外头咳嗽一声："勖小姐说请姜小姐下去。"

我想一想。聪慧，她叫我下去。好一个聪慧。

"好，我马上下来。"

我洗一把脸，脱掉靴子，穿上拖鞋，跑下楼。

聪慧在书房等我，听见我脚步声她转过头来。

我把双手插在裤袋里，看着她，她也看着我。

她转过身去再度背对着我，眼光落在窗外。

"你看过后园的玫瑰吗？父亲这么多别墅，以这里的园子最美。"她闷闷地说。

"哦。"我说，"是吗？我没留意。"

"我不是开玩笑。我去过他多处的家。但没想到各式各样的女人中有你在内。"

我笑笑。女佣在这个时候把我刚才要的食物送出来，白酒盛在水晶杯子里，麦包搁银盆中。

聪慧看见说："你容许我也大嚼一顿。"她跟女佣说："拿些桃子来，或是草莓。"

女佣退出去，我的手仍在裤袋中。

聪慧说："你知道有些女明星女歌星？她们一出外旅行便失踪三两年，后来我会发觉：咦，我爹这个情妇顶脸熟——不就是那些出国留学的女人吗？哈哈哈。"

我看着聪慧。我可是半点都不动气。

她大口喝着白酒，大口吃着芝士，一边说下去："那次回家坐飞机我不该坐二等，但是我觉得做学生应该有那么样朴素便那么样朴素——我后悔得很，如果我坐头等，你便永远见不到我，这件事便永远不会发生。"

我看着窗口。远处灰蓝色的天空中是圣三一堂的钟楼。曾经一度我愧对聪慧，因为她是唯一没有刻薄过我的人。一切不同了。我现在的愧意已得到补偿，我心安理得地微笑。

我并没有指望聪慧会是一个圣人。从来不。

过很久，我问："你说完了吧？"

聪慧放下瓶子，看着我，她答："我说完了。"

隔很久我问："你猜今年几时会下雪？你打算去滑雪？"

又是沉默。

"我约好宋家明在慕尼黑。"她说。

"瑞士是滑雪的好地，但必须与爱人同往；像百慕达[1]或是瑞士这种地方，必须与爱人同往。"我停一停，"我现在什么都有，就是没爱人。"

聪慧问："我父亲什么时候来？"

"我不知道。我到英国之后还没有见过他。"

"学校什么时候开学？"聪慧问。

"隔两个星期。"我问，"你呢？"

"我？我被开除了，考试没合格。"聪慧答。

"可以补考。"我说，"补考时他们会把试卷给你看。"

"该补考的时候我在香港。"她说。

我不出声。她没有用功的必要。各人的兴趣不一样。

---

[1] 百慕达：Bermuda，百慕大群岛。

"我可以看一看你手上的戒指？"她问。

"当然。"我脱下递过去。

聪慧把戒指翻来覆去地看半响。"很大。"

"是的。"我套回手中。

很久很久之前，我就希望有一只这样的戒指，很久很久之前，人家连芝麻绿豆的戒指都不送。自然我也没有苦苦哀求。机会没有来到时只有静候，跳也不管用。这样方方的一块石头，我想，许多女人都梦寐以求。

我笑："你知道奥菲莉亚临死之时吟的诗？'我如何把我的真爱辨认——'谁送最大的钻石，谁就最爱你。"

聪慧问："你真的那么想？"

"真的。"我真的这么想。

"你认为我父亲爱你？"聪慧问。

"我不知道。"我说，"芸芸众女当中，他至少选中了我。"

"依此类推，这还不算最大的钻石，"聪慧嘲弄地说，"因为我觉得你不过是他的玩物，将来自有真爱你的人买了更大的钻石来朝见你。"

我看看腕表。"聪慧，我给你的时间已经够长了。"

"当然，这里是你的家，噢，我怎么可以忘记这一点呢？"她站起来。

"你知道吗？我猜到你会那么说。"我说，"一字不差，我知道你会那么说。"

"你是一个妓女！"聪慧说。她终于忍耐不住了。

"当然，因为你父亲是嫖客。再见！"

我自顾自上楼。

聪慧摔烂了茶几上的酒杯。我为什么要担心，她的父亲自然会付钱再买新的。我在楼上的窗门看她驾车飞驰离开。

勖家的人可轮流来这里羞辱我，我才不介意。自勖夫人开始，勖聪憨、勖聪恕、勖聪慧、方家凯、宋家明……他们都可以来。我为什么要介意？他们越为我的存在恐慌，我的地位越巩固。这点浅白的逻辑如果我不明白，我还在剑桥读BAR？

当然他们引起我生活上的不快，谁没有生活上的不快。我母亲姜女士在航空公司赚二千余元港币，生活上的不快比我更多。

我不是勖聪慧，我与她对生活细节上的容忍力极端不同。

我有时到附近公园兜圈子，在后园一面墙上练一小时网球。我并没有意思让韩国泰知道我已回到剑桥。我的一切已完全与他无关，我们在此处结束。

过数日我收到宋家明一封信，他对于聪慧那日的行为表示歉意。每一个都知道我在这个地址。我根本不是什么秘密。很好。

聪慧态度上一百八十度的改变使我心安理得。开学的时候我拿着成沓的现款去交学费。

只是到现在还没见到勖存姿。

他仿佛已经完全忘记我了。

我觉得寂寞。走路的时候踢石子便表示我寂寞。

我其实并没有朋友，因为不相信有朋友这回事。如果我与韩国泰先生只是朋友关系，他不会自动替我付账单。如果朋友不能在现实生活中帮助我，要他们做什么？你不是想告诉我，一个"朋友"对着我念念有词地安慰十个小时，我的难题就会得到解决吧？

朋友只能偶尔在心情好的时候带我去看一场戏，吃一顿饭，这有啥意思，我不是一个八岁的孩子——一个玩具熊，一杯冰激凌都能令我雀跃，不，不，我惯于寂寞。

放学回来写功课，背书本，静寂的屋子，只听见女佣进出时浆熨得笔挺的制服"沙沙"作响。

丝绒大沙发是我盘踞之地，炉火熊熊，在案件与案件之间抬起头来，分外温馨，但是我始终未曾遇见勖存姿，他还没有来。

我忽然觉得可笑，我仿佛是后宫佳丽三千人中的一个，等待皇帝的驾幸。见他妈勖家的大头鬼，当聪慧的态度来个这么大转变的时候，我就已经什么也不欠他们了。总不见得我还要写情书给老头子：我想你，你为什么不来看我……

我一辈子没有写过情信。

所以我没有主动要求见勖存姿。

我不提，辛普森也不提，仿佛世界上根本没勖存姿存在似的，有时午夜梦回，连我自己都疑幻疑真。

但是我见到韩国泰，他找到圣三一堂来。我在饭堂喝咖啡，他一屁股坐在对面："小宝！"我抬起头来，他的面色非常难看。

"什么事？"我问。我的好处是冷静。

"你什么时候回来的？"他老实不客气地问。

"什么时候回来？我看不出与你有什么关系。"

他瞪大眼："这是什么意思？"

"我们完了。"我说。

他大力按住我的手。"不，姜小姐，我们没有完。"

我甩开他的手掌。"我们已经完了。"

"你不能对我这样！"他嚷。

全食堂的人转过头来看我们。

我知道这是没有办法的事，韩国泰那种唐人街餐馆气息身不由己地露出来。

我看着他，我为他难为情。我把我的书抱在怀中，走出食堂，他嗫嗫嚅嚅跟在我身后。我走到园子的石凳上坐下，对他说："有话请讲，有屁请放。"

"以前你对我可不是这样子的。"他冷笑，"以前——"

我说："此一时，彼一时也。"我可以忍受勖存姿的折辱，但不是这个人，现在我与这个人没有关系。

"很好！"他气炸了肺，"你另找到人替你交学费了？别忘记是我把你从那种野鸡秘书学校里拉出来的！别忘记你初到英国时身边只有三百镑！别忘记你只住在老太太出租的尾房！别忘记你连大衣都没有一件！可别忘记——"

我接下去："我连搭公交车都不懂。我买不起白脱只吃玛其琳[1]。我半年没有看过一场电影。我写信只用邮筒。如果没有你，半年的秘书课程我也没有资格念下去，我只好到洋人家去做往年妹来缴学费。如果没有你，我进不了剑桥，我穿不上这身黑袍。如果没有你，我早就滚回香港，做着写字楼工作，'老板长，老板短'，天天朝九晚五。如果没有你，姜喜宝就没有今

---

[1] 玛其琳：Margarine，人造奶油，指从动植物中提炼出来的油脂。

天。对，你完全说得对。"

他对我瞠目而视，我把头转向河边。

剑桥的哭泣杨柳尚在飘拂，并没有发觉天气已经很凉了，细雨微微下在河中，点点涟漪在水中微漾。我抬起头来。"韩国泰，你完全说得对。你不知道我的忧虑有多重，这些年来我忍受过什么。你有什么好气的？不错，你做了我的踏脚石，但是你损失过什么？你难道没有得到你需要的一切？"

他呆呆地看着我。

"我要离开你了，我不再需要你。"我站起来。

他拉住我："难道我们没有感情？"

"那是一件很奢侈的事，像我这样的蚁民，我不大去想它。"

"小宝——但是你说过你爱我。"

"我说过吗，你记错了。"

"至少你说过你喜欢我。"他恳求，"小宝，想想清楚。"

"或许，在那个环境，在那个时候——而且你不是真的相信吧，你不是真相信我会爱上你吧？"我说。

他的脸色煞白。"小宝，你做戏做得太好。"

"那么下次别相信。"我笑一笑，"下次别相信女人。"

"我是爱你的。"他说。

我看着他一会儿。"我不认为如此，国泰，你自己恐怕也有点弄糊涂了，你并不爱我，你从来也未曾爱过我，这是事实。"

他看着我长久长久，然后别转身子走开。

我看着脚下的草地，青绿得可爱。在这种地方应该有人陪着散步至永恒，才不枉一生。

我开着赞臣希里回家。

再过一个月就开始下雪了。今年的雪有鹅毛般大。我呆着脸在教室往窗外看。读书就是这样好，无论心不在焉，板着长脸，只要考试及格，就是一个及格的人。

你试着拉长脸到社会去试一试。

这是一个卖笑的社会。除非能够找到高贵的职业，而高贵的职业需要高贵的学历支持，高贵的学历需要金钱，始终兜回来。

一个案件跟着另外一个案件。我背得滚瓜烂熟。中国人适合念法律，我们自幼太熟习背诵课本，并不求解释。法律文法自成一家，不背熟还真不成功。

但是这雪，多年没下这么大的雪了。圣诞假期快要来临，剑桥并不时常下雪，今年真是例外。

我的寂寞在心中又深印一层。我忍耐孤寂的本事是一流的。日出日落，年始年终，从来没有两样。

我到底有没有恋爱过呢？

那时候我与韩国泰夫看电影。坐在小电影院里看喜剧片，笑到眼泪都流出来，一场放完休息的当儿有女郎捧着盘子来卖冰激凌。韩国泰老是买一杯奶油覆盆子给我，我吃得津津有味，忽然感动了，只觉得幸福，我问韩国泰："我们结婚好不好？"

韩国泰微笑。

然后电影散场，走出戏院，被冷风一吹，我便完全忘记这件事。谁说我恋爱过？我不认为我有。

　　但是我留恋那一刻的温馨，所以我说韩国泰早已得到他要的一切，他还有什么好抱怨的？

　　终于下课了，我脱下黑色短袍，放进更衣室的小铁柜，披上大衣，出门。

　　男同学对我吹口哨，大声嚷："喂，保护野生动物，勿穿皮裘！"

　　我转头笑一笑。

　　我走到停车场。赞臣希里旁边停着一辆黑色宾利。

　　我的心一跳。

　　一个男人打开车门下车，黑色的开司米[1]大衣。黑色宝勒帽子。

　　勖存姿。

　　我不由自主地呆住，百感交集。

　　四个月了。我终于见到他，他来看我了。

　　我哽咽，镇静自己，然后开口："勖先生。"

　　"小宝。"他微笑。

　　很奇怪，我自动走过去双手绕着抱住他的腰，头靠紧他的胸。他的衣服穿得很厚，我听不到他心跳动，但是那种无限的安全感流入我胸腔。

　　他轻拍我的肩膀。"小宝。"

　　我放开他，端详他的脸，他气色非常好。

　　"功课如何？"

　　"很好。"我答。

---

　　[1] 开司米：Cashmere，山羊绒。

"我知道你是个好学生，我只希望聪慧与聪恕可以像你。"他夸奖我。

我微笑，我问："坐我的车，嗯？好不好？"

存姿凝视我。"叫我如何敌得过你这种恳求？"他坐进我的赞臣希里。

勖存姿真是一个男人，他并没有问：那间屋子还好吗？这辆车子还好吗？辛普森太太尚可以吗？没有。

他不是这种小家子气的人。他只是问："你的功课可好？"

我从心里钦佩他。

我把车子开得很当心，缓缓经过雪路。

勖在我身边幽默地说："有老同车，特别当心。"

我笑："别来这一套，你不见有那么老。今天你总要在我家吃饭。我们喝'香白丹'，我存着一瓶已经多月。你如果告诉我没有空，我就把这辆车驶下康河，同归于尽。"

勖长长吹声口哨："这真是我飞来艳福。"

我又再微笑。他真懂得给我面子。我这个人是他包下来的，然而他说得好像他尚欠我人情。

我看他一眼。笑笑。

"你的头发长了。"他说。

"是的。每星期我到维代沙宣[1]去打理头发。要开车落伦敦呢，剑桥简直是乡下地方。"

"但大学是好大学。"

---

[1] 维代沙宣：维达·沙宣，Vidal Sassoon，国际殿堂级发型大师，同时他的名字也作为宝洁旗下美发产品的品牌名称。

"世界上最好的。"我笑答。

我们像久未见面的老朋友，自在舒适，我也觉得奇怪，我们当中仿佛一点隔膜都没有，我可以推心置腹地把一切细节都告诉他。

他说："小宝，想想看——世界上最好的，你应该骄傲，至少你将会拥有世界上最佳学府的文凭。"

"你太褒奖我，勖先生。"我笑说。

我一直叫他勖先生，我喜欢这样叫他：勖先生。

"看到你很高兴，小宝。"

"我也一样。"忽然我说，"我等了你很久，你很忙是不是？忙你的事业，忙你的家庭。"

"不，我并不是很忙。"勖存姿说。

我转头看着他。家到了，我停好车子。

"你的车子开得很好。"

我笑一笑。"我在你眼中，仿佛有点十全十美的样子呢。"

我们进屋子去。

辛普森显然早已得到消息，立刻捧上白兰地，我喝一杯热茶，坐在图书室陪勖存姿。

我说："你一定要听我这张唱片，我找很久也找不到，是这次回香港买下来的。"

我非常兴奋，摇撼着他的手臂，他微笑地看着我。

"你听不听地方戏曲？"我问他，"你喜欢吗？"

"你听的是什么？昆曲、京戏、弹词、大鼓？"他含笑问，"粤剧？潮剧？"

"不，"我笑，"猜漏一样。绍兴戏。听听看。"

他又笑，喝一口白兰地，很满足的样子靠在丝绒沙发里，手臂摊得宽宽的。

我们两个人都在笑，而且笑得如此真实。大概是有值得开心的地方吧。以前有一首葛兰唱的时代曲，一开头便这样："你看我我看你，你看我几时我有这么高兴过……我也不想我也不能我也不会老实对你说……"我其实也没有什么时候是真正高兴过。没有。

我小心放下唱片，当它是名贵的古董。

我解释给勖存姿听："这是《梁祝》……梁山伯与祝英台。"我怕他不懂这些。

他脸上充满笑意，点点头。我觉得他笑容里还有很多其他的含意。这人。我微微白他一眼，这人就是够深沉。

我们静静坐在那里听祝英台迟疑地诉说："自从小妹别你回来——爹爹做主，已将小妹，许配马家了……"

我的眼睛充满泪水。梁祝的故事永远如此动我心弦。他们真是求仁得仁的一对。

勖存姿说："来，来，别伤心，我说些好玩的事你知。"

"什么事？"我问。

"我小的时候反串过小旦，演过苏三。"勖存姿说。

我瞪大眼："不！"

"真的。"他笑，"脖子上套一个木枷，出场的时候碎步走一圈，然后拖长声音叫声'苦——'你看过《玉堂春》没有？"

我当时抹干眼泪，笑道："这不是真的，我以为你是洋派人，大生意大商家，你怎么去扮女人？"

"那时我只有十四岁。好玩，家里票友多得很。"

"哗，那是多年前的事了。"

他点点头，然后说："多年前的事。"

瞧我这张嘴，又触动他心事。他怕老，我就非得提醒他老不可。他不愉快我有什么好处？我现在吃的是他的饭，住的是他的屋子，穿的是他的衣服。我一定要令他愉快，这是我的职责。

勖存姿不动声色地说下去："我还有张带黄着色照片，你有没有兴趣看？下次带来。"然后他站起来。

我知道事情不妙，心沉下去。果然他说："今天有点事，伦敦等我开会，我先走一步。"

天晓得我只不过说错一句话，我只说错了一句话。

他真是难以侍候。

我看着他，他并没有看我。辛普森太太被他唤来，替他穿上大衣。他自己戴上帽子与手套，这才转过头来对我平静地说："下次再来看你。"

我点点头。

他向大门走去，辛普森替他开门。

四

慢慢便学会了，只要勘存姿肯支持我，三五年之后，我会比一个公主更像一个公主。

我独个儿坐在图书室很久很久，耸耸肩。老实说，我真的很有诚意留他吃饭，我真的很高兴看到他。毕竟这是我初次正式学习如何讨一个男人的欢心，瞻望他的眼睛鼻子做人，难免出错，马屁拍在马脚上。

当然我心中怨愤。然而又怎样呢？我可以站起来拍拍屁股走，没有人会留我。

我微笑，但是其中的利害关系太重大，我跟钱又没有仇，只要目的可以达到，受种种折辱又何妨，何必做茅厕砖头。

只是，我从窗口看出，雪已经停了。只是我也是母亲十月怀胎生下来的人，跟勋聪慧一般并无异样，我是怎么沦落到这种地步的呢？竟靠出售自尊为生。究竟是勋存姿的钱多，抑或是我的自尊多？在未来的日子里，这个问题可以得到揭露。

我并没有破口大骂，摔东西发脾气。我甚至没有哭。不，我不恨勋存姿。他已付出代价，他有权教训我，OK！从现在开始我知道，尽管他自己提一百个"老"字，我甚至不能暗示一下"老"的影子，禁例。好，我现在知道了。

我披上大衣散步到屋外去。绕十五分钟小路有家酒馆。

我坐下喝了一品脱[1]基尼斯[2]，酒馆照例设有点唱机，年轻的恋人旁若无人地亲热着。

我又叫一品脱基尼斯。

我低着头想，我可以找韩国泰。但又没这个兴致。天下像他那样的男人倒也还多，犯不着吃回头草，往前面走一定会碰到新的。

碰男人太容易了。在未来的二十五年内尚不用愁。怎样叫他们娶我才是难事。无论如何，一个男人对女人最大的尊敬还是求婚，不管那是个怎样的男人，也还是真诚的。

有人在我身后问："独自来的？"

我笑笑。"是。"转头看搭讪者。一个黄种男孩子，很清爽。看样子也是个学生。

"我从没有在附近见过你。"他说。

窄脚牛仔裤，球鞋，T恤上写"达尔文学院"。当然他没有见过我，我们根本不同学院。我又从来不参加中国同学会的舞会。

"基尼斯？"他问，碰碰我的杯子。

"不。"我说，"白开水，你喝醉了，视力有毛病。"

他擦擦鼻子，笑："很大的幽默感。"

我看着他。

"你好吗？"他温和地问。

"很好。我能为你做什么？"我问。

---

[1] 品脱：pint，1品脱约568毫升。

[2] 基尼斯：Guinness，吉尼斯黑啤酒。

"陪我。我很寂寞。"陌生人问，"你可寂寞？"

"基本上每个人都寂寞，有些人表露出来，有人不表露。"我温和地说。

"你是哪种？"他问，"抑或根本不寂寞。"

"我不知道。"我笑答。

"如果我把手搭在你肩膀上，你的男朋友是否会打黑我的眼睛？"

我笑。"你是中国人？"

"不，我从马来西亚来。"

"你英语说得很好。"我诧异。

"我六岁自马来西亚到英国。"他笑着补充。

"马来哪个城？"我问。

"槟南 [1]。"他答，"听过槟南？"

我耸耸肩。槟南与沙劳越[2]对我都没有分别，马来西亚对我是一片空白。

我问："你住哪儿？"

"宿舍。"

"我可以偷进去？"我问。

"当然！"他摊开手臂，"欢迎。"他有雪白的牙齿。

我问道："你要一品脱基尼斯？"

"我喝啤酒。"他把手搭在我肩膀上。

---

[1] 槟南：槟城，指槟榔屿州，马来西亚十三个联邦州之一，位于马来西亚西北部。

[2] 沙劳越：沙捞越州，马来西亚面积最大的州。

他是个运动健将型的男孩子，天真、活泼、无机心，家里恐怕有点钱——他脸上没有苦涩。半工半读或者家境略差的学生多数眼睛里充满怨气。

如果我今年十六岁，我会得接受这么样的男朋友。

我把基尼斯喝完。我对他说："走吧。"

他扬起一道眉——一道很漂亮的浓眉，大方地答："OK。"

我们走出酒馆，不知内情的人何尝不会想："多么相配的一对。"

哈哈哈哈。

"车子在这边。"他说。

是一辆小小的福士车。以前韩国泰也开福士车。很多男孩子都喜欢买这种二手车，因为它们很经用。

奇怪。在这个时候想起韩。睹物思人，铁石心肠的人都会被一刹那的回忆软化吧，短短的一刻，几秒钟。

我今夜的寂寞凄凉得不能控制。

"对了，"男孩子搓搓鼻子，"我不得不问你，这是常规：你有没有服避孕丸？"

"有。谢谢你问。"

"还有，"他迟一刻，"你没有任何病吧？"

"没有。"我摇摇头，"我是非常干净的。"

他放心了，稚气地笑，然后说道："轮到你问。"

"你依时服了避孕丸没有？"我淡然问。

"去你的！"他大笑。

"你没患梅毒吧？"我又问。

"我服帖了，我的天，不管你是谁，我知道我不可能每天都碰见你这样的女孩子。"他摇头晃脑的。

可是像他这样的男孩子——健康、活泼、普通——每个校舍里有数百名，他至为平常。

我看着他。他们每个都有强壮的手臂，温暖的胸膛，这是我所知道的。

我登上他的车。

"你可开车？"他问，开动引擎。

"我会开。"我简单地答。

"你叫什么名字？"他问。

"莉莉。"

他摇摇头："不，你不叫莉莉。"

"为什么不叫莉莉？"

他侧头看我一眼，眼睛炯炯有神。"你不像一个莉莉。"

我笑。"在酒吧中可以被男人带走的女人都叫莉莉、菲菲、咪咪。"

"那么我宁愿叫你咪咪。"他说。

"OK。"我说。

"别把自己想得太坏，你今天只不过是寂寞，如此而已。"他开导我。

我的天，我翻翻白眼。小子，我的经验足够做你的妈。

"我们到了，剑桥大学的宿舍——嘿，你是干吗的？"男孩子看着我。

"我？我专门在酒吧喝酒与勾搭男人。"

"别说笑。"

"可以下车了吗？"我问。

"可以。我住楼下，我们自窗口跳进去，免得在门房处签访客簿。你爬得动？"

"行。"

我与他走到宿舍，他先进去，我在窗外等他。他进入房间打开窗，我身手敏捷地跳进去，他在里面搂住我，然后马上关窗，拉好窗帘。

他笑："你的动作熟练。"

我答："训练有素。"

他摇摇头。"好口才。"他说。

我在他小小的宿舍坐下，小小的床，只有两尺半宽，这是用来抵制男学生把女孩子带回宿舍的。任凭你们再热情，两尺半的床也装不下两个成人。

他打开柜门，拉开抽屉，取出酒，问我："喝不喝？"

"我喝够了。"我摇头。

"你连我的名字也不问？"

我脱下外套，搭在他椅子背上。宿舍的暖气还不错。我看他一眼。

我说："你叫丹。丹尼斯·阮。"

他诧异："你怎么知道？"

"书架子上的书写着你的名字，一眼就看到了。"

"我怎么称呼你？"他问，"仍然是咪咪？"

我说："咪咪是个可爱的名字。"

"你到底是干什么的？"他好奇地问。

我笑："你为什么还不脱衣服？"

他耸耸肩，过来吻我的脸，我们两个人的姿势都很熟练，仿佛是多年的情侣。

　　后来我问他："你是念语言的，是不是？会用几种语言说'我爱你'？"

　　他答："我从不说'我爱你'。我还没遇到我爱的女人。"

　　"你难道连骗她们都不屑？"我问。

　　"我是个诚实的人。"

　　"男人是越来越吝啬了。"

　　"不，是女人越来越聪明，骗她们也没用。"男孩说。

　　我微笑。"我要回去了。"我说。

　　"这么早？"他失望。

　　我说："迟早是要走的。"

　　我穿上衣服，谁又会跟谁待一辈子。

　　"你是个漂亮的女孩子。"他说，"我喜欢你。"

　　"谢谢你。"我说。

　　"嘿，你一定要走吗？"他还是要问。

　　"当然。"我披上大衣，穿上鞋子。

　　"我送你。"他也起床。

　　"不用。"我说。

　　"你叫不到计程车的。"他警告我。

　　"别担心。"我微笑。

　　我推开窗子，爬上窗框，跳出去。

　　"喂！"他在室内叫住我。

　　"嘘——"

　　"我如何再见你？"他追问，"你还会不会到红狮酒馆去？"声音很焦急。

"再见。"我转头便走。

"喂，你等一等行吗？"他还是那么大声。

"再不关上窗，你当心着凉。"我跟他说。

我急步走过草地，到大堂门房处打电话叫司机来接我。这就是有司机的好处。

我不得不感激勖存姿，受他一个的气胜过受全世界人的气。

丹尼斯·阮。像他那样的男孩子，可以为我做什么？什么是他有而我没有的？他还可以为我做些什么服务？我实在不懂得。啊，原谅我如此现实。

司机把我载回家，辛普森太太来开门。她不敢问我去了什么地方，我径自上楼，心中舒畅，适才在勖存姿身上受的气荡然无存。

只要他每月肯把支票开出来，只要形势比人强的时候我是永远不争的。

我把自己浸到热水中洗一个浴，然后睡觉。

一整夜做梦听到奇奇怪怪的声音，各式各样的人对我吼叫。

在梦中，教授说我功课不好，母亲怪我没有写信。父亲向我要钱，然后勖聪慧指着我鼻子骂。忽然发觉勖存姿的支票已经良久没有寄来。

惊出一身冷汗，自床上跃起，我喘息着呆呆地想：这份日子并不好过。

如坐针毡。

以前我一直不知道这四个字是什么意思，现在明白了。如坐针毡。勖存姿不停地带来噩梦，一天二十四小时，一个月三十天，我不得安宁。

生活不错是有了着落，然后我付出的是什么？

我倒在床上，把被子拉过来。明天又是另外一天，太阳升起来，我还是要应付新的一日。

一切静止了七天。

然后辛普森接到勖存姿的电话，说他隔两个星期会来看我。那时刚刚过完圣诞。他在什么地方过节？香港？伦敦？我不知道。

我只跟辛普森说："你懂得安排，你去安排。"

真是大亨，新宠说错一句话，便罚她坐三个星期的冷宫。这个世界，白痴才说钱没用。

我才不介意聪恕问："你怎么选择这种生活？"

什么生活？如果我的父亲不是勖存姿，我又有什么选择？你到大洋行去看看，五千元请个大学博士回来，叫他站着死他不敢坐着死。哪里都一样，天下乌鸦一样黑。聪恕是那种穷人没面包吃，他叫人家去吃蛋糕的人，他妈的翻版男性玛丽安东奈[1]，可惜聪恕永远没有机会上断头台。

晚上我看电视，他们在演伊利莎白一世[2]的故事。我看得津津有味。人生不如意事常八九。做女皇又几时高兴过，整天看斩头。英国人真野蛮。她母亲安褒琳[3]被她爹斩的头，因

---

[1] 玛丽安东奈：玛丽·安托瓦内特，Marie Antoinette，法国国王路易十六的妻子，原奥地利帝国公主。

[2] 伊利莎白一世：伊丽莎白一世，都铎王朝最后一位君主。

[3] 安褒琳：安妮·博林，Anne Boleyn，英王亨利八世第二任王后，彭布罗克女侯爵，也是英国历史上最著名的王后之一。女王伊丽莎白一世的生母。

为安褒琳不肯离婚。她堂妹苏格兰的玛丽又掉了头。表妹珍格莱 [1] 又照样被她治死。（我想她晚上做噩梦时一定时常见到一大堆无头鬼跑来跑去。）

我喜欢珍格莱。如果你到国家博物馆去，可以看到珍格莱贵女面临刽子手的一大幅油画，珍的眼睛已被蒙住，跪在地上，服侍她的女侍哭昏在地。

那幅图画给我的印象至深。珍格莱死那年才二十多岁，而且她长得美，我实在不明白一个女人怎么可以把另一个女人放在断头台上，也许是可能的，所以她是伊利莎白一世。

我看电视可以看整夜，边喝白酒边看，有一天我会变成两百五十磅，得找两个人把我抬着走。

我伸个懒腰。最好是八人大轿，只有正式进门，明媒正娶的太太才有资格坐八人轿。

我上床睡觉，明天的忧虑自有明天挡。

我睡觉怕冷，从来没有开窗的习惯，连房门都关得紧紧的，以电毯裹身，而且非常惊觉。即使服安眠药还是不能一觉到天亮。

这是第六感觉，半夜里我忽然觉得不对劲，浑身寒毛竖立，我睁开眼睛。但是我没有动，一个黑色的影子在窗前。

啊，上帝，我的血凝住，这种新闻在报上看得太多，但是真正不幸遇上，一次已经太多。我希望枕头底下有一把枪。

---

[1] 珍格莱：简·格雷，Jane Grey，萨福克公爵亨利·格雷的长女，母亲是弗朗西斯·布兰登，外祖母玛丽·都铎是亨利七世的女儿、亨利八世的妹妹。她曾嫁给法兰西国王，后又改嫁。

　　我不敢动，不敢声张。

　　他想怎么样？我的冷汗满满一额头，他是怎么进来的？这屋子有最好的防盗设备，一只老鼠爬上窗框都有警钟响，这个人是怎么进来的？

　　三十秒钟像一个世纪那么长，老实说，我害怕得疯了。他忽然掉过头，向我床边走过来，我忍不住自床上跃起，他掩住我的嘴。我瞪大眼睛，心里忽然十分平静。

　　完了。我想，不要呼叫，不要挣扎，他比我还害怕。我不要帮助他杀死我。我平静躺在床上。

　　那人轻轻地说："是我。"

　　我没听出来，仍然看着他。

　　他把手松开，我没有叫。

　　"是我——小宝。"

　　勖存姿。

　　我全身的血脉缓缓流通，保持着原来的姿势不动。

　　是他。

　　我们铺了红地毯侍候他他不来，这样子重门深锁地偷进来，这是为什么？为了表示只要有钱，便可以为所欲为？

　　"我吓怕了你？"勖存姿轻声问。

　　我点点头。

　　房间里很暗很暗，我只看得到他身子的轮廓。

　　他按亮了我床头的一盏灯。灯上的老式水晶垂饰在墙顶上映出虹彩的颜色。我看看腕表，清晨三点四十五分。

　　他为什么在这种时间出现？

　　他开始解释："飞机既然到了，我想来看看你。"

在早上三点四十五分，像一个贼似的。

我自床上起来，披上晨褛。我问道："喝咖啡？"

"不，我就这样坐着很好。"

我笑一笑。他那样坐着，提醒我第一次见的时候，咱们坐在他石澳家园子里谈天的情况。

不知道为什么，我竟没有生气。

我说："我陪你坐。"

"你睡熟的时候很漂亮。"他忽然说。

我有点高兴。"醒的时候不漂亮？"

"两样。"他说，"醒的时候你太精明。"

我又笑一笑。

"你现在不大肯说话了。"他叹口气。

"是吗？"我反问，"你觉得是这样吗？"

"是的。"

当然，尤其经过上次，为什么我还要再得罪他。如果他要一只洋囡囡，就让他得到一只洋囡囡，我为什么要多嘴。

"这是我的错。"他平静地说，"我使你静默。原谅我。"

我诧异，抬起头来。

"请你再与我说话，我喜欢听你说话。"他的声音内几乎带点恳求意味。

啊，勖存姿的内心世界是奇妙的。一个年纪这么大，这么有地位财产的男人，居然情绪如此变幻多端。

"好的，我与你说话。"我开始，"你乘什么班次飞机到伦敦的？"

"我乘自己的喷射机[1]，六座位。"

我真正地呆住。我晓得他有钱，但是我不知道他富有到这种地步。在这一秒钟内我决定了一件事，我必须抓紧机会，我的名字一定要在他的遗嘱内出现，哪怕届时我已是六十岁的老太婆，钱还是钱。

我略略探身向前。"剑桥有私人机场？"

"怎么没有？"他微笑。

"然后你偷偷地用锁匙打开大门，偷偷地提着皮鞋上楼，偷偷地看我睡觉？"我问，"就是如此？"

"我没有脱皮鞋。"他让我看他脚上的鞋子，"我只是偷偷轻轻地一步步缓缓走进来，地毯厚，你没听见。"

"为什么在这种时分？"我问。

"想看看你有没有在家睡觉，想看看你房中有没有男人。"他淡淡地微笑。

他真是诚实直接。老天，我用手覆在额头上，他听起来倒像是忌妒的一个理想情人。可是我没有忘记他如何隔四个月才见我第一面，如何为我一句话而马上离开，不，我一直有警惕心，或者正如他所说，我是个聪明的女孩子。

今天他高兴，所以赶了来看我，对我说这种话，一切都不过随他高兴，因为他是勖存姿。

"当然，"他说下去，"即使你留人过夜，我也相信你不会把他留在此地。"

我说："也许我经常在外度宿，而偏偏今夜在这里睡。"

---

[1] 喷射机：喷气式飞机。

"所以，这永远是一宗神秘的案件。"他微笑道。

"你不相信我会对你忠实？"我问。

"不相信。"他摇摇头，"不可能。"

"为什么不？"我问。

"历古至今，年轻女孩子从没对有钱的老头忠实过。"他还是平静地说。

我说："也许我是例外。"

"不是，小宝，不是你。"他仍然摇头。

我微笑。

"你今夜很漂亮。"这是勖存姿第二次称赞我。

我缓缓地说："你要不要上床来？"

他还是摇摇头。

"你不想与我睡觉？"我问得再直接没有。

"不，小宝，我不想。"

"或者另一个时间。"我温和地说。

"不，小宝，"他抬起头来，脸上不动声色，声音如常，不过非常温柔，"我不敢在你面前脱衣裳。"

我用手抱住膝头。"如果你怕难为情，你可以熄灯。"

"你还是可以感觉到我松弛的肌肉，皮肤一层层地搭在骨头上。"

我静止一刻。

我从来没有想到这一点，我没有想到勖存姿会有这种自卑感，我真做梦也没想到。

那么他买我回来干什么？摆在那里看？

我勉强笑一笑，我说："我早知你不是世界先生。"

"不，不，"他说道，"我老了。"

"每个人都会老的。每个人都会活到三十岁——除非他二十九岁死去。"

"你并不知道年老的可怕。"勖存姿说，"你看你的青春——"

"我也一日比一日老。三年前我脸上一颗斑点也没有，冬天只需涂点凡士林，现在我已经决定去买防皱膏，什么 B_{21}、B_{23}[1]、激生素[2]、胎胞素[3]。我们都怕老，都怕胸脯不再坚挺，都怕腰身不够细实，都怕皮肤松弛。老年是痛苦的，我怎么会不知道？否则数千年来，咱们何必把'生老病死'四字一齐并提？"

他听着我说话。

勖存姿的双目炯炯有神。

我诚恳地说——老天，我从来没有对一个男人这么诚恳过："我知道你不再是二十岁，但是你半生的成就与你的年龄相等，甚或过之，你还有什么遗憾？你并不是一个无声无息的人，你甚至有私家喷射机，世界各地都有你的生意与女人，香港只不过是你偶尔度假的地方，你不是真想到其他八人行星去发展吧？"

他抬起头，看看天花板，他叹口气。"我还是老了。但愿我还年轻。"

"喂！"我忍不住，"你别学伊利莎白一世好不好——'我

---

[1] B_{21}、B_{23}：法国贵族化品牌幽兰（Orlane）的抗皱霜。

[2] 激生素：激素。

[3] 胎胞素：胎盘素。

愿意以我的一切，买回一刻时光——'"

他看着我。"你怕死亡吗？"

"怕。"

"为什么？"

"因为死亡对人类是未知数，人类对一切未知皆有恐惧。"

"你还年轻。"勖存姿说。

"死亡来得最突然。"我说，"各人机会均等。"

"你刚才说'我半生的成就……'错了，"他的声音细不可闻，"我已经差不多过完了我的一生。并没有下半生在那里等我。"

清晨四时，我们还在室内谈论生老病死的问题。如果在香港的夏日，天应该亮了，可惜这是英伦的隆冬，窗外仍是漆黑一片。

我不知道怎么回答他。被窝里这么暖和，他却与二十一岁的情妇促膝谈人生大道理。

要了解勖存姿不是这么容易的事，我内心有隐忧。

我没有想到死亡，我想到过毕业，我要拿到剑桥法科文凭，我要进入英伦皇家律师协会，我要取到挂牌的资格，我要这一切一切。我只想到扬眉吐气，鹤立鸡群。我只想到可以从勖存姿那里获得我所要的一切。

这不是每个女人都可以得到的机会，我运气好，我岂止遇到一个金矿。勖存姿简直是第二个戴啤尔斯[1]钻石工业机

---

[1] 戴啤尔斯：戴比尔斯，De Beers。戴比尔斯一直是钻石开采和评估行业中声誉卓著的名字。

构。我中了彩票。

原本我只以为他可以替我付数年学费，使我的生活过得稳定一点，但现在我的想头完全改变。勖存姿可以使我成为一个公主。

我静默地震惊着，为我未卜的运气颤抖。

勖存姿问我："你在想什么？你年轻的思潮逗留在哪里？"他凝视我。

"我不知如何回答你。"我微笑，"我很羞惭，我竟无法令你上床。"

"年轻的小姐，你在诱人做不道德的行为。"

我大笑起来。

他又恢复了常态。

"你想到公园去散步？"他问。

"当然。"我当然得说当然。

我从衣柜内取出长的银狐大衣，披上，拉上靴子。他要去散步，他不要睡觉，无所谓。伙计怎可以与老板争执，穷不与富斗。

我说："我准备好了。"

他站起来。"好，我们去吸收新鲜空气。"

我转头问："你穿得可够暖？"

他看着我，点点头，然后说："多年没有人问我这个问题了。"他语意深长。

我们走到附近的公园去，铁闸锁着没开。

我问："爬？"

他笑，搓搓手。"我没爬墙已经十几年。"

我脱下长大衣，扔到铁闸那一边，然后连攀带跳过去。伸手鼓励他："来，快。"我前几天才爬过男生宿舍。

"你先穿上大衣，冻坏你。"他说。

我把大衣穿上，把他拉过铁闸。他很灵敏，怎么看都不像老人，我仍然觉得他是中年人。四十八，或是五十二。可是听他的语气，他仿佛已七十岁了。

我们缓缓在秃树间散步。

我问："连你太太都一向不问你冷暖？"

"我不大见到她。"

"她是你的真太太？"我问。

他看我一眼。"喜宝，你的问题真彻底得惊人，"他笑，"我真不敢相信有人会问这种问题。是的，她是我的正式太太。"

"她叫什么名字？她是不是有一个非常动听的名字？"

"她姓欧阳，叫秀丽。"

"勖欧阳秀丽。"我念一次，"多么长的名字。"

他只向我看一眼，含着笑，不答。他的心情似乎分外地好。奇怪。在荒凉的冬日公园中，黑墨墨地散步，只偶尔迎面遇见一盏煤气灯，而他却忽然高兴起来。

"孩子们呢？你有几个孩子？"我问。

"你不是都见过了吗？"

"嗯，'外面'没有孩子？"我问。

他摇摇头："没有。"

"他们为什么都住香港？"我怀疑地问。

"聪慧与聪恕并不住在香港。只我太太住香港，不过因为全世界以香港最舒服最方便。"

"对。"我说。

"你的小脑袋在想什么？"他问我。

我们在人工小湖对面的长凳坐下。

"我在想，为什么你在香港不出名。"我很困惑。

"人为什么要出名？"他笑着反问，"你喜欢出名？喜欢被大堆人围着签名？你喜欢那样？你喜欢高价投一个车牌，让全香港人知道？你喜欢参加慈善晚会，与诸名流拍照上报？如果是你喜欢，喜宝，我不怪你，你是小女孩子，各人的趣味不同，我不大做这一套。"

"你做什么？"

"我赚钱。"

"赚什么钱？"我问。

"什么钱都赚，只要是钱。"

"我记得你是念牛津的。而且你爹剩了钱给你。嘿……我有无懈可击的记性。"

"我相信。"他搂一搂我。

"除了赚钱还做什么？"我问，"与女人在公园中散步？"

"与你在公园中散步。"他拾起一块小石子，投向湖面，小石子一直滑出去，滑得好远，湖面早已结上了冰。

"这湖上在春季有鸭子。鸭子都飞走了。"我说。

"迁移，候鸟迁移。"勖存姿说。

"我不认为如此。"我说，"这些鸭子不再懂得飞行，它们已太驯服。"

他又看着我，他问："你怎么可以在清晨脸都不洗就这么漂亮？"

这是第三次他赞我漂亮。

"你有很多女人?"我问,聪慧提过他的女人们。

"不。我自己也觉得稀奇,我并没有很多的女人。"

"为什么?"

"你不觉得女人个个都差不多?"他反问。

他觉得乏味,也许他见得太多。丹尼斯·阮说我是突出的。但丹尼斯·阮只是个孩子,他懂什么,他的话怎可相信。

"你也有过情妇。"我说。

"那自然,"他答,"回去吧。"他站起来。

我陪他走回去。小路上低洼处的积水都凝成了薄冰。(如履薄冰。)我一脚踏碎冰片,发出轻微的一声"咔嚓"。像一颗心碎掉破裂,除却天边月,没人知。

我抬高头,月亮还没有下去呢,天空很高,没有星。

"今天要上课?"勋存姿问。

"要。"

他忽然怜爱地说:"害你起不了床。"

"起得,"我说,"一定起得了。"

他犹疑片刻。"我想住几天。"

我脚步一停顿,随即马上安定下来。"你要我请假吗?"

"也不必,今天已是星期四,我不想妨碍你的功课。周末陪我去巴黎好了。"

"机票买好了吗,抑或坐六座位?"我问。

"我们坐客机。"他微笑。

"为什么?"我失望地问,他不答。

回到屋子,他在客房休息。辛普森的表情一点痕迹都没有。英国人日常生活都像阿嘉泰姬斯蒂[1]的小说，他妈的乱悬疑性特强，受不了。为什么他们不能像中国人，一切拍台拍凳说个清楚？

我淋热水浴，换好衣服去上课。勖存姿在客房已睡熟了。我对辛普森说，有要事到圣三一院去找我。

到课室才觉得疲倦，双肩酸软，眼皮抬不起来，未老先衰。瞧我这样儿。早两年跟着唐人餐馆那班人去看武侠午夜场，完了还消夜，还一点事都没有，如今少睡三两个小时，哈欠频频，掩住脸，简直像毒瘾发作的款式。

我只想钻回被窝去睡，好好睡。

可是今夜勖存姿说不定又不知要如何折磨我。也许他要到阿尔卑斯山麓去露营，我的天。

我把头靠在椅背上，又打一个哈欠。

有人把手按在我肩上。我吓一跳，转头——

"丹尼斯。"我睁大眼。

丹尼斯·阮。

他吻我的脸、我的脖子。"我找到你了。"

我说道："坐下来，这是课室。"

"我找到你了。"他狂喜，"你姓姜，你叫小宝。"

"喜宝。"我改正他。

"我找到你了。"老天。

我拿起笔记。"我们出去说话。"

在课室外我说："你是怎么找到我的？"

---

[1] 阿嘉泰姬斯蒂：阿加莎·克里斯蒂，英国女推理小说家、剧作家。

"我雇'哥伦布探长[1]'找的。"他抱紧我,"你可不叫咪咪。"

我的头被他箍得不能动弹,我说:"我以为你雇了'光头可杰'。"

"你为什么不告诉我咱们是同学?"他问。

"为什么要告诉你,"我不悦,"你这个人真是一点情趣也没有,完了就是完了,哪儿来这么多麻烦。"

"我想再见到你,怎么,你不想再见我?"

"不。"我往前走。

"别生气,我知道你吓了一跳,但是我不能忘记你。"

"还有这种事!"我自鼻中哼了一声。

"我不能忘记你的胸脯,你有极美的——"

我大喝一声:"住嘴! 光天化日之下,请你放尊重些。"

"对不起,对不起,请你原谅,但小宝,周末我们可以见面吗? 周末我们去喝酒。"丹尼斯·阮说。

"周末我去巴黎。"我一直向前走。午膳时间,我要回家见勖存姿,因为他是我的老板。

"告诉我你是否很有钱?"他用手擦擦鼻子,"你手上那只戒指是真的?"

"你为什么不能 piss off[2]?"

"你别这样好不好?"他说,"周末去巴黎,下礼拜总有

---

[1] 哥伦布探长:神探可伦坡,美国电视剧《神探可伦坡》(Columbo)的主人公。

[2] piss off:意思是"滚开,滚蛋"。

空吧？"

"我没有空闲。"我说，"我的男朋友在此地。"

"我才不相信。"他很调皮地跟我后面一蹦一跳的。

"当心我把你推下康河。"我诅咒他，"浸死你。"

"做我的女朋友。"他拉着我手。

"你再不走，我叫警察。"

我已经走到停车场，上车开动车子，把他抛在那里。倒后镜里的丹尼斯·阮越缩越小，我不怕他，但被他找到，终究是个麻烦。

他到底是怎么找到我的？

剑桥是个小埠，但不会小得三天之内就可以把一个女人找出来。我知道，这里的中国女人少。

中午勖存姿在后园料理玫瑰花。居然有很好的阳光，但还是冷得足以使皮肤发紫，我把双手藏在腋下，看着他精神百倍地掘动泥土。

他见到我问："下午没课？"

"有。"我说，"尚有二节课。"

"回来吃饭？"他问。

"回来看你。"

他抬起头。"进屋子去吧。"他说。

我们坐下来吃简单而美味的食物。这个厨师的手艺实在不错，勖存姿很讲究吃，他喜欢美味但不花巧、基本实惠的食物，西式多于中式。

"你懂得烹饪？"他问我。

我点头。"自然。煮得很好。"

"会吗？"他不置信。

我笑，不说话。

"下午我有事到朋友家去，晚上仍陪我吃饭？"他像在征求我同意，其实晓得答案永远是"是"。

我点点头。"自然。"

"没约会？"他半真半假地问。

"有约会我也会推掉。"我面不改容。

他也笑。

我们说话像打仗，百上加斤，要多累就多累。

下午三点就完课了。我匆匆回到家，开始为勘存姿做晚餐。不知为什么，我倒并不至于这么急要讨好他，不过我想他晓得我会做家务。

做了四道菜：海鲜牛油果，红酒烧牛肉，一个很好的沙拉，甜品是香橙苏芙喱[1]。

花足我整整三小时，但是我居然很愉快，辛普森陪着我忙，奔进奔出地帮手。她很诧异，她一直没想到我会有兴趣做这样的事情。

勘存姿回来的时候我刚来得及把身上的油腻洗掉。他在楼下唤我："小宝！小宝！"

我奔下来。"来了。"

私底下，我祈望过一千次一万次，我的父亲每日下班回家，会这样叫我。长大以后，又希望得到好的归宿，丈夫每日回家会这么唤我。

---

[1] 苏芙喱：Souffle，又叫蛋奶酥，是道很讲究的法国甜点。

一直等到今天。虽然勖存姿既不是丈夫又不是父亲，到底有总比没有好，管他归进哪一类。

而一个女人毕生可以依靠的，也不过只是她父亲与丈夫。

我重重地叹口气，我两者都欠缺。

辛普森帮他脱大衣。

"下雪吗？"我瞧瞧窗外，"晴天比雪天更冻。"

"春天很快就要来了。"勖存姿笑，"看我为你买了什么。"他取出一只盒子。

又是首饰。我说："我已经有这只戒指。"

他笑。"真亏你天天戴着这只麻将牌，我没有见过更伧俗的东西，亏你是个大学生。"

我的脸涨红。勖存姿的这两句"亏你"把我说得抬不起头来。

我接过他手中的盒子。我说："我等一会儿才看。"

"怎么？"他笑，"被我说得动气了？"

"我怎么敢动气？"我只好打开盒子。

是一条美丽细致的项链。"古董？"我问，"真美！像维多利亚时代的。"

"你应该戴这种，"勖说，"秀气玲珑。"

"是，老爷。"我说，"谢谢老爷。"

"别调皮了。我肚子饿，咱们吃饭吧。"他拍拍我肩膀。

我们坐下来。勖存姿对头盘没有意见，称赞牛肉香，他喜欢沙拉够脆。上甜品时，我到厨房去，亲自等苏芙喱从烤箱出来，然后置碟子上捧出去。

他欢呼："香橙苏芙喱。"他连忙吃。

然后他怀疑地把匙羹放下来："你怎么知道我喜欢吃苏芙喱？"

我并不知道。我做苏芙喱是因为这个甜品最难做。

勖存姿吃数口又说："我们厨师并不擅长做这个。"

"他不擅长我擅长。"我说。

"你？"

我从没见他那么惊异，我的意思是，勖存姿是那种泰山崩于前而不动声色的人。

"你。"他大笑，"好！好。"

我白他一眼："吃完了再笑好不好？"

"谢谢你。这顿饭很简单，"他住了笑，"但我真的吃得极开心。"

我看着他。

"让我抱你一下。"他说，"过来。"

我站起来走过去，他抱一抱我。我指指脸颊："这里。"我说。他轻吻我的脸，我吻他唇，他很生硬。我很想笑。如果有观众，一定会以为是少女图奸中年男人，但是他很快就恢复自然，把我抱得很紧很紧。我再一次地诧异，我轻声笑道："你把我挤爆了。"

他放开我。

我把他的手臂放在我腰上。

他说："年轻的女士，你作风至为不道德。"

我蹲在沙发上笑。

我们还是啥也没做。我拢拢头发。

我说："我知道，你在吊我胃口。"

勖存姿也大笑。

我把那条项链系上，他帮我扣好。我用手摸一摸。"谢谢你。"我说。

"早点睡吧。"他说，"我要处理文件。"

"你去过伦敦了？"我问。

"嗯。"他答。

我上楼，坐在床沿看手上的戒指，不禁笑出来，勖存姿形容得真妙。麻将牌，可不就像麻将牌，我脱下来抛进抽屉。因为我没有见过世面。我想：因为我暴发，因为我不懂得选优雅的东西。没关系，我躺在床上，手臂枕在头下。慢慢便学会了，只要勖存姿肯支持我，三五年之后，我会比一个公主更像一个公主。

我闭上眼睛，我疲倦，目前我要睡一觉。

明天我要去找好的法文与德文老师，请到家来私人授课，明天……

我和衣睡着了。

五

他有权、有势、有力，而且最主要的是，他愿意，命运令我遇见了他。

一定是清晨，因为我听见鸟鸣。

睁开眼睛，果然天已经亮了，身上的牛仔裤缚得我透不过气来。天，我竟动也没动过，直睡了一夜。我连忙把长裤脱掉，看看钟，才八点，还可以再睡一觉。

身后的声音说："真服了你，这样子可以睡得着。到底是小孩子。"笑。

是勖存姿，我转过去。"你最鬼祟了，永远这样神出鬼没。"

他走过来。"我不相信你真的睡得熟，穿着这种铁板裤能上床？"

"你几时做完文件的？"我问。

"不久之前。上来看你睡得可好。"

"我睡得很好，谢谢你。"我白他一眼，"没被你吓死真是运气。"

他笑说："真凶，像一种小动物，张牙舞爪的——"

"关在笼子里。"我接下去。

"你有这种感觉？"他问。

"过来。"我说。

"你说什么？"他一怔。

"我说过来。"我没好气，"我不是要非礼你，勘先生，你羊毛衫的纽扣全扣错了。我现在想帮你扣好。"

他依言走过来。这可是他生平第一次听命于人吧。

我为他解开纽子，还没有扣第一粒，事情就发生了。

也该发生了，倒在床上的时候我想。已经等了半年。很少男人有这样的耐心，这么不在乎。

我并不想详加解释与形容。

第二天他开车送我到圣三一。

下车时候我吻一下他的脸。我问："你还不走吧？"

"明天我们去巴黎。"他说，"已经讲好的。"

我点点头，他把车子驶走。

迎面走来丹尼斯·阮。这么大的校舍，他偏偏永远会在我面前出现。

"那是你的男朋友？"他讽刺地问，"那个就是？他是个风烛残年的老头子。"

我一径向课室直走去，不理睬他。

他拖住我。"别假装不认得我。"

我转过头，正想狠狠地责骂他，他的面色却令我怵然而惊，不忍再出声，他看上去真有点憔悴，原本笑弯弯的眼睛现在很空洞。

"你怎么了？"我问。心中想，另外一个勘聪恕，这干男孩子平常在女孩群中奔驰得所向无敌，忽然之间碰到一个对手，个个被击垮下来。

"我很不好受。"

"你没刮胡子？"我问道，"看上去像个醉汉。"

"我想念你。"他固执地说。

"丹尼斯，到伦敦去找一找，像我这样的女人有六万个。"

"我只想念你。"他还是老话一句。

我笑问："我现在去上课，你要不要转系？法科教授会欢迎你，反正你精拉丁文。"

"下课我在饭堂等你。"丹尼斯·阮说，"除非你连吃茶点时间也被人约走了。"丹尼斯·阮转身走。

我大声嚷："明天我要去巴黎，你别浪费时间。"

他不睬我，高大的身形背对着我走远。

他是个漂亮的男孩子，强壮的手臂，瘦小腰身，美丽的体形，温暖的身体，一寸寸都是青春。我怎能告诉他，我只想紧紧地拥抱他，靠在他身边，走遍剑桥，听他说笑话……

但是勖存姿在这里。勖存姿对我太重要。我知道丹尼斯会说最好的笑话给我听，但我肚子饿的时候，我十分怀疑笑话是否可以填饱我的胃。好的，我知道丹尼斯可爱，除此之外，尚有什么？

一个月、两个月、三个月吧，我会对他的一切厌倦，不值得冒险，连考虑的余地都不必留下。

我对丹尼斯·阮甚至不必像对韩国泰。丹尼斯是零。

我专心地做完上午的功课到饭堂坐下，丹尼斯·阮走过来。他穿着紧窄的牛仔裤，大 T 恤。真漂亮。

我看他一眼，低下头喝红茶。

他说："我有个朋友认识你。"

"谁？"我冷淡地问。

丹尼斯坐在我对面。"他说跟你很熟，他叫宋家明。"

我的血凝住，手拿着红茶杯，可不知怎么办才好。

"他在什么地方？"我声音中带一丝惶恐。

"你真认识他？"丹尼斯诧异问。

"是。"我答。"世界真小。"我喃喃地说道。

"他一会儿来看我，他说有话跟你讲。"

我已经镇静下来，处之泰然，我说："当然他有话要说。"我可以猜到他要说的是什么。我的胃像压着一大堆铅般。谁说这碗饭好吃，全打背脊骨里落。

"你怎么认识他的？"我问。

"我与他妹妹约会一个时期。"阮说。

再明白没有了，我点点头。

"你告诉宋家明什么？说我什么来着？"我问道。

"我对他说我认识了你，爱上了你。"丹尼斯说。

我知道，全世界的人都想毁了我。我低下头叹口气。

我问："我在你宿舍过夜的事，你也说了？"

"说了。我说我从来不晓得东方女郎也有这么好的胸脯。"丹尼斯天真地说，"我爱上了你。"

我呆呆地注视着面前的茶杯，我将怎么办？解释？推卸？还是听其自然？

我把头枕在手臂上面，不出声。

丹尼斯毫不知情，他问："你怎么了？你看上去不大舒服，为什么？"

我轻声说："丹尼斯，你刚才见过我的男朋友，你知道他是谁？"

"谁？一个肮脏有钱的老头子。"丹尼斯气愤地说。

"但却是你好友宋家明的岳父，丹尼斯。"我用手掩住脸。

丹尼斯至为震惊，他站起来，推翻桌前的茶杯。

他嚷："对不起，我真的对不起，我可不晓得，我真的不晓得。"

我叹口气，看他一眼。"我原谅你，因为你所做的，你并不知道。"我站起来，"我很疲倦，下午不想上课。"

"我替你解释，一切是我造的谣言，好不好？"他拉住我苦苦哀求，"我真的不知道。"

"丹尼斯，没关系，你听我说，真的没关系——"真是啼笑皆非，我还得安慰他，太难了。

"我做了什么？"他几乎要哭起来，"我做了什么？"

我看到宋家明走进饭堂，连忙按住丹尼斯："嗤声！别响，他来了，镇静一点，装作若无其事的样子。"

丹尼斯只好坐下来。

宋家明仍然风度翩翩，温文儒雅，叫人心折。

他礼貌地向我点点头："姜小姐，你好。"

叫"姜小姐"是最最好的招呼。不然他还能叫我什么？

"世界真小。"我微笑地说。微笑自然有点僵硬。

"是，我与丹尼斯认识长久。"他也微笑。"你见过勖先生了？"我问。

"尚没有。"宋家明说。

"勖先生与我明日一起去巴黎。"我补一句，"如果没有变化的话。"

"变化？为什么会有变化？"宋家明做其不解状。

我看着他："譬如说，有人说了些对我不利的话。"

"不利的话？你有什么把柄在什么人的手中吗？"他笑问，一边凝视我。

"不是把柄，是事实。"我说。

"你以为还有什么事实是勘先生所不知道的？"他问我。

我真的呆住了。

"姜小姐，如果你认为有事瞒得住勘先生，而尚要旁人多嘴的话，姜小姐，我对你的估计太高，而你对勘先生的估计太低了。"

我震惊得无以复加，脸色突变，无法克服自己的恐惧。勘存姿到底是个怎样的人？他到底派了多少人监视我？

宋家明说："我过来探望丹尼斯，没想到碰到你。"

"见到你很好，宋先生，谢谢你。"我说得很僵。

他点点头。

丹尼斯在一旁又急又难受，插不上嘴。

"我只是可怜我自己。"我轻声说完，站起来走开。

我捧着书在游离状态中离开饭堂，把赞臣希里开回家。这是我的家？我见过屋契吗？没有。我到底有什么？我把抽屉里所有的英镑放进一只大纸袋里去，戴着那只钻戒，开车到最近的银行去存好，用我本人的名字开一个户头。仿佛安了心。

我有些什么？一万三千镑现款与一只戒指。

晚上勘存姿回来，脸上一点异迹都没有。他吻我前额，我陪他吃饭，食不下咽。明天还去巴黎？

终于我放下银匙，我说："你知道一切？"

他抬起头。"什么一切？"有点诧异。

"我的一切？过去，目前，未来。"

"知道一点。"他说，声音很冷淡。

"我今天看到宋家明。"

"这我知道。"他微笑，他什么都知道。

我把桌子一掀，桌上所有的杯碟餐具全部摔在地上，刚巧饭厅没有铺地毯，玻璃瓷器碰在细柚木地板上撞得粉碎。小片溅我手上，开始流血。我只觉得愤怒，我吼叫："你买下我，我是你的玩物，我只希望你像孩子玩娃娃般对我待我，已心满意足，让我提醒你，勖先生，我只比令千金大两岁，她是人，我也是人，我希望你不要像猫玩老鼠式地作弄我，谢谢你。"我转身，一脚踢开酒瓶，头也不回地走出饭厅。

我走上楼，扭开水龙头，冲掉手上的血，我从来没觉得这么倒霉过，我想我不适合干这行，我还是马上退出的好，这样子作贱做一辈子，我不习惯。

血自裂口汩汩地流出来，我并不痛，有点事不关己地看着血染红洗脸盆。我用毛巾包好手指。快，我要走得快，迅速想出应付的办法。

勖存姿敲敲房门："我可否进来？"

我大力拉开门。"别假装做戏了！这是你买下的屋子，你买下的女人，你买下的一切！我痛恨你这种人，你放心，我马上搬出去，从现在开始，我不沾姓勖的半点关系。"

"你的手流血流得很厉害，不要看医生？"他完全话不对题。

"辛普森。"我狂叫，大力按唤人铃。

辛普森走进来，手足无措地站在那里。

"替我叫一辆街车！去。"我呼喝着。

勖存姿说："辛普森太太，你先退出去。"

"是，先生。"辛普森太太马上退出去。

"站住。"我喝道。

勖存姿马上说："我付她薪水，是我叫她走的。"

"好得很，你狠，我步行走，再见。"我冲出一步。

他拉住我。

"拿开你那只肮脏的手。"我厌憎地说。

"下一句你要责骂我是头猪了。"他还是很温和，"坐下来。"

"我为什么要坐下来？"我反问。

"因为你现在'恼羞成怒'，下不了台。在气头上说的话、做的事，永远不可以作准。"

我瞪着他。

"你会后悔的，所以，坐下来。"

我坐在床沿，白色的床罩上染着紫羌色的血。

"你还年轻，沉不住气。"他说，"救伤盒子在哪里？"他走进浴室，取出纱布药棉。"把你的手给我。"

我把手递出去。

"割得很深。"他毫不动容地说，"最好缝一两针，可是我们有白药。中国人走到哪里还是中国人，带着土方药粉。"

我什么也不说。

我永远在明，他永远在暗，我跟他一天，一天在他掌握之中。与丹尼斯偷情唯一的乐趣就只因为勖存姿不知道。现在他已经知道，一切变得无谓之至。我下不了台，故此索性发场脾气，现在上了更高的台，更下不来。

"是的。"他说，"我什么都知道。那是个富有魅力的年轻男孩，配你是毫不羞愧的，而且他很喜欢你。以前你有很多这种男朋友，以后你也会有很多这种男朋友。我并不忌妒。我也懂得年轻男人的双臂坚强有力，是，我知道，但我不生气。你不过是小女孩子。"

他包扎好我的手。

"我倒并不是那么颠倒于你的肉体——别误会我，你有极好的身材与皮肤，但女人们的身体容易得到，我希望将来你或许可以爱我一点点，不要恨我。"

我茫然说："我并不恨你。"

"当然你恨我。你恨我，你也恨自己。一切为了钱，你觉得肮脏，你替自己不值，你常拿聪慧出来比较，你恨命运，你恨得太多，因为你美丽聪明向上，但是你没有机会，你出卖青春换取我给你的机会，但你的智慧不能容忍我给你的耻辱。于是你恨这个世界。"

勖存姿叹口气。

我别转面孔。

"我会离开英国一个时期。"他说。

我冷笑。"离开英国？你即使到西伯利亚，也还清楚我的一举一动。"在他的遗嘱上出现？我不干了，我没这份天才！

他转身对我说："让我提醒你一件事，我有这个权利，我们签好合同，你是我的人。我的容忍度不是不大，但你要明白，你已经得到你所需要的一切，你也应该付出点代价吧？谁叫你的父亲不叫勖存姿？"

我听着这些话，连血带泪一起往肚里吞。

"我知道你的信息了，"我说，"如果你要辞退我的话，请早两个月通知。"

"我会的。"他拉开门，再转过头来，"是不是我要求太过分？我只希望你喜欢我一点点。"我睁大眼睛看着他。

他叹口气，离开我的屋子。

我唤来医生看我的伤口，然后服安眠药睡觉。明天又是另外一天，史嘉勒奥哈拉[1]说的。

我做一个美丽的梦。在教堂举行白色婚礼。我穿白色缎子的西装小礼服，白色小小缎帽，新鲜玫瑰花圈着帽顶，白色面绸。

但是电话铃响了又响，响了又响，把我惊醒。

后来发觉是楼下客厅与我房中的电话同时响个不停。

没隔一会儿，楼下的电话辛普森接到了。楼上的铃声停止。辛普森气急败坏地跑上来。

"姜小姐！姜小姐。"

"什么事？"

"勖先生。他被送去萨森医院，他示意要见你——"

我跳起来。

"哪里？"我拉开门，"哪里？怎么会的？"

"医院打电话来，勖先生的心脏病发作——"

"什么医院？"我扯住她双肩问。

---

[1] 史嘉勒奥哈拉：斯嘉丽·奥哈拉，Scarlett O'hara，著名小说《飘》中的女主角。

"萨森——"

我早已披上大衣，抢过车匙，赤足狂奔下楼，我驶快车往医院，脑中只有一个念头，是我气的，他是我气的。

我把车子铲上草地停好，奔进急救室，我抓住一名护士，喘着气。"CCYUNG！心脏病人。"

他们仿佛在等我，马上把我带到病房。

勖存姿躺在白色的床上。

我走过去，我问医生："他死了？他死了？"

"没有。"医生们的声音永远如此镇静，"危险。你不能嘈吵，他要见你——你就是姜小姐？他暂时不能说话，你可以走过去坐在那张椅上，我们给你五分钟。"

我缓缓走过去坐下。

勖存姿鼻子与嘴都插着细管，全通向一座座的仪器。

他的头微微一侧，看到我，想说话，但没有可能。

护士说："他要拉你的手。"她把我的手放在他手上。

忽然之间我再也忍不住我的眼泪，我开始饮泣，然后号啕大哭，医生连忙把我拉出病房。

"吩咐过你，叫你噤声。"

我跪在地上哭。"他会死吗，他会死吗？"

护士把我拦住。"他不会死的，他已渡过危险期，你镇静点好不好？"

另外一个医生说："着她回去，病人不能受任何刺激。"

宋家明！忽然我想到宋家明，我奔出医院，开车往达尔文学院找丹尼斯·阮，他应当知道宋家明在什么地方。

我衣冠不整地跑到人家男生宿舍去敲门，阮出来看见我，马上说："你来这里干什么？家明到你家去了。"

"他得到了消息？"我气急败坏地问。

"他到你家去了，你看你这样子，你已经冻僵掉，让我开车送你回家。快。"

我的嘴唇在颤抖，我点头，我实在没有能力再把车子开回去。

丹尼斯叹口气，他上了我的赞臣希里，一边喃喃说："明天校方就会查询为何草地与水仙花全被铲掉，如果你从左边进来，连玫瑰园也一起完蛋，那岂不是更好？"

我只是浑身发抖，说不出话来。

"你看你，手脚流血，脸上一团糟。"

他开车也飞快，一下子回到家。

宋家明听到引擎的声音来开门，一把搂住我。

"静下来。"他低声命令我。

我只想抓住一些东西，将溺的人只要抓住一些东西。

"别怕，他不会死。这次不会。"宋家明温柔地说。

我们三人进屋子，阮关上大门。

辛普森太太递上热开水，宋家明喂我喝下去。

"上楼去换好衣裳，去。"宋命令我。

"不……"

"上去，我陪你上去。"宋家明的语气肯定坚决。

我瞪着宋家明："不……"

"他的身体一向不好，这种情形已发生过一次，别惧怕。上楼去，让辛普森太太替你擦洗伤口。"

我拉住宋的衣角，半晌我问："为什么？为什么你对我这么好？"

他侧转头去。

丹尼斯说："我在这里等，有什么事叫我一声。"

辛普森太太替我放好一大浴缸的热水，把我泡下去。宋家明坐在我床上。

他说："像杀猪。"他还是幽默。"古时杀猪就得用那么大缸热水。要不就像生孩子。我总不明白为什么生孩子要煲热水。"

我在淌泪。自己也不明白为什么，但眼泪完全不受控制地淌下来。

辛普森太太替我擦干身子，敷药。

我如木人一般，还只是流泪。一生之中没有任何事再令我更伤心如今次。

我觉得罪孽深重，对不起勖家的人。

穿好衣裳，自浴间走出来，辛普森太太替我穿衣服，束起头发。

宋家明叹口气。他用很轻的声音说："真想不到。勖老先生爱上了你，而你也爱上了他。"

"什么？"我问。

他叹一口气，不响。

"什么？"我再问。

宋家明说："医院也通知我了，但是医生说他只想见你，我赶来接你，辛普森太太说你已经走了。"

"你有没有看到他？"我问。

"他没有说要见我。"宋家明答，"他只说他要见你。"

"他没事吧？"我问。

"我们明早再去看他。"宋答，"不会有事的。"

我们下楼，与丹尼斯三个人坐在客厅，直到天亮。

天亮我们到医院去，丹尼斯回宿舍。家明坐在门口，只有我一人进病房。

勖存姿身上的管子已经减少很多，护士严肃警告我："你别惊动他。"

我点点头。

我蹲在他身边，维持最接近的距离，握住他的手。

他张开眼睛，看到是我，微微点头，又闭上眼睛，嘴巴动了一动，想说些什么，我把耳朵趋在他嘴边。

"我老了。"他说。

我拼命地摇头，也不知道想否认些什么，脸埋在他手中。

"你可以回去了，好好地睡觉，好好地念书。"

我说："是。"

"我出院来看你，你不必再来看我，没去成巴黎……"

我点头，又摇头。

护士过来，轻声对我说："不要说太多话。"

我拉住勖存姿的手，吻一吻。"我走了。"我说。

他闭着眼睛点点头。

我走出病房。

家明与我并排走出医院。"他有没有要见我？"他问。

我摇头，轻飘飘地跟在他身后走。

"有没有要见聪慧、聪恕？"家明又问。

"没有。"我说。

"医生说他很快会出院。"家明说。

"我不知道他有心脏病。"我说。

家明停了停，然后说："请恕我无礼，姜小姐，其实关于勖存姿，你什么也不知道。"

"是的，你说得对。"

"他很有钱。"宋家明开始说，"你知道的，是不是？其余的我们也不懂得太多。"

我听着。

"他的生意在苏黎世，常去比利时，我怀疑他做钻石，但他也做黄金，有造船也有银号。他跟全世界的名人都熟，很有势力。他最漂亮的公寓在巴黎福克大道——住蒙纳哥的嘉丽斯王妃[1]隔邻。"

我慢慢地走着，家明一直不离不即陪我。

"我只知道他有两个女儿一个儿子。聪恕始终是他的心事。聪恕太不争气，问题是他根本不用争气。"家明说下去，"勖存姿起码大半年住在苏黎世，他到英国来不外是为了看你。"

我一句话说不出。

"他占有欲非常强，出手很大方。我实在佩服他。"

我问："他可喜欢你？"

家明苦笑。"像他那种人，要赢得他的欢心是很难的。"

我说道："……世上有钱的人与穷人一般多。"

"是。"家明说，"但像他有那么多的钱……那么多……你

---

[1] 蒙纳哥的嘉丽斯王妃：摩洛哥王妃，格蕾丝。

也许不知道，他在苏格兰买下一座堡垒——"

"苏格兰？"我喃喃地问。

"为你。"家明说，"勖存姿令我办这件事。我问他为什么是苏格兰。西班牙的天气更明媚，堡垒更多更便宜。但是他说：'喜宝中意苏格兰。'"

我呆呆地问："一整幢堡垒？"麦克白的堡垒。

"七十个房间。"宋家明苦笑，"十四亩花园，正在装修。打开电动铁闸，车子还要驶十分钟才到大门。"

"但是……"

"他比你想象中更有钱吧？"家明问。

我们没有乘车，一路走回家去。

勖存姿出院后并没有再来探我。他飞到苏黎世去了。我一个人在剑桥乖了很久很久。我欠他。我真的欠他。

丹尼斯·阮不敢来找我，他这一段事算告完结。宋家明挟着他一贯的风度做人，并没有提到我与阮的那件事。宋恐怕已知道我在勖存姿心目中的地位，他不敢得罪我——也不见得，不知在什么时候，他已经很明显地原谅了我。

现在恨我的是聪慧。

我设法把成绩表、家课分数、系主任的赞美信全部寄往勖存姿在苏黎世的公司去。我们之间好像真的产生了感情。

他写信给我，亲笔，不是女秘书的速写打字。

我也写信给他，很长很长的，我把信当作一切感情上的发泄与寄托，这时我与老妈完全失去联络，越是疏远，越提不起劲来倾诉。

她能为我做什么呢？我把烦恼告诉她，于事有何补？不如告诉勖存姿。他像我的上帝。如果我说："……在杂志上看到劳斯'卡麦克'[1]的广告……"他下一封信会答："你开卡麦克不适合，但我会置一辆……"我一切的祷告都得到回复。他有权、有势、有力，而且最主要的是，他愿意，命运令我遇见了他。

我跟家明成了朋友，他留在伦敦，接管了勖存姿一家运输公司，我们见面机会很多。

宋家明有时候问我私人的问题，像："勖存姿怎么汇钱给你？"

我老实地说："在图书室有一只不锁的抽屉，里面的钞票永远是满的，我用掉多少，有人放多少进去，神出鬼没，我一直没问是谁做的。"

"岂不是像聚宝盆？"他笑。

我也笑。

"女人，时价每天不同。"宋家明说，"前数天我在'夏惠'吃饭，碰到台北新加坡舞厅的一个舞女，她前来跟我搭肩膀说话：'……跟老公来的，旅行。'我问：'结了婚吗？'她笑：'等注册。'来不及地补一句，'在香港我住浅水湾。'你瞧，女人多有办法。当然勖存姿不会看上这种庸脂俗粉……"他看着我。

我却问他："你怎么会到新加坡舞厅去的？"

"你开玩笑？到过台北的人谁没去过新加坡？你知道新加坡舞厅有多少个小姐？两千名。"宋家明又笑。

---

[1]劳斯"卡麦克"：劳斯莱斯的一款车型。

我说道："你不像是那种男人。"

宋家明说："姜小姐，男人只分两种：有钱与没钱。谁都一样。"

"女人呢？"我问。

"女人分很多种。"他答。

"我是哪一种？聪慧是哪一种？"我又问。

"你很特别。"宋家明说，"难以预测。你实在值得勖存姿所花的心血。"

"真的？你不是故意讨好我？"

他笑着哼一声："如果我有能力，如果我不是这么自爱，我会与勖存姿争你。"

我微笑。"你们这么做，不是为我，而是为了与勖存姿争风头。"

"不见得。但我必须承认，没有勖存姿琢磨你，你不会是今日的姜喜宝。"

我说："挤在公交车站上半小时，再美的美女也变得尘满面，发如霜。当日你见到的姜喜宝，与今日的姜喜宝自然完全不同，今日我已被勖存姿蓄养大半年，怎么还会跟以前一样？"

"你说得很是。"他点点头。

"聪慧呢，宋先生？"我始终叫宋先生，而他叫我"姜小姐"。

"聪慧？"他微笑，"你知道有种婴儿，生下来没大脑，在他们脑后打灯光，光线自他们的瞳孔通过直射出来。现在人们捧这种缺乏脑子的女郎为'黄金女郎'，聪慧是其中之一。"

我至为震惊，我凝视宋家明。"你的意思是……你并不爱聪慧？"

他改变题目。"爱？什么是爱？"他问我。

我老实答："我不知道。"

"你应该知道。"家明说。

"不，我不知道。"我说。

"勖存姿爱你。"

"他？"我笑，"宋先生，你太过分了。"

"如果一个人临死时想见的是你，那么他是爱你的。"宋家明提醒我。

"但为什么？"我非常怀疑。

"我不知道。人夹人缘，你们有缘分，他今年六十五岁，你才二十一。"他耸耸肩。

"他六十五岁了？"我问。

"你没有看见他那部'丹姆拉'的车牌？ CCY65——勖存姿65。至少六十五岁，那辆车是他六十五岁那年买的。"

我把面孔转向另外一面。

"你现在仍是为了他的钱？"宋问。

我不答。我已经够有钱。要离开他现在我可以马上走。但还有谁会来听我的倾诉？谁有兴趣再读我长信中琐碎的事情？他的确已经年老。但他永远站在我的身后，当我最需要他的时候，他在那里。

年轻人。

他们的应允如水一般在嘴里流出来，大至婚姻、前途、爱情，小至礼物、信件、电话、约会。说过就忘记，一切都是谎言，谎言叠上谎言，连他们自己的脑袋都天花乱坠起来，像看万花筒一般，转完又转，彩色缤纷的图案，实则不过是小镜子里碎玻璃凑成的图案——我看得太多，听得太多，等得太久，一次一次地失望。

我想起我这二十一年的生命——没有一件真事。

只有勖存姿。

不是为了他的钱。在他这次进医院之后，不再是为他的钱。在银行的现款已够我念完剑桥，现在不光是为他的钱，他是世上唯一爱护我的人。

别问我什么是爱，我不知道，勖存姿这样子无限地给予，应是爱的一部分。

宋家明摇摇头。"你不知道人的本性，人喜欢表演。你是一个最好的观众。你甚至懂得挑选堡垒。他的钱花出去，总不能花得冤枉。"他微笑，"你的鉴赏力满足他。"

我说："说不定他会送我一套凡·高的画，不多不少，十来幅，就那样随意地挂在图书室里。"

"姜小姐，你的胃口很大。"

"剑桥市大蒜涨价，我要负责，我口气比胃口更大。"我微笑。

我们几乎是像兄妹般地聊天。渐渐我也觉得不妥当，渐渐我也觉得不安，我们说得太多，见面次数太频。甚至当我在法庭见习时，他都会忽然出现来看我，坐在那里，只是为看我。

他不提到聪慧，也不提到聪恕。我故意问："你那黄金女郎如何？"

"在那梭晒太阳，她一生中最大的难题是（一）晒太阳以便全年有金棕色美丽的皮肤，抑或（二）不晒太阳，免得紫外线促进雀斑与皱纹早熟。"

"别这么讽刺。"我忍不住说。

"你也知道聪慧，"他问，"你说我有没有过分？"

"她只是……"我惆怅而向往，"不成熟，但她的本性是那么可爱。"

宋家明笑笑，把双手插在裤袋中。他穿着法兰绒西装，同料子裤子，腰头打褶，用一条细细黑色鳄鱼皮带。白色维也纳衬衫[1]，灰色丝领带——温莎结，加一件手织的白色绒线背心。

我问："谁替你选的衣服？"

他奇道："怎么忽然问起这种问题来？"

"你穿得实在好。"

"我只穿三种颜色。"他说，"这叫好？"

我笑："我只穿一个颜色哩。"

"是的，去年夏天，当我每次看见你，我都想：'这女孩子只穿白色。'"家明说。

"谢谢，"我说，"我不知道你注意我。"

"每个人都注意到你。聪慧实在不应把你带回来。"

我笑："像《呼啸山庄》中的希拉克利夫[2]，狼入羊群？"

宋家明揉揉鼻子，笑道："我倒不那么确定谁是羊，谁是狼。谁的额头上也没有签字。"

---

[1] 维也纳衬衫：Gino Venturini，意大利衬衫品牌，拥有百年历史。

[2] 希拉克利夫：希刺克厉夫，《呼啸山庄》的主人公。

我问："聪恕呢？"我总得问一问聪恕。

他沉默一会儿。

"聪恕从头到尾在疗养院里。"他终于说。

"我不相信。"非常震惊，"已经多久了？"

"七个月，他很好，但是他情愿住疗养院里。"家明苦笑，"你或许不知道，他天天写一封信给你——"

我抬头。"我一封信也没有收过。"

"没有人为他寄出。"

"谁读那些信？"我问。

"信在勖先生那里。"家明说，"只有勖先生知道内容。"

"啊？"

"他收到过我的信吗？"我问，"勖先生有没有遣人冒我的笔迹复信给聪恕？"

"聪明的女子。"家明说，"'你的信'由聪憩代笔，约两星期一封。"

"肉麻的内容？"

"不，很关切的内容，维持着距离，兄妹似的。"

"如果只有勖先生看过聪恕的信，聪憩如何作答？"我问。

"他们总有办法。"家明微笑，"勖家的人总有办法。"

"聪恕，他真的没事吧？"

"没事。如果他生在贫家，日日朝九晚五地做一份卑微工作，听老板呼来喝去，他将会是全香港最健康的人。"

现在宋家明的刻薄很少用在我的身上。

"聪恕除了做林黛玉状外，没有其他的事可做。"家明说，"我很原宥他。"

我看着宋家明。"你呢？你为什么留在勖家？你原是个人才，哪里都可以找到生活。"

"人才？"他嘲弄地，"人才太多了，全世界挤满着多少PH.D.[1] 与 MBR，他们又如何？在落后国家大小学里占一个教席。勖家给我的不一样，有目共睹。姜小姐，我与你相比，姜小姐，我比你更可怜。"他的声音渐渐低下去。

可怜。宋家明会用到这两个字。可怜。

"你是女人，谁敢嘲笑你。我是男人，我自己先瞧不起自己。如果聪慧的父亲不是勖存姿，或许我会真正爱上她。她不是没有优点的，她美丽、她天真、她善良。但现在我恨。"

这番话多么苦涩。

"勖先生看得出我的意图，他比较喜欢方家凯。家凯与聪憩跟他略为疏远，所以他们两夫妻比较能讨得他欢心。"

我不用告诉宋家明。我知道勖存姿最喜欢的是谁。

我。

为什么会这样，我不知道。缘分吧，如宋家明所说，缘分。一切不明不白、不清不楚的事情都归类于缘分与爱情，人类知识的贫乏无以复加。

我问："是不是为了我，聪恕才住进了疗养院？"

"不。他等这借口等了很久。现在他又为女孩子自杀了，以前净为男孩子。"

我用手撑着头。"如果他们真的都爱我，那我实在太幸福了。才一年之前，我告诉自己，我需要爱，很多的爱。如

---

[1] PH.D.：Doctor of Philosophy，哲学博士。

果没有爱，那么给我很多的钱，如果没有钱，那么我还有健康……"我喃喃地说，"现在这么多人说爱我……"连韩国泰都忽然开始爱我，丹尼斯·阮、勖聪恕，还有站在我面前的宋家明。嗅都可以嗅出来。

我冷笑。忽然之间我成为香饽饽了，不外是因为现在勖存姿重视我。世上的人原本如此，要踩大家一起踩一个人，要捧起来争着捧。

这年头男人最怕女人会缠住他嫁他，因为我是勖存姿的人，他们少掉这一层恐惧与顾虑，一个个人都争着来爱我。

我无法消受这样的恩宠，真的。

不过宋家明还是宋家明，他一直只对我说理智的话，态度暧昧是另外一件事。

也没多久，聪慧飞来伦敦。人们知道玛丽莎白兰沁[1]，但不知道勖聪慧。人们知道嘉洛莲公主[2]，但不知道勖聪慧。聪慧一生有大半时间在飞机上度过。她根本不知道她要追求什么，她也不在乎。她一生只做错一件事，去年暑假回香港时，她不该一时兴致勃发，乘搭二等客机座，以致遇见了我。

她穿着非常美丽的一件银狐大衣，看到我不笑不说话，把手绕在她未婚夫的臂弯里。

是她指明要见我的，我给她父亲面子，才赶来看她。

"有重要的事？"

---

[1] 玛丽莎白兰沁：马里莎·贝伦森，Marisa Berenson，演员，主要作品有《绝地老冤家》。

[2] 嘉洛莲公主：卡罗琳公主，Caroline Grimaldi，摩纳哥大公主。

"自然有,爹说下个月来这里。"她说,"爹的遗嘱是在英国立的,他要改动内容,叫你在场,怎么,满意吧?"聪慧冷冷地说。

为什么要我在场?为什么要我知道?我现在不开心了。我是实实在在真的不开心。我要花的钱已经足够足够。但他为什么不亲自通知我,而要借聪慧的嘴,他是不是想逼聪慧承认我?逼勖家全体成员承认我?要我去做众人眼里的针?

聪慧说:"我们届时会聚在伦敦,爹爹叫我们全体在场。"

我不关心。我不会在那里。

聪慧的手一直紧紧揽着家明,一刻不离,我假装看不见。聪慧并不见得有宋家明想象中的那么单纯,不过她这个疑心是多余的,天下的男人那么多,吃饭的地方不拉屎,勾搭上宋家明对我有什么好处?对他有什么好处?况且我们现在份属友好,很谈得拢。目前我没有这种企图。

可是聪慧已经在疑心。

她说:"妈妈说那次没把你看清楚,很是遗憾。"

我不响。本来想反驳几句,后来觉得已经占尽风光,何苦不留个余地,于是维持沉默。

我说:"如果没有其他的事,我想我可以回剑桥了。"

"哦,还有,爹叫我带这个给你,亲手交到。"她递给我一只牛皮信封。

我看看家明。马上当他们面拆开来。是香港的数份英文报纸。寻人广告,登得四分之一页大:"寻找姜喜宝小姐,请即与澳洲奥克兰咸密顿通话(02)786-09843联络为要。"我抬起头来。

家明马上问："什么日子？"

都是三天至七天前的，一连登了好几天。

妈妈。我有预感。

家明说："我想起来了，天，你有没有看《泰晤士报》？我没想到那是寻你的。"

他马上翻出报纸，我们看到三乘五寸那么大的广告："寻找姜喜宝女士，请联络奥克兰……"

我惶恐地抬起头。"我没有看见。我没有看见——"

"现在马上打过去，快。"家明催促，"你还等什么？"

聪慧问："什么事？"

我说："我母亲，她在澳洲……"我彷徨起来。

家明替我取过电话，叫接线生挂长途电话。他说道："也许你很久没写信给她了，她可牵记你……"

家明是关心我的。

不。我母亲从来不牵记我。我再失踪十年，她也不会登了这么大的广告来寻我，况且现在寻找的并不是她，而是咸密顿。

电话隔五分钟才接通。这五分钟对我来说，长如半世纪。我问着无聊的问题："澳洲与伦敦相差多少小时？十四个？""电话三分钟是若干？"

宋家明烦躁地跟我说："你为什么不看报纸？广告登出已经第三天！连我都注意到。只是我不晓得你母亲在澳州，他们又拼错了你的名字——"

是咸密顿……

聪慧说："电话接通了，家明，你闭嘴好不好？"她把电话交给我。

我问："咸密顿先生？"

"喜宝？"那边问。

"咸密顿先生。"我问，"我母亲如何了？"声音颤抖着。

"喜宝，我想你要亲自来一次。喜宝，我给你详细地址，你最好亲自来一次奥克兰——我真高兴终于把你联络上了，你看到报上的广告？"

我狂叫："告诉我！我母亲怎么了？"

"她——"

"她在什么地方？说。"

"你必须安静下来，喜宝。"

"你马上说。"我把声音降低，"快。"

"喜宝，你的母亲自杀身亡了。"

我老妈？

刹那间我一点声音都听不到，心里平静之至，眼前一切景象慢镜头似的移动，我茫然抓着话筒抬起头，看着家明与聪慧。

聪慧问："是什么？什么消息？"

我朝电话问："如何死的？"

咸密顿呜咽的声音："她自二十七楼跳下来，她到城里去，找到最高的百货公司，然后她跳下来。"

我问："那是几时的事？"我的声音又慢又有条理，自己听着都吃惊。

聪慧与家明静候一边。

"十天之前，"咸密顿在那边哭出声来，"我爱她，我待她至好，一点预兆都没有，我真不明白——"

"她葬在哪里？"

"他们不能把她凑在一块儿——你明白？"

"明白。"我说。

在这种时刻，我居然会想到一首歌："亨蒂敦蒂[1]坐在墙上，亨蒂敦蒂摔了一大跤，皇帝所有的人与皇帝的马，都不能再将亨蒂敦蒂凑回一起。"亨蒂敦蒂是那个蛋头人。

"你母亲是火葬的。"咸密顿在那边说。

"我会尽快赶来。"我说，"我会马上到。"我挂上电话。我走到椅子上坐下，把报纸摊开来，看着那段寻人广告，我的手放在广告上面，一下一下地平摸着。聪慧有点害怕。"喜宝——"她走过来坐在我身边。

我抬起头来，对宋家明说："请你，请你与勘先生商量，我应该怎么做。"我的声音很小地恳求。

"是。"宋家明的答案很简单，他把电话机拿到房间去，以便私人对话。

"喜宝——"聪慧想安慰我。

我拍拍她肩膀，表示事情一切可以控制，我可以应付。

我的老妈。

我用手撑着头。啊，妈妈，今年应该四十二岁了吧？照俗例加三岁，应是四十五。她还漂亮，还很健康。我那美丽可怜的母亲。经过这些年的不如意，我满以为她已习惯，但是她还是做了一件这么唐突的事。老妈，为什么？除却死亡

---

[1] 亨蒂敦蒂：Humpty Dumpty，《鹅妈妈童谣》中的人物。

可以做的尚有这么多，妈妈。

聪慧问："喜宝，你要哭吗？如果你想哭的话，不要勉强，哭出来较好一点。"

"谢谢你。"我说，"不，我并不想哭。"

"那么你在想什么？你可别钻牛角尖。"聪慧说。

"我只是在想，"我抬起头，"我母亲在世间四十余年，并没有一日真正得意过。"

"我不明白……我……"

家明走出房间，走到我身边，把手按在我手上。他的手是温暖的。这是我第一次碰到他的手。

他清晰地说："勖先生吩咐我陪你马上到奥克兰去，我们向学校告假五天，速去速回，把骨灰带回来。勖先生说人死不能复生，叫你镇静。"

我点点头。"是。"

"我已订好票子，两点半时间班机，我们马上准备。"

"谢谢你。"我说。

聪慧说："我也去。"

宋家明忽然翻了脸，他对聪慧说："你给我坐在那里。"

聪慧响也不敢响。

"你穿好大衣，"宋家明对我说，"我们不用带太多行李。现款我身边有。快！聪慧，开车送我们到飞机场。"

聪慧没奈何，只好听宋家明每一句吩咐。

家明低声跟我说："勖先生在苏黎世有急事，不能离开，派我也是一样。"

"是。"我说，"我知道，谢谢。"

他替我穿上大衣，扶我出门口。

我说："我没事，我可以走。"

在车上他要与我坐后座，由聪慧驾驶，我坚持叫他与聪慧并排坐，因为我想打横躺着休息。家明终于与聪慧一起坐。他用一贯沉着的语气跟我说："随后我又与咸密顿先生通了一次话，他说你父亲看到广告与他联络过。长途电话，费用是咸密顿支付的。"

我问："我父亲说什么？"

"没什么。他说你母亲不像是会自杀的人。"

"就那样？"我问。

"就那样。"家明答。

我吞一口唾沫。"我给你们一整家都增加了麻烦……事实上我可以一个人到奥克兰去……对我来说稀疏平常，我时常一个人来来去去……"

宋家明有力地截断我道："这是勋先生的吩咐。"

我点点头。是。勋存姿把我照顾得熨帖入微，没有半丝漏洞。他什么都知道，我保证他什么都知道。

我问："勋先生可知道我母亲的死因？"

"勋先生说，人死不能复生。"宋家明说。

之后便是沉默。

到飞机场聪慧把我们放下来，她问："你们几号回来？什么时间？我来接。"

"我会再通知你。"家明说，"开车回去时当心。"

聪慧点点头，把车子掉头开走。

我说："你对聪慧不必大嚷。"

家明冷冷地说："每个女人有时都得对她大嚷一次。"

"包括我？"我问。

"你不是我的女人。"他说。

我们登机，一切顺利得很。人们会以为这一对年轻男女是蜜月旅行吧。局外人永远把事情看得十全十美，而事实上我不过是往奥克兰去取母亲的骨灰。

在飞机上我开始对宋家明说及我的往事。小小段，这里琐屑的一片，那里拾起来的一块，我只是想寻个人聆听，恰巧家明在我身边。

"……我们一直穷。"我说，"可是母亲宁愿冒切煤气的危险，先把现款买了纱裙子给我穿，托人送我进贵族学校。"我停一停，"……七岁便带我去穿耳洞，戴一副小金铃耳环。"

家明非常耐心地听着。

飞机上的人都睡着了，只有我在他耳边悄悄低低地说话。

"我们没有钱买洗头水，用肥皂粉洗头，但是头发一定是干净的……我的母亲与我，老实说，我们不像母女，我们像一对流氓，与街市上其他的流氓斗法，我不知道我是怎么长大的。父亲是二流子，我跟母亲的姓……但是我长大了。终于长大了，而且也一样来了外国，一样做起留学生来。"

我喝着飞机女侍应递上来的白酒，一定要把我自己交代清楚。

我问家明："你听得倦了吧？"

家明说："尽管说下去，我非常有兴趣。"

"你知道我是怎么到英国来的？笑死你。母亲在航空公司做满五年，公司送她一张来回日本飞机票，她去换了单程伦敦的票子，跟我说：'去，小宝，到英国去，好歹去一阵子，算是镀过金留过学的。'然后她有三千港元节蓄，把我塞上飞机。你不会相信。"

我把头靠在家明肩膀上。

我说："我连厚的大衣都没有一件。报名到一间秘书学校去念书，学费去掉两百镑——以后？别问我以后是怎么过的。以后我看见过各式各样的面色，听过很多假的应允，真的谎话。很多人认为只有在革命或打仗的时候才能吃到苦头，其实到了那个时候，大势已去，不是死就是活，听天由命……或者我这一切说出是微不足道的——世界上那么多女人，其中一人心灵自幼受到创伤，算是什么呢？我们不能够人人都做勘聪慧。"

我发泄。

家明用他的手揽住我肩膀。

"这是我第二次乘头等客机。"我说，"以后我将会有许多许多这样的机会，你放心，我会好好地做人，我的机会比我母亲好。"

"一切很快会过去。"

"是的，一切。"我喃喃地说，"我想母亲一定是倦了，从甲男身边飘到乙男身边，从一份工作又飘到另一份工作。她或许没有进过集中营，走警报逃难，或许没有吃过这种苦，但是她一样有资格疲倦，她一样有资格自杀。"

家明说："你睡一会儿，快睡一会儿。飞机马上要到了。"

"到了？真快。"我说。

飞机到了。宋家明早通知咸密顿接我们。咸密顿一边流泪一边诉说。那么大的一个男人，崩溃得像小孩子一样，由此可知母亲这次给他的打击有多么大。

车子驶到他家要大半日，但我与宋家明还是去了。澳洲无边无涯沙漠似的单调。其实沙漠是瑰丽的，但是人们惯性地把沙漠与枯燥连贯在一起，我也不明白。我不明白的事有这么多。

我木着一张脸，宋家明却在车上盹着了。

我们到达咸密顿的屋子。一幢很摩登样很现代化的平房，有花圃，四个房间，车房里尚有两辆车子。

"她的房间呢？"我淡淡地问。

我看到老妈的房间，很漂亮，像杂志上翻到的摩登家庭，墙纸窗帘与床垫是一整套的。梳妆台上放着各式化妆品，甚至有一瓶"妮娜烈兹[1]"的"夜间飞行"香水。她的生活应当不错。

拉开衣橱，衣服也一整柜。老妈一生中最好的日子应是现在。

我不明白母亲，我从没有尝试过，很困难的——一个人要了解另一个人，即使是母女、父子、兄弟、夫妻，不可能的事，我只问一个问题——

"你替姜咏丽买过人寿保险？"我问得很可笑的。

咸密顿叫嚷着："警方问完你又来问，我告诉你，没有，一个子儿也没有买！我不是那种人，我爱咏丽。"他掩着脸呜呜地哭。

---

[1] 妮娜烈兹：妮娜·烈兹。一款香水名。

我并没有被感动，若干年前我会，现在不，世界上很多人善于演戏，他们演戏，我观剧。观众有时候也很投入剧情，但只限于此。

我们在一家汽车旅馆内休息。宋家明着我服安眠药睡觉，他与勘存姿联络。

我还是做梦了。

信。很多的信。很多的信自信箱里跌出来。我痛快地看完一封又一封，甚至递给我丈夫看。我丈夫是一个年轻人，爱我敬我，饭后用人收拾掉碗筷，我们一起看电视。

六

『我尊重你，诚服你，
但是我不会先爱你。』

在四五点钟的时候我惊醒，宋家明坐在我床边。

他也像勋存姿，黑暗里坐在那里看似睡觉。

"你一额是汗。"他说。

"天气很热。"我撑起身子，"南半球的天气。"

"你做了噩梦？"

"梦是梦，噩梦跟美梦有什么分别？"我虚弱地问。

"你为什么不哭？"他问。

"哭有什么帮助？"

"你应该哭的。"

"应该？谁说的？"

"人们通常在这种时候哭。"

"那么我也可以跟人们说，一个女孩子应当有温暖的家庭，好了吧？"我叹口气。

"咸密顿看上去像个好人——"

"家明，"我改变话题，"有没有女人告诉你，你漂亮得很？"

他微笑，点点头。

"很多女人？"我也微笑。

家明没回答，真是高尚的品行，很多男人会来不及地告诉朋友，他有过多少女人。同样地，低级的女人也会到处喋喋，强迫别人知道她的面首若干。

他握起我的手吻一下。"你熟睡的时候，我喜欢你多点。"

勋存姿说过这话。

我问："因为我没有那么精明？因为我合上眼睛之后，看上去比较单纯？"

"你什么都猜到？"他诧异。

"不，有人在你之前如此说过而已。"我说。

他叹口气。"勋存姿。"

"是。"我说道，"你也一样，什么都猜得到。"

他吻我的脸。

我说："天还没有亮，你陪我睡一会儿。"我让开一边身子。"来。"我拍拍床褥。

他躺在我身边。"这很危险的。"

"不会。"我说，"我很快会睡熟。"

我真的拖着宋家明再熟睡一觉。听着他的心跳，我有一种安宁。我从来没有在男人身边睡到天亮。没有。我与男人们从来没有地老天荒过。

但是我与宋家明睡到天亮。

他说："我一直没有睡熟，心是醒的，怕得要死，我不大会控制自己。"

"聪慧知道会怎么样？"我笑着起床。

"怎么样？我也不知道。"他微笑。

"我们今天问咸密顿取回骨灰。"他说。

"为什么？"

"带回到她的出生地去。"宋家明说。

"我母亲的出生地在上海。"我说道，"她是上海人。"

"香港也还比澳洲近上海。"

"真有这么重要？"我漠然问。

"她是你的母亲。"宋家明说。

男人们就是这样，唯一听话的时间是在枕头上的。

男人睡在女人身边的时候，要他长就长，要他短就短。下了床他又是另外一个人，他有主张，他要开始命令我。

咸密顿不肯把骨灰还我——

"她是澳洲人。她嫁了我。她是我的妻子。"

即使请律师来，我也不见得会赢这场官司。

我沉默地说："带我去看看现场。"

他开车把我们送到现场那座大厦，是一家百货公司。

我站在街上向上看，只觉得蓝天白云，很愉快很爽朗。

"我要上顶楼看看。"我说。

宋家明拦住我，我轻轻推开他。

咸密顿与我们一行三人乘电梯到顶楼，但是大厦顶层已经封锁掉。我请宋家明跟经理说话，交涉良久，经理派人来开了门，连同两位便衣警探一起，我们到达顶楼。二十七层高的房子。

看下去楼下的车辆与行人像虫蚁一般，蠕蠕而动。跳下去一定是死的。老妈那一霎间的勇气到底从何而来？我不能够明白。

我站了很久，也不能说是凭吊，也并没有哭。两个便衣的脸上却露出恻然的神色。谁说现在的世人没有人情味？人们看到比他们更为不幸的人，自然是同情的——锄强扶弱嘛。

然后我向宋家明道谢："你让他们开门，一定费了番唇舌吧？"

他只微微点点，不答。

我们与咸密顿道别。

咸密顿苦涩地问我："为什么？"

"我不知道。"我说，"问上帝。"

"再见。"宋家明与我轮流与他握手。

家明问："你当真不要带任何一样纪念品回去？"

我抬高头想很久。"不要。"我说。

我们就这么离开澳洲回伦敦。

在飞机场出现的是勖存姿本人。我们只离开四天，我坐在他的丹姆拉里面，把头靠在他肩膀上不肯动。

"你怎么了？"勖低声问。

"我疲倦得很，要在你身上吸回点精力。"

"日月精华？我还有什么日月精华？你应当选个精壮少年。"他笑道，"有没有引诱我的女婿？"

我很高兴他问了出来。我老实说："没有。我还不敢。"

"别想太多。"他说，"凡事想多了是不行的。"

我还是在想。

那么高的楼顶，在异乡，离她出生的地方一万多里，她在那里自杀，上帝，为什么？

我想到幼时，她自公司拾回缚礼物的缎带，如果皱了，用搪瓷漱口杯盛了开水熨平——我们连熨斗都买不起。

　　我想到幼时开派对，把她的耳环当胸针用，居然赢得无限艳羡眼光。

　　我想到死活好歹她拖拉着我长大，并没有离开过我。

　　我想到父亲过年如何上门来借钱，她如何一个大耳刮把父亲打出去——是我替父亲拾起帽子交在他手中。

　　我想到她如何在公众假期冒风雨去当班，为了争取一点点额外的金钱，以便能够买只洋娃娃给我。

　　我想到上英文中学的开销，她在亲友之间讨旧书本省钱……我们之间的苦苦挣扎。

　　所以我在十三岁上头学会叫男生付账，他们愿意，因为我长得漂亮，而且我懂得讨好他们。

　　我的老妈，她离开这个世界之前甚至没有与我联络一下，也没有一封书信，或者她以为我会明白，可惜我并不。

　　回忆是片断的，没有太多的感情，我们太狼狈，没有奢侈的时间来培养感情，久而久之，她不是不后悔当初没有把子宫中的这一组细胞刮干净流产。我成为她的负累。她带回来的男友眼睛都盯在我初育的身上，到最后我到英国去了，她也老了。

　　我母亲是个美丽的女人，然而她平白浪费了她的美丽，没有人爱她。

　　我母亲前夫连打最后一次长途电话询问她的死讯都不肯付钱。

　　而咸密顿，他做了些什么，他自身明白。我没有能力追究，我也不想追究，从现在开始，在这世界上，我完完全全真真正正地只净剩我自己一人。

我打一个冷战。

一个人。

我昏昏沉沉地靠着勖存姿，我努力地跟自己说：我要忘掉"姜咏丽"这三个字。

回到剑桥我病了。

医生的诊断是伤风感冒发烧，额角烧得发烫，我知道这是一种发泄。如果我不能哭，我就病。我想不出应哭的理由，但是我有病的自由。

医生来了又去，去了又来。

勖存姿回苏黎世。他的鲜花日日一束束堆在我房中，朦胧间我也看不清楚，医生吩咐把花全部拿出去，花香对病人并没有帮助。

我一直觉得口渴，时常看见家明。

我问："聪慧呢？"不知为什么要问起聪慧。

"她一个在这里闷，回香港去了。改遗嘱那天来伦敦。"

"遗嘱？"我急问，"谁的遗嘱？"

"勖先生要改遗嘱——我们之前已经提过的。"家明说。

"不，勖先生为什么要改遗嘱？"我慌忙地说，"他又不会死，他不会死。"我挣扎着要起床，"我跟他去说。"

家明与护士把我按在床上，我号啕大哭起来，只是要起身去找勖存姿。

护士道："好了，她终于哭了，对她有好处。"

我哭了很久很久才睡熟。做梦又见了许多信，一沓沓地自信箱中跌出来。那些说爱我的男孩子，他们真的全写信来了……

然后我觉得有人吻我，在唇上在面颊上在耳根，我睁开眼睛，不是勖存姿，年轻男人的体嗅，抚摸他的头发，却是家明。

"我是谁？"家明问，"想清楚再说，别叫错名字。"他把脸埋在我枕头边。

"家明。"我没带一丝惊异。

"是我。"他说。

"家明，你怎么了？"我问，"你怎么？"

"没什么。"他把头枕在我胸前。

我说："你不必同情我或是可怜我，我很好，我什么事也没有，真的，家明，你不必为我的身世怜惜我。"

他仿佛没听到我的话，他轻轻地说："或者我们可以一齐逃离勖家，你愿意吗？"

我的心沉下去。他是认真的。

在病中我都醒了一半。每个女人都喜欢有男人为她牺牲，但这太伟大了。我们一起逃走……到一处地方建立小家庭，勖存姿并不会派人来暗杀我们，不，勖存姿不会。但宋家明能爱我多久，我又能爱他多久？

我是否得每天煮饭？是否得出外做工？是否得退学？是否要听他重复自老板处得回来的啰唆气？是否得为他养育儿女？

他与勖聪慧是天作之合，但聪慧的快乐不是我的快乐。

"家明，谢谢你，但是我不想逃走，他从来没有关禁过我，我怎么逃走呢？"我轻轻地说。

"他终于找到了他要的女人。"宋家明叹息，"你对他那么忠心。"

"不，不，家明，我对他忠心，是因为我尚没有找到比他更好的人。"我轻轻地说。

"吻我一下。"

我吻他的脸。"谢谢你，家明，谢谢你，我永远不会告诉别人，你放心。"

"如果我担心这个，我不会把话说出来。"他沮丧地。

"家明——"

"别说话，别说话……"

他留在我床边直到天亮。我出卖了勘存姿一整家人。好在是人家出卖我，我也出卖别人。罪人们出卖罪人，没有犯罪的感觉。

勘存姿从赫尔辛基回伦敦来见他的亲人，开"遗嘱大会"。

我没有参加。我身体已经复原，我去上学了。放学已是近六点。他们在夏惠吃饭，我也没有去，我在家吃三明治与热牛奶，眼睛看着电视。

勘存姿在我身后出现，他说："你上哪儿去了？"

"上学。"我说。

"为什么不来听听你名卜现在有多少财产？"他问。

"没有兴趣。我已经够钱用了。"我答。

"他们很失望，他们以为你急于想知道。"勘存姿说。

我笑笑。"我有多少钱，关他们什么事，或许你私底下已给了我整个王国——他们又怎么知道？唯一知道一切的只是全能的勘存姿先生。"

他坐下来。辛普森递上白兰地。我过去吻他的脸，谈了一会儿，他走了。

他走之后没多久，聪慧与家明双双来见我，我们一起喝咖啡。

聪慧胜利地说："爹爹什么也没分给你。"

我冷淡地说："I don't give a damn.[1]"

"真的？"聪慧嘲弄地问。

"当然真的。"

聪慧看我的表情不像假装，又诧异起来。聪慧永远不能下定决心恨一个人，她的字典里没有"恨"字，她恨我，恨一阵子也就忘了，下意识她知道我是她认可的敌人，她应当刻薄我欺侮我，但是她做得不成功，她时常忘记她的任务。她是这么可爱。

我看看家明。他的眼光并没有落在我的脸上。他有心事，看上去非常不自然。

我说："我正在设法猎取勖存姿先生本人。如果我获得他，我自然得到一切。如果我得不到他，那些屑屑碎碎的东西，我不稀罕。"

宋家明抬起头来。"像苏格兰著名的麦都考堡……也算是琐碎的一部分？"

我抬起头来，不是不兴奋的。

"是的，殿下。勖先生还替你置了一艘全雷达控制的游艇，长一百三十六呎，殿下可以出北海遨游。"

家明声音之中的忌妒是不可抑压地明显。

---

[1] I don't give a damn：我一点也不在乎。

聪慧睁大眼睛。"我不相信！我不相信爸爸会这么做。"

家明说："我把屋契带了来，你可以签名。"他把文件搁在书桌上。

我问道："那艘游艇，它能发射地对空飞弹吗？"

宋家明额角上出现青筋。"我希望你的态度稍微严肃点。"

"宋先生，"我说，"我不知道你竟对我这么不耐烦，可是你不会对勖先生说出你对我的不满吧？你只不过是勖先生的职员。"

聪慧涨红了脸。"他是我的丈夫。"她抢着说。

"未婚夫。"我更正，"我还没看见你穿上过婚纱，OK，请把图则取出来我看一看。"

我微笑。是的，母狗，宋家明一定这么骂我。他们从上至下的人都可以这样骂我，我可不关心。使我惊异的是这些日子来，勖存姿不停地添增我的财产，在感情上他却固执地不肯服输。我不明白他。

聪慧暴怒地说："我不相信爸爸会做这种糊涂事！我真不相信。"她握紧了拳头，大力擂着桌子。

我抬起头问："你知道你爸爸有多少？"

她一怔，答不出话来。

我说："你们都觉得他应该早把遗产分出来，免得将来付天文数字的遗产税。但是你们也不知道他的财产到底有多少。或者他给我的，只不过是桌子上扫下来的面包屑，你们何必看不入眼？即使是狗，难道也不配得到这种待遇吗？况且你们又不知道我为他的牺牲有多少。"

我说这番话的时候，不是不悲哀的。

聪慧说："你得到的比我们多。"

"你们是他的子女，他是你们的父亲，你不能如此计算，"我说，"我只是他的——"

我坐下来，在屋契上签了一个名字。

家明又说："伦敦苏莲士拍卖行一批古董钟在下月十二日举行拍卖，勋先生觉得颇值一看，他说你或者会有兴趣。"

"哪一种钟？"我问。

"目录在这里。"他取出一本小册子放在我面前，"其中一座是为教皇保禄一世特制的，威尼斯工匠十六世纪的杰作。每次钟点敲响，十二门徒会逐一依音乐节拍向耶稣点头示意。"

"多么可爱。"我微笑，"十二号我一定到苏莲士去。"

"勋先生还说，如果你在那里见到加洛莲·肯尼迪[1]，就不要继续举手抬价，这种钟是很多的。"

"为什么？我们难道不比她更有钱？我不信。"我微笑。

聪慧惊叹："家明你发觉没有？我们不过是普通人的生活，她简直是个公主呢。"

"是的。"宋家明答。"你现在才发觉？"他嘲讽地说。

"我们快点走吧。"聪慧说，"我要去见爸爸。"

"为什么？"宋家明抬起头来，问道。

"他老了，"聪慧愤怒地说，"他不知道他在做什么。"

"钱是他的，势是他的，聪慧，我劝你三思而后行。"

---

[1] 加洛莲·肯尼迪：杰奎琳·肯尼迪，Jacqueline Lee Bouvier Kennedy Onassis，美国第35任总统约翰·肯尼迪的夫人。

"你跟不跟我走？"聪慧问，"我现在要离开这里了！我恶心。"

"你在车子里等我五分钟，我马上来，我还有点事要交代。"

聪慧头也不回地离开。

宋家明低声道："跟我走。"

"我不会那么做，你知道我不会那么做，这样对你对我都不好，你离不了聪慧，你自己也知道。"

"我愿意为你牺牲。"他急促地说。

我伸一个懒腰。"我最怕别人为我牺牲，凡是用到这种字眼的人，事后都要后悔的，将来天天有一个人向我提着当年如何为我牺牲，我受不了。"

"你不怕勖存姿知道？"他赌气地问。

"勖存姿？"我诧异，"你以为他还不知道？"我学着宋家明的语气，"那么我对你的估计未免太高了，他今早才来警告过我。"

家明的面孔转为灰白色，他怕勖存姿，我倒并不为这一点看不起他。谁不怕勖存姿？我也怕。怕他多心，怕他有势。最主要的是，我们这些人全想在他身上捞一笔便宜，最怕是捞不到。

"你还是快些走吧。"我说，"谢谢你，家明，像你这种脾气的人，能够提出这种要求，实在是很给我面子，谢谢你。"

他一声不响地拉开大门离开。

我听到聪慧的跑车引擎咆哮声。

我从没觉得这么寂寞。每个人都离我而去。坐在这么小的一间房子里已经觉得寒冷彻骨，搬到苏格兰的堡垒去？炉火再好，没有人相伴，也是枉然。

我觉得困顿，我锁上门，悬起电话。

窗外落雪，雪融化变水，渐渐变成下雨，室内我模模糊糊地睡着，看见母亲向我招手。朦胧间我不是不知道她已经死了，但是却没有怕，天下原无女儿怕母亲的道理。

我恍惚间起了床，走向母亲。

我说："老妈，你怎么了？冷吗？"她给我她冷的感觉，"披我的衣服。"

"你坐下来，小宝，你坐下。"她示意。"你最近怎么样？"她的脸很清晰，比起以前反而年轻了。

"还好。"我说，"你呢？"

"还不是一样。"

我有一千个一万个问题想问，但问不出口。

"你需要什么？老妈，我可以替你办。"我说道。

"什么也不要。我只来看看你，小宝。"

"我不怕，老妈，你有空尽管来。"我说。

"我可以握你的手？"她问。

"当然。"我把手伸出去。

她握着我的手，手倒不是传说中冰冷的。但是她就在我面前渺渺地消失。

我大声叫："妈妈！妈妈。"

我睁开眼睛，我魇着了。

辛普森听到我的声音，轻轻敲门："姜小姐，姜小姐？"

我高声问："什么时候了？"

"十一点。"辛普森诧异地答，"你没看钟？"我随手拉开窗帘。"晚上?"

"不,是早上。"可不是天正亮着。

"我的天。"我说,"上课要迟到了。"

"姜小姐,你有客人。"

"如果是勋聪慧或是宋家明,说我没有空再跟他们说话,我累死了。"

"是勋家的人,他是勋聪恕少爷。"

我放下牙刷,一嘴牙膏泡沫,跑去拉开门。"谁?"我的惊讶难以形容,一个精神病患者自疗养院逃到这里来,这罪名我担当不起。

"勋少爷。"辛普森说。

"老天。"我马上用毛巾抹掉牙膏,披上晨褛。"他看上去可好?"我问。

"很好,疲倦一点,"辛普森赔笑,"任何人经过那么长的飞行时间都会疲倦。"

"聪恕?"我走进会客室。

他坐在那里,听我的声音,转过头来。他看上去气色很好,一点不像病人,衣着也整齐。身边放着一整套"埃天恩爱格纳[1]"的紫红鹿皮行李箱子。

我拍着他的肩膀,"你是路过?"我问。

(祝英台问梁山伯:"贤兄是路过,抑或特地到此?")

"不,"聪恕答,"我是特地来看你的。"

"自香港来?"我结巴地问。

---

[1] 埃天恩爱格纳:艾格纳,Etienne Aigner,德国时尚品牌。

"当然。"他诧异，"我在信中不是通知你了？该死，你还没收到信？"

"是的。"我拉着他缓缓坐下，"我还没收到信。"我打量着他秀气的脸，"你这次离开香港，家里人知道吗？"

"我为什么要他们知道？"他不以为意，"我又不是小孩子。聪慧来去自若，她几时通知过家里？"

"但你不同，"我说，"你有病，你身子不好。"

"谁说我有病？"聪恕说，"我只是不想回家见到他们那些人。"

"聪恕，家明与聪慧都在伦敦，你要不要跟他们联络一下？"我问。

"不要。"他说，"我只来看你。"

"但他们是你的家人——"

"小宝。"他不耐烦起来，"你几时也变成这种腔调的？我简直不相信。"

"你相信也好，不相信也好，我得换衣服上课去了。"

"小宝，陪我一天。"

"不行，聪恕，我读书跟你们读书不一样。我是很紧张的，失陪。你休息也好，看看书也好，我三点放学。你有什么事，尽管吩咐这里的下人。"

我上楼去换衣服。

"小宝。"他在楼下懊恼地叫道，"我赶了一万里路来看你的——"

"一万里路对你们来说算是什么？"我叫回去，"你们家的人搭飞机如同搭电车。"我换好衣服开车到学校，第一件事便是设法找宋家明。宋家明并不在李琴公园的家中，聪慧也不在，几经辗转，总算与家明联络上。

我说："宋先生，你马上跟勋先生联络，说聪恕在我家中。我不能担这个风险。"

家明吸进一口气。"你，你在哪里？"

"我在学校，你最好请勋先生马上赶来。勋先生此刻可在英国？"

"在，我马上通知他。"

"好的，我三点钟才放学，希望我回家的时候你们已经离开。"我说，"那个地方是我住的，我不希望勋氏家族诸人把我的住宅当花园，有空来逛进逛出。"

"姜小姐，这番话对我说有什么用？"他语气中带恨意，"我只不过是勋家一个职员。"

我一怔，随即笑起来。"不错，宋先生，我一时忘了，对不起。"我挂了电话。

上课的时候天一直下雨。

我想我这次是做对了。勋存姿心中是有这个儿子的。儿子不比女婿，我不能碰勋聪恕。

下课后我并没有离开课室。小小的课堂里有很多人气烟味，我把窗子开一条缝，外边清新的空气如幻景般偷进来，我贪婪地吸起一口气，想到昨日的梦，我死去的母亲来探我。

教授问我："你这一阵子仿佛心情不大好，有什么事情没有？"他的声音温和。

"没有。"我抬起头，"除非你指我母亲去世的那件事。"

"你心中是否为这件事不愉快？"他问。

"不，并不。"

"那么是什么？一个年轻貌美的女孩子，成绩又这么好，看样子家境极佳，到底是为了什么？请你告诉我。"

"先生，看事情不能看表面，每个人都有困难与烦恼，中国人有句话叫'家家有本难念的经'。"

"家家有本难念的经。"他微笑，"但你是这么年轻的一个女孩子。"

"不，先生，我不再年轻。"我坐下来。

"看你的头发，那种颜色……你是一个美丽的女孩子……"教授说，"你不应该有任何烦恼。"

"我真的没有烦恼。"我低下头，"我只是在想，在什么地方可以找到很多的爱。"

"我们难道都不爱你吗？"教授问。

"但不是这种爱，是男女之间的爱……"

"你终会遇见他的，你理想的爱人，你终会遇见他的。"教授说。

"你很乐观，先生，我倒不敢这么自信。"我低下头。

远处的教堂敲起钟声，连绵不绝地，听在心中恻然。红白两事都响起钟声。喜与悲原本只有一线之隔。

我抬起头。"谢谢你，我得走了。"

"年轻的女孩，但愿我知道你在想些什么。"他陪我离开课室。

没有人知道另外一个人的心中想什么。谢谢老天我们不知道，幸亏不知道。

我开车回家，天上忽然辗出阳光，金光万道，射在车子的前窗上，结着的冰花变成钻石一般闪亮。我冷静地驶车回家。

家里谁都在。勋存姿、勋聪恕、宋家明。

我以为我已经说清楚，希望我回来的时候他们已经全部撤退，可是四个小时了，他们还是坐在那里。

"辛普森太太。"我提高声音。

没有人应。

女佣匆匆出来替我脱大衣。我问："辛普森太太到什么地方去了？"

"她走掉了。"女佣低声说。

"为什么？"我诧异地问。

"勋少爷打她。"女佣低声答。

"噢！老天。"我说，"他凭什么打我的管家？她走掉永不回来了吗？"

"明天再来，她刚才是哭着走的。"女佣低声报告。

"他们在里面做什么？"我问，"吵架？"

"我不知道，姜小姐，他们坐在里面四五个小时，也不说话，我听不到什么声音。"

"我的上帝。这像《呼啸山庄》。"我说。

勋存姿提高声音："是小宝吗？为什么不进来？我们都在等你。"

"等我？"我反问，"为什么要等我？"我走进去，"我有大把功课要做。这件事又与我无关。"

"与你无关？"勋存姿抬抬浓眉。

"当然！勋先生，说话请公平点。我从来不是一个糊涂人，这件事千怪万怪也怪不到我头上。"我说，"聪恕的信都在你手中，你在明里，我们所有的人都在暗里。他人一到我就通知你，我做错什么？"

聪恕跳起来："我——的信……"

"你们好好地谈，我要上楼去休息。"我说。

"问题是，聪恕不肯离开这里。"勖存姿说。

我看宋家明一眼，他一声不出。

我冷笑一声："反正他把我管家打跑了，他爱住这里，我让给他好了。"

勖存姿听到我这话，眼神中透过一阵喜悦。

聪恕颤抖的声音问我道："你没收到我那些信？"

"从没有。"我摇头。

"我收到的那些复信——"

"不是我的作品。"我坚决地说，"聪恕，你为什么不好好地站起来，是，用你的两条尊腿站起来，走到户外，是，打开大门，走出去，看看外面的阳光与雨露。你是个男人了，你应该明白你不能得到一切！我不爱你，你可不可以离开这里，使大家生活都安适一点？"

聪恕忽然饮泣起来。

我充满同情地看着勖存姿。这样有气魄的男人，却生下一个这样懦弱的儿子。

我转身跟女佣说："叫辛普森太太回来，告诉她我在这里，谁也不能碰她。"我又说："谁再跟我无端惹麻烦，我先揍谁，去把我的马鞭取出来。"我火暴地捋衣袖。"我得上去做功课了，限诸位半小时内全部离开。"

"小宝……"聪恕在后面叫我,"我一定要跟你说话。"

"聪恕,"我几乎是恳求了,"我实在看不出有什么是我可以帮你的,我不爱你,我也不想见。你这种不负责的行为,使你父母至为痛心,你难道看不出?"

"如果你认识我的话,如果你给我一点时间……"他濡湿的手又摸上我的脸。

我倒不是害怕,当着宋家明,当着他父亲,我只觉得无限地尴尬,我拨开他的手。

他说:"小宝,你不能这样遣走我……你不能够——"

勖存姿把手搭在聪恕的肩膀,聪恕厌恶地摆脱他父亲的手。

"聪恕,我陪你回香港。"

"我不要回香港。"

"你一定要回去。"

"不要。"

我不想再听下去。我出门开车到附近的马厩去看马。

天气益发冷了。

马夫过来说:"小姐,午安。"

"我的'蓝宝石'如何了?"我问,"老添,你有没有用心照料它?"

"很好。我拉出来给你看。"老添答。

"我跟你去。"我说。

我跟在他身后到马厩,蓝宝石嘶叫一声。

"你今天不骑它?"老添问。

我摇摇头。"今天有功课。"

"好马，小姐，这是一匹好马。"

"阿柏露莎[1]。"我点点头。

一个声音说："在英国极少见到阿柏露莎。"语气很诧异。

我转头，一个年轻男人骑着匹栗色马，照《水浒传》中的形容应是"火炭般颜色，浑身不见一条杂毛"。好马。赤兔应该就是这般形状。

他有金色头发，金色眉毛，口音不很准。如果不是德国人，便是北欧人。

他下马，伸出手："冯·艾森贝克。"

我笑："汉斯？若翰？胡夫谨？"

"汉斯。"他也笑，"真不幸。德国男人像永远只有三个名字似的。"

我拉出蓝宝石，拍打它的背，喂它方糖。

"你是中国人？"他问，"朝鲜？日本？"

"我是清朝的公主，我父亲是位亲王。"我笑道。

他耸耸肩："我不怀疑，养得起一匹阿柏露莎——"

"两匹。另一匹在伦敦。"我说。

他低声吹一声口哨。"你骑花式？"

"不，"我摇摇头，"我只把阿柏露莎养肥壮了，杀来吃。"

德国人微微变色。

"对不起。"他很有风度，"我的问题很不上路？"

"没关系。"我说，"不，我并不骑花式，我只是上马骑几个圈子，一个很坏的骑士，浪费了好马，有时候觉得惭愧。"

---

[1] 阿柏露莎：阿帕卢萨马，Appaloosa，美国马种，因帕卢萨河而得名。

"你为什么不学好骑术？"汉斯问。

"为什么要学好骑术？"我愕然，"所有的德国人都是完美主义者，冲一杯奶粉都得做得十全十美，我觉得每个人一生内只要做一件事，就已经足够。"

"公主殿下，这可是中国人的哲学？"他笑问道。

"不，是公主殿下私人的哲学。"我答。

"那么你一生之中做好过什么？"他问。

"我？我是一个好学生。"我坦然说。

"真的？"他问。

"真的。"我说，"最好的学校，最好的学生。你也是剑桥的学生？"

"不，"他摇头，"我是剑桥的教授。"

我扬扬眉毛："不是真的。"

"当然是真的。"他说，"物理系。"

"剑桥的物理？"我笑，"剑桥的理科不灵光。"

他笑笑："妇人之见。"

他骄傲，他年轻，他漂亮，我也笑一笑，决定不跟他斗嘴。他不是丹尼斯·阮，我没有把握斗赢薄嘴唇的德国物理学家。

我坐在地上，看着蓝宝石吃草。

美丽的地方，美丽的天空。

"你头发上夹一朵白花，是什么意思？"他坐在我身边。

"家母去世了，我戴孝。"

"啊，对不起。"

"没关系。"我说，"我们迟早总得走向那条路。"

"但是你不像是个消极的人。"他说。

我笑笑。"你住在宿舍？"

"不，我在乡下租了一间草屋。"

"不请我去喝杯茶？"我问。

"你很受欢迎。"他礼貌地说，"只可惜我尚未得知芳名。"

"你会念中文？我没有英文名字。我姓姜，叫我姜。"我说。

"你是公主？"汉斯问。

"我当然是说笑，公主一生中很难见到一个。"

"见到了还得用三十张床垫与一粒豆来试一试。"他用了那著名的童话。

"我们骑马去。"我说，"原谅我的美国作风？穿牛仔裤骑马。"

马夫替我置好鞍子，我上马。

"哪一边？"我问。

"跟着我。"他说。

他不是"说"，他是在下命令。听说德国男人都是这样。

我们骑得很慢，一路上风景如画，春意盎然，这样子的享受，也不枉一生。

汉斯看看我的马说道："好马。"

我微笑，仿佛他请我喝茶，完全是为了这匹阿柏露莎。我不出声，我们轻骑到他的家。

那是间农舍，很精致的茅草顶，我下马，取过毯子盖好马背。

他请我进屋子，炉火融融，充满烟丝香。我马上知道他是吸烟斗的。书架上满满是书。一边置着若翰萨贝斯天恩巴哈[1]的唱片，是《F大调意大利协奏曲》。

他是个文静的家伙。窗框上放着一小盘一小盘的植物，都长得蓬勃茂盛。可见他把它们照顾得极好。我转头，他已捧出啤酒与热茶，嘴里含着烟斗。

"请坐，"他说，"别客气。"

"你是贵族吗？"我问道，"冯·艾森贝克。"

他摇摇头："贵族麾下如果没有武士堡垒，怎么叫贵族？"

我很想告诉他我拥有一座堡垒，但在我自己见到它之前，最好不提。

"你脖子上那串项链——"

"我爸爸送的项链。"我说。

"很美。"汉斯说着在书架上抽出一本画册，打开翻到某一页，是一位美妇人肖像，他指指，"看到这串项链没有？多么相像，一定是仿制品。"

我看仔细了，我说："我不认为我这条是仿制品，这妇人是谁？"

"杜白丽[2]。"他微笑。

我把坝链除下来，把坠子翻过来给他看。"你瞧，我注意到这里一直有两个字母的——duB。"

他不由自主地放下烟斗，取出放大镜，看了看那几个小

---

[1] 若翰萨贝斯天恩巴哈：约翰·塞巴斯蒂安·巴赫，德语 Johann Sebastian Bach。德国巴洛克时期的作曲家。

[2] 杜白丽：杜巴丽夫人，法国国王路易十五最后一个情妇。

字，又对着图片研究半晌。

他瞪着我，睫毛金色闪闪。"你爸爸是什么人？"

"商人。"我说。

"他必然比一个国王更富有。这条项链的表面价值已非同小可，这十来颗未经琢磨的红宝石与绿钻石——"他吸进一口气，"我的业余嗜好是珠宝鉴定。"

现在我才懂得勖存姿的美意。杜白丽与我一样，是最受宠的情妇。

我发一阵呆。

然后我说："我也很喜欢这条项链，小巧细致，也很可爱，你看，石头都是小颗小颗，而且红绿白三色衬得很美观。"

"小颗？"汉斯看我一眼，"坠链最低这一颗红宝石，也怕有两克拉多。历史价值是无可估计的。"

我笑笑。也不会太贵。我想勖存姿不会过分。

"我替你戴上。"他帮我系好项链。"神秘的东方人。说不定你父亲在什么地方还拥有一座堡垒。"

是的。麦都考堡，但不是他的，是我的，现在是我的。

我喝完了茶。

我站起来。"谢谢你的茶，"我说，"我要走了。"

"我送你回马厩。"汉斯放下烟斗。

"好的。"我说。

在回程中我说："你那一间房子很舒服。"

"每星期三下午我都在老添那里骑马，你有空的话，下星期三可以再见。"

"一言为定。"我跟他握手。

我开车回家，只见勖存姿在喝白兰地，辛普森已回来了。

"啊，辛普森太太。"居移体，养移气，我变得与她一般虚伪。"真高兴再见到你，没有你，我简直不知道怎么办才好。"

"姜小姐，你回来了真好。"她昂然进厨房去替我取茶。

她这句话可以听得出是由衷的。她脸上有某处还粘着一小块纱布，至少我从没有殴打她。

我坐下来。"他们都走了？"

"走了。"勖存姿叹口气。

如何走的，也不消细说，有勖聪恕这样的儿子，也够受的，我可以了解。

我说："你也别为他担心，你也已经尽了力。"

他说："你才应该是我的孩子，喜宝，你的——"

"巴辣。"我摊摊手，"我就是够巴辣。"

"不，不，你的坚决，你的判断、冷静、定力、取舍——你才是我的孩子。"

我微笑。"你待我也够好的，并不会比父亲待女儿差，你对我很好很好。"

"是，物质。"勖存姿说。

"也不只是物质，"我说，"情感上我还是倚靠你的。你为什么不能爱我？"我问。

他目光炯炯地看着我："我在等你先爱我。"

"不，"我回视他，固执地，"你先爱我。"

他叠着手看牢我，说："你先！你一定要先爱我。"

我冷笑："为什么？有什么道理我要那么做？你为什么不能先爱我？"

他转过身去。

"哦。"我转变话题，"谢谢你的项链，我不知道是杜白丽夫人的东西。"

"现在是怎么知道的？"他平静地问。

"有人告诉我。"

"一个德国人？叫汉斯·冯·艾森贝克？"他问。

我的血凝住，真快。他知道得太快。

忽然之间我的心中灵光一现。老添，那个马夫。

勖存姿冷冷地说："如果你再去见他，别怪我无情，我会用枪打出他的脑浆！你会很快明白那并不是恐吓。"他转过头来，"我还会亲手做。"

"我不相信。"我用同样的语气说，"你会为我杀人？你能逃得谋杀罪名？我不相信？"

"姜小姐，"他低声说，"你到现在应该相信勖存姿还没有碰到办不成的事。"

"你不能使我先爱你。"我断然说，"你得先爱我！你可以半夜进来扼死我，但不能使我先爱你，我尊重你，诚服你，但是我不会先爱你。"我转身走。

"站住。"

我转过头来。

他震怒，额上青筋毕现。"我警告你，姜小姐，你在我面前如此放肆，你会后悔。"

我轻声说："勖先生，你不像令公子的——强迫别人对你奉献爱情，我不怕，勖先生，我一点也不害怕。"

他看着我很久很久。

　　真可惜，在我们没见面的时候，反而这么接近和平，见到他却针锋相对，这到底是怎么一回事？我多么想与他和平相处，但是他不给我机会，他要我学习其他婢妾，我无法忍受。

　　他终于叹了一口气说："我从来没见过比你更强硬的女人。"

　　"你把我逼成这样子的。我想现在你又打算离开了。"

　　"并不，我打算在此休息一下。"

　　"我还是得上课的。"我说。

　　"我不会叫你为我请假。"他说，"我明白你这个人，你誓死要拿到这张文凭。"

　　"不错。"我说。

　　"自卑感作祟。"他说。

　　"是的，"我说，"一定是，但是一般人都希望得到有这类自卑感的儿女。"我在讽刺聪恕与聪慧，"恐怕只除了你？"

　　这一下打击得他很厉害，他生气了，他说："你不得对我无礼。"

　　"对不起。"我说。我真的抱歉，他还是我的老板，无论如何，他还是我的老板。

　　"你上楼去吧，我们的对白继续下去一点好处也没有。"

　　"我明白。"我上楼。

　　我并不知道他在客厅坐到几时，我一直佯装不在乎，其实是非常在乎的，一直睡不好，辗转反侧，我希望他可以上楼来，又希望他可以离开，那么至少我可以完全心死，不必牵挂。

　　但是他没有，他在客厅坐了一夜，然后离去。

　　他在考虑什么我都知道，他在考虑是不是应该离开我。我尚不知道他的答案。

星期三我到老添马厩去，我跟老添说："添，你的嘴巴太大了。"

老添极不好意思，他喃喃说："勖先生给我的代价很高。"

我摇摇头，人为财死，鸟为食亡。

老添又缓缓地说："我警告过冯·艾森贝克先生了。"

"他说什么？"我问。

冯·艾森贝克的声音自我身后扬起："我不怕。"他笑。

我惊喜地转身说："汉斯。"

"你好吗，姜。"他取下烟斗。

"好，谢谢你。"我与他握手。

烟丝喷香地传入我的鼻孔。我深深呼吸一下，不知道为什么，我极之乐意见到他，因为他是明朗的、纯清的。正常的一个人，把我自那污浊的环境内带离一会儿，我喜欢他。

"你的'父亲'叫勖存姿？"他问。

我笑："是。"

"我都知道了。但是我与他的'女儿'骑骑马，喝杯茶，总是可以吧？"汉斯似笑非笑。

"当然可以，"我笑，"你不是那种人。"

我们一起策骑两个圈子，然后到他家，照样喝茶，这次他请我吃自制牛角面包，还有蜜糖，我吃了很多，然后用耳机听巴哈的音乐。

我觉得非常松弛，加上一星期没有睡好，半躺在安乐椅上，竟然憩着了。什么梦也没有，只闻到木条在壁炉里燃烧的香味，耐久有一声"毕剥"。

汉斯用一条毯子盖住我。我听到蓝宝石在窗外轻轻嘶叫踏蹄。

醒来已是掌灯时分，汉斯在灯下翻阅笔记，放下烟斗，给我一大杯热可可，他不大说话，动作证明一切。

忽然之间我想，假使他是中国人，能够嫁给他未尝不是美事。就这样过一辈子，骑马、种花、看书。

宋家明呢？嫁给宋家明这样的人逃到老远的地方去，两个人慢慢培养感情，养育儿女，日子久了，总能白头偕老。想到这里，捧着热可可杯子，失神很久，但愿这次勖存姿立定了心思抛弃我，或者我尚有从头开始的希望。

"你在想什么？"汉斯问我。

"你会娶我这样的女子？"我冒失地问。

"很难说。"他微笑，"我们两人的文化背景相距太大，并不易克服，并且我也没有想到婚姻问题。"

我微笑。"那么，你会不会留我吃晚饭？"

"当然，我有比萨饼与苹果派，还有冰激凌。"汉斯说。

"我决定留下来。"我掀开毯子站起来伸个懒腰。

"你确是一个美丽的女孩子。"他说着上下打量我。

"美丽？即使是美丽，也没有灵魂。"我说，"我是浮士德。"

"你'父亲'富甲一方，你应该有灵魂。"他咬着烟斗沉思，"这年头，连灵魂也可以买得到。"

"少废话，把苹果派取出来。"我笑道。

吃完晚饭汉斯送我回家。

辛普森说："勖先生说他要过一阵才回来。"

"是吗？"我漠不关心地问一句。

七

反正现在的生活不能满足我。

什么也不必追求的生活根本不是生活。

整两个月，我只与汉斯一人见面，与他谈论功课，与他骑马。春天快到了，树枝抽出新芽。多久了，我做勖存姿的人到底有多久了，这种不见天日的日子，唯有我的功课在支持我。现在还有汉斯，我们的感情是基于一种明朗投机的朋友默契。

　　两个月见不到勖家的人，真是耳根清净。

　　我也问汉斯："你们在研究些什么？"

　　"我们怀疑原子内除了质子与分子，尚有第三个成分。"

　　我笑："我听不懂，我念的是法律，我只知道无端端不可以在毫无证据的情况下怀疑任何一件事。"

　　他吸一口烟斗。"没有法子可以看见，就算是原子本身，也得靠撞击才能证明它的存在。"

　　"撞击？越说越玄了，留意听：还是提出你那宝贵的证据吧。"

　　他碰碰我的下巴逗我："譬如说有家酒吧。"

　　"是。我在听，一家酒吧。"

　　他横我一眼，我忍不住笑。

"只有一个入口出口。"他说下去。

"是，一个入口出口。"

"你不留心听着，我揍你。"

"但是不停有人向另外一个方向走去，你说，我们是否要怀疑酒吧某处尚有一个出口，至少有个厕所。"

我瞪着眼睛，张大嘴，半晌我说："我不相信！政府出这么多钱，为了使你们找一个不存在的厕所？"

"不是厕所，是原子中第三个分子。"

"是你说厕所的。"我笑。

他着急："你到底明白不明白？"

"坦白地说，并不。"我摇头。

"上帝。"汉斯说。

"OK，你们在设法发现原子内第三个成分，一切物理学皆不属'发明'类，似是'发现'类，像富兰克林，他发现了电，因为电是恒久存在的。人们一直用煤油灯，是因为人们没'发现'电，是不是？电灯泡是一项发明，但不是电，对不对？"

"老天，你终于明白了。"他以手覆额。

"我念小学三年级时已明白了。"我说，"老天。"

"你不觉得兴奋？"他问。

"这有什么好兴奋的？"我瞪目问。

"呵，难道还是法律科值得兴奋？"

"当然。"

"放屁。"他说，"把前人判决过的案子一次一次地背诵，然后上堂，装模作样地吹一番牛……这好算兴奋？"

"你又不懂法律！别批评你不懂的事情。"我生气。

"嘿。"他又咬起烟斗。

"愚蠢的物理学家。"我说。

他笑了。"你还是个美丽的女孩子。"

"但欠缺脑袋，是不是？"我指指头。

"不，而且有脑袋。"他摇摇头。

"你如何得知？难道你还是脑科专家？"我反问。

他笑："吃你的苹果派。"

"很好吃，美味至极。"我问道，"哪里买的？"

"买？我做的。"他指指自己的鼻子。

"'冯·艾森贝克'牌？"我诧异，"真瞧不出来。"

"我有很多秘密的天才要待你假以时日来发现呢。"他说。

"哼。"我笑，"我要回去了，在你这里吃得快变胖子。"

"我或许会向你求婚。"汉斯笑道，"如果你——"

"大买卖。"我笑，"谁稀罕。"

汉斯拉住我的手臂，金色眉毛下是碧蓝冷峻的眼睛。"你稀罕的，你在那一刻是稀罕的。"

忽然之间我从他的表情联想到电影中看过的盖世太保。我很不悦，甩开他的手。"不谈这个了，我又不是犹太人，不必如此对我。"

他松开手，惊异地说："你是我所遇见的人之中，情绪最不平稳的一个，或许你应该去看精神科医生。"

我用国语骂："你才神经病。"

"那是什么？"他问。

我已经上了马。

远处传来号角声，猎狐季节又开始了，这是凯旋的奏乐。

"下星期三？"他问，"再来吵架？"

我自马上俯首吻他的额角。马兜一个圈子，我又骑回去，再吻他的脸。他长长的金睫毛闪烁地接触到我的脸颊，像蝴蝶的翅膀。

"下星期三。"我骑马走了。

星期三我失约，因为勖存姿又来了。

他这个人如鬼魅一般，随时出现，随时消失，凡事都会习惯，但对住一个这样的男人，实在很困难。他令我神经无限地紧张，浑身绷紧。

（这口饭不好吃，不过他给的条件令人无法拒绝。）

我陪他吃完晚饭，始终没有机会与汉斯联络，无端失约不是我的习惯，而且我的心里很烦躁，有种被监禁的感觉，笼里的鸟，我想，金丝雀。

勖存姿说："明天聪慧与家明也来。我打算在春季替他们成婚。"

"好极了。"

"你心不在焉，为了什么？"

我坦白地说："勖先生，我约了个人，已经迟到几小时，你能否让我出去一下，半小时就回来？"

他显得很惊讶。"奇怪，我几时不让你出去过？你太误会我，我什么时候干涉过你的自由？"

我也不跟他辩这个违心论，我说道："半小时。"

但是到门口找不到我的赞臣希里。

我倒不会怀疑勖存姿会收起我的车子。但是这么一辆车子到什么地方去了？正在惊疑不定的时候，辛普森太太含笑走出来，她说："勘先生说你的新车子在车房里，这是车匙。"

"新车？"我走到车房。

一辆摩根跑车，而且是白色的。我一生中没见过比它更漂亮的汽车。我的心软下来。

我再回到屋子，对他说："谢谢你。"

"坐下来。"他和蔼地说。

我犹疑着。

"你还是要走？"他问。

"只是半小时。"我自觉理亏。

"好的，随便你，我管不着你。"他的声音很平和。

"回来我们吃夜宵。"我说着吻一吻他的手。

"速去速回。"他说。

我回到车房去开动那辆摩根——这么美丽的车子！我想了一生一世的车子。我想足一生一世的一切，如今都唾手可得。勘存姿是一个皇帝，我是他的宠妃……我冷静下来。或许我应该告诉汉斯·冯·艾森贝克，我不能再与他见面。我的"爸爸"回来了。

车子到达汉斯门口，他靠在门口，他靠在门前吸烟斗，静静地看着我。我停下车。

"美丽的车子。"他说。

"对不起，汉斯，我——"

他敲敲烟斗，打断我的话："我明白，你的糖心爹地回来了，所以失约。"

"对不起。"我叹口气，"我以后再也不方便见你了。"

"为什么？因为如老添所说，他的势力很大？"汉斯很镇静，他的眼睛如蓝宝石般地闪烁。

"老添说得对。"

"你害怕吗？"他问。

我点点头。

"那么你为什么还要来见我？"他问。

我不响。为什么？

"是不是勖先生除了物质什么也不能给你？"

"那倒也不是。"

"那么是为什么？不见得单为了失约而来致歉吧？你并没有进我屋子来的意思，由此可知他在等你。要不留下来，要不马上回去，别犹疑不决。"

但是我想与他相处。我下车，关上车门。

他把烟斗放进口袋，他轻轻地抱着我。"你还是个年轻的女人。这个老头一只脚已进了棺材，他要把你也带着去。你或许可以得到整个世界，但是赔上自己的生命，又有什么益处呢？"

我走进他的屋子内，忽然觉得舒畅自由，这里是我唯一不吃安眠药也睡得着的地方。

我转头说："我做一个苏芙喱给你吃。"

"你会得做苏芙喱？"他惊异。

我微笑地点点头："最好的。瞧我的手艺。"

但是勖存姿的阴影无时不笼罩在我心头。汉斯给我的笑脸敌得过勖存姿？

"你有没有想过要离开他？"汉斯问。

"如何离开他？他什么都给我，"我绝望地说，"待我如公主。"

"但他是一条魔龙。"汉斯说道。

"你会不会客串一次白色武士？"我问。

"苏芙喱做得好极了。"他顾左右而言他。

"谢谢。"

"问题是公主是否愿意脱离那条龙。"他凝视我。

"我也不知道。"我双手掩住脸。

"你很害怕。"他说。

"是的，我不否认我害怕。"我叹口气。

"你拥有最美丽的马，最美丽的车，最美丽的房子，最美丽的项链，但你不快乐。为什么？"

"他恐吓我，他威逼我，他在心理上给我至大的恐惧。"

"是否你太倚赖他？"

"不。我不能够爱一个老头。他不过是一个老头。他也不能爱我，我只不过是他用钱买回来的婊子。"

"那么离开他。"汉斯说，"你的生命还很长。"

"让我考虑。"我说。

"我给你一个星期。"

他送我出门口，我开动摩根回家。

辛普森告诉我，勘存姿已经先睡了，明天一早，他希望我们可以出发去猎狐。宋家明也会一起参加。

我问辛普森："我一定得去吗？"我很疲倦。

辛普森轻声说："姜小姐，有些女孩一天坐在办公室里打八小时的字，而你只不过偶尔陪他去猎狐。喜欢或不喜欢，你就去一次吧。"

我不由自主地拥抱住辛普森，把头枕在她的肩膀上，仿佛自她那里得到至大的安慰。人是感情的动物，毕竟我与她相处到如今，从春到秋，从秋到夏，已经一个多年头了。

我很快入睡。答应汉斯我会考虑，倒并不是虚言。我的确要好好地想一想。我的一辈子……

清晨我是最迟下楼的一个。辛普森把我的头发套入发网，我手拿着帽子与马鞭。

宋家明已准备好了。

他说："勖先生在马厩等我们。"

我没有言语，随着他出发。

持枪的只有勖存姿与宋家明。天才蒙亮，我架上黄色的雷朋雾镜，天气很冷。我有种穿不足衣服的感觉，虽然披风一半搭在马背上，并没有把它拉紧一点。我心中慌乱，身体疲乏。

我尽在泥水地踏去，靴子上溅满泥浆。宋家明喃喃咒骂："这种鬼天气，出来打猎。"我不出声。

老添身后跟着十多二十只猎犬，我不明白为什么咱们不可以在春光明媚的下午猎狐，让那只狐狸死得舒服点。

不过，如果皇帝说要在早上六点半出发，我们得听他的。

蓝宝石的鼻子呼噜呼噜响。

老添问："老爷，我们什么时候放出狐狸？"

勖存姿冷冷地说："等我的命令，老添，耐心一点。"

就在这时候，在对面迎我们而来的是一匹栗色马，我呆半晌，还没有想到是怎么一回事，勖存姿已经转过头来说："喜宝，你应该跟我们正式介绍一下。"

是汉斯·冯·艾森贝克。

我的血凝住。我说："快回头，汉斯，快。"

"为什么？"汉斯把他的马趋前一步，薄嘴唇牵动一下，"因为今晨我不该向国王陛下挑战吗？"

宋家明低低地骂："死到临头还不知道。"

"汉斯，"我勒住蓝宝石对他说道，"你回去好不好？"

他在马上伸出手："汉斯·冯·艾森贝克。"

勖存姿说："我姓勖。"他没有跟汉斯握手。

汉斯耸耸肩，把手缩回去。

我说："汉斯，快点走。"我恳求他。

但没有人理睬我。宋家明坐在马上，面色变成死灰。

勖存姿说："冯·艾森贝克先生，请加入我们。"他转身，"老添，放狐。"

老添把拉着的笼子打开，狐狸像箭一样地冲出去，猎犬狂吠，追在后面，勖存姿举起猎枪，汉斯已骑出在他前面数十码了。

我狂叫："汉斯！跑！汉斯！跑！"

汉斯转过头来，他一脸不置信的神色，然后他看见勖存姿的面色及他手中的枪，他明白了，一夹马便往前冲，一切都太迟了。

勖存姿扳动了枪，呼啸一声，我们只看见汉斯的那匹栗色马失了前蹄，迅速跪下，汉斯滚在泥泞里。

我很静很静，骑着蓝宝石到汉斯摔倒的地方，我下马。

"汉斯。"我叫他。

他没有回答。

他的脸朝天，眼睛瞪得老大，不置信地看着天空，眼珠的蓝色褪掉一大半，现在只像玻璃球。

我扶起他。"汉斯。"我托着他的头。

他死了。我的手套上都是血与脑浆。

我跪在泥泞里，天蒙蒙地亮起来。

宋家明叫道："别看。"

我抬起头瞪着勖存姿。我放下汉斯站起来。我说："他连碰都没有碰过我。勖先生，而你杀了他。"

勖存姿对老添说："添，老好人，快去报警，这种事实真是太不幸了，告诉警察我误杀了一位朋友。"

宋家明说："不，勖先生，是我误杀了他，猎枪不幸走火。"

我说："这是一项计划周详的谋杀。"

老添说："我早告诉冯·艾森贝克先生，不要跑在前头，我马上去警局。"他骑马转身，飞快地受令去报警。

汉斯的马在挣扎，它摔断了前腿。

"把枪交给我。"我说。

勖存姿一点也不怕，把枪交在我手中，我向马的脑袋开了一枪，然后把枪摔在地上。

我蹲下看汉斯的脸，那脸就像一尊瓷像，他死了。

我想转身走开，但是脚不听使唤，我昏了过去。

醒来的时候是个罕见的晴天，鸟语花香，我躺在自己的床上。辛普森太太坐在我跟前，她看见我睁开眼睛，吁出一口气。

"好了，"她说，"真把我们吓坏了呢，宋先生与勖小姐明天结婚，若你不能去参加他们的婚礼，那可失望呢。"

"他们结婚了？"我问着撑起床来。

"姜小姐，我早劝你别服食过量的镇静剂与安眠药，现在可不是造成药物反应了？你昏迷了一日一夜，把我们吓得——我去叫护士进来。”

我怔怔地躺在床上。

一个人被谋杀了，这家人若无其事地办起喜事来。

勖存姿与护士同时进来，护士替我打针，量血压，拆除我手腕上的盐水针。

勖存姿用平静的声音说："我们很担心你的健康——"

"汉斯呢？"

"下葬了。"勖存姿还是那种声调，很平静，"真是不幸，打猎最弊处便是有这种危险。警方很同情我们，案子已经差不多要结束了。我发誓以后再不会碰猎枪。"

我问："你会不会做噩梦？"声音也同样淡漠。

"不一定会。"他答。

护士喂我服药。

我问护士："我是否瘦很多？"

护士微笑。"一下子就养回来了，别担心，只有好，不该瘦的地方全不见掉肉。以后别服安眠药了。"

我问："真的是药物反应？"

"自然，"她诧异，"医生的诊断。"她拍拍我的手背，离开房间。

我说："你收买了每一个人。"

"我可没买下犹大伊斯加略[1]。"他改用苍凉的声音。

---

[1] 犹大伊斯加略：犹大，《圣经》中人物，耶稣十二门徒之一，又称加略人犹大。

我完结了，这一生再也逃不出他的掌握。

我想起问："你为什么不杀掉丹尼斯·阮？为什么不杀掉宋家明？还有令郎勖聪恕？"

他背对着我说："他们不碍事。你不曾爱上他们。"

"我也没有爱上冯·艾森贝克。"

"是的，你有，你已经爱上了他，你只是不自觉而已。我认识你远比你认识自己为多。我必须要除掉他，不是他就是我。"

"你错了。"

"我没有错。你亲手烤苏芙喱给他吃的时候，我知道我没有错。"他说。

我不置信地问："你竟为我杀人？"我颤抖。

"我会为你做任何事。"他说。

"为什么？"

"你已是我的女人，喜宝，你必须记住这一点，你可以永久地离开我，但是只要你仍是我名下的人，你最好不要妄动。"他的声音像铁一般。

我想到汉斯的头颅，他的血与脑浆，我呕吐起来。

勖存姿把护士叫进来。

第二天勖聪慧嫁宋家明，我还是去了。坐在圣保罗大教堂，像个木偶，脸上妆着粉，身上穿着白色缎子小礼服，帽子上有面网、有羽毛。辛普森一直站在我身边。她待我倒由假心变得真心。

聪慧美得不能置信，纯白缎子的长裙，低胸，细腰，头发高高束起，上面一顶小钻石冠，像童话中的小公主。我沉默地看着她。

一个人被谋杀了，倒在泥泞里，他们却若无其事地办喜事。甚至一家都来了，只除却聪恕。勖存姿完全公开了我与他的关系，把我介绍给他的妻。

欧阳秀丽女士还是那么富态雍容，一张脸油光水滑，她一切的动作都比这世界慢半拍，她把我从头看到脚，从脚看上头，缓缓地点点头，不知是什么意思。

我叫一声"勖太太"。

她说："大冷天，穿得这么单薄，不怕冷？"

我惨淡地笑一笑，根本不知如何回答。辛普森倒抢先替我说了："姜小姐有长明克披风在这里，我替她备下的。"

勖聪恕眼皮都没抬一下，与她两个小女孩子在说话，佯装没看见我。方家凯不好意思，尴尬而局促地向我点点头，眼睛却瞄着聪恕，怕她怪罪。

欧阳秀丽似笑非笑地坐在我旁边，两只手搭在胖胖的膝上，她说："聪恕有孕了，希望她生个儿子，好偿心愿。"也不晓得是否说给我听的。

（有人被谋杀，血与脑浆，而凶手的一家却坐着闲话家常。）

我低声向辛普森说："给我一粒镇静剂。"

她从手袋的小瓶子里取出来给我手中。我取来含在嘴里，觉得好过一点。

没有人再提到冯·艾森贝克这个名字。凭我的法律知识，不足以了解他们上过几次堂，疏通过几个人。反正勖存姿已经达到目的，没有什么是他要做尚做不到的，杀个人又何妨，他罩得住。宋家明，他的女婿为他奔走出入法庭，他还是逍遥自在地做他的商人，赚他的钱。他不会亏待宋家明，勘存姿不会亏待任何人。

但是汉斯……

我呕吐起来，辛普森把我扶出教堂。

当时勘存姿正把聪慧的手放到宋家明的手上。我没有看到他们交换戒指。

我吸进一口新鲜空气。"辛普森太太，我想回去休息。"

"姜小姐，你得支撑一下，礼快成了。"她替我披上斗篷。

我抓紧斗篷，颤抖着说："让我回去，让我回去，我妈妈在等我，我妈妈在等我。"

"姜小姐，姜小姐——"

"你的母亲早已跳楼身亡。"勘存姿在我身后出现，抓紧我双肩，"你无处可去。"

我直叫："你杀死她，你令我无家可归，你——"

他一个巴掌扫在我脸上。我并不觉得疼，可是住了嘴，眼泪簌簌地落下来，却不伤心。

我进了疗养院。

功课逼得停下来。

功课是我唯一的寄托，我不能停学。

与勘存姿商量，他同意我回家住，但是要我看心理医生。我只好低头。

然后他回苏黎世，留我一个人在剑桥。我往往在图书馆工作到八点，直到学校关门才回家。辛普森为我准备好各式各样完美的菜式等我放学，我胃口很坏。

他已经买通了每一个人，医生、管家、用人。现在我知道我处在什么位置。

　　奇怪，曾经一度，我们试过很接近，因为那个时候，我还不太认识勖存姿，他不过是个普通有几个钱的小商人，可以替我交学费的，就是那样。到后来发觉他的财雄势大，已到这种地步，后悔也来不及，同时又不似真正的后悔，像他所说，如果我可以鼓起勇气，还是可以离开他的。

　　我要求与他见面。

　　我简单直接地说："我要离开你。因为你不再是那个在园子里与我谈天的人，也不再是那个与我通信的人。"

　　"你能够离开我吗？"勖存姿反问。

　　"我会得尝试。"我答。

　　"不，"他摇摇头，"现在我又不想放开你了。"

　　我早料到他有这么一招，他花在我身上的时间、心血、投资，都非同小可，哪里有这么轻易放我走的道理。

　　我的脸色变得惨白。

　　"难道你没有爱过我？"他问。

　　"曾经有一个短时期。"我说。

　　"有吗？抑或因为我是你的老板？"他也黯淡地问。

　　"我不知道。"我说，"你呢？你可有爱过我？"

　　"你将你的灵魂卖给魔鬼，换取你所要的东西，你已经达到了愿望，你还想怎么样？"

　　"我不知道你是魔鬼。"我凄然说。

　　"你以为我是瘟生？"

　　我点点头。

　　"我不是唐人街小子。"他笑笑。

"为什么选中我？"我问。

"因为你的倔强，我喜欢生命力强的人。"

"我是你，我不会这么想，我已近崩溃。"

"主要是为了汉斯·冯·艾森贝克。"他若无其事地吐出这个名字，"你念念不忘于他。"

"你谋杀他。"

"他咎由自取。"

"他罪不至死。"我说。

"一场战争，成千上万的人死掉。地震、饥荒、瘟疫，谁又罪至于死？"

"但是他死在你的枪下。"

"如果你的正义感这样浓厚，你是目击证人，为什么不去检控我？我认为我起码会得一个无期徒刑。"

我看着窗外。"你已经说过，我已经把灵魂出卖于你。"

"那么忘记整件事，你仍是我麾下的人。"勖存姿说。

"曾经一度，我关心过你，你的心脏病……在医院中……"我说。

"我打算放一个长假，陪你到苏格兰去。"

我怔怔地看着窗外。

"振作起来。"他说，"我认识的姜喜宝到什么地方去了？"

我牵动嘴角。

"快放复活节假了，是不是？"他说，"自苏格兰回来，我替你搬一个屋子。"

"我不想再读书了。我要休一个长假。一年、两年、三年，直到永远，参加聪慧的行列。"

"别赌气。"

"不，我很累。"

"我不怪你，但是你的功课一直好……这不是你唯一的志愿吗？"他露出惋惜的神情。

真奇怪，我与他尚能娓娓而谈。

我答："是的，曾经一度，我发誓要毕业，现在不一样了。对不起。"

"对不起？你只对不起你自己，跟你自己道歉吧。你已经完成了一半的学业，借我的能力，我能使你成为最年轻的大律师，我甚至可以设法使你进入国会。"

"我不怀疑你的力量。"我说，"但是现在我不想上学。"

"反正假期近了，过完这个假期再说。"他说，"我们一起去看看麦都考堡，你会开心的。"

"你已为我尽了力，"我说道，"是我不知足。"

"你常常说，喜宝，你需要很多的爱，如果没有爱，有很多的钱也是好的……我很喜欢听到你把爱放在第一位。"

我惨淡地笑："是，我现在很有钱。"

"钱可以做很多事的，譬如说，帮助你的父亲。"

我抬起头来："我的父亲？"

"是的，你父亲到处找你。"勖存姿说。

"为什么？为钱？"我茫然问。

"是的，为钱。"

"我可什么也不欠他的，自幼我姓着母亲的姓。"

"但他还是你父亲。"

"他是生我的人，没有养过我。"

"法律上这个人还是你的父亲。"

"他想怎么样？要钱？"我愤慨地问。

"他想见你。话是这样说，最终目的在哪里，我想你是个聪明人，不消细说。"

"钱。"我答。

勖存姿微笑。

"他是怎么来到英国的？"

"混一张飞机票，那还总可以办得到。"

"我应该怎么做？"我问。

"给他钱，你又不是给不起。"

"他再回来呢？"

"再给，又再回来，还是给。"他说。

"他永远恬不知耻，我怎么办？"我绝望地问。

"给，给他，"勖存姿简单地答，"你并不是要他良心发现，你只是要打发他，反正你付得起个价钱，何乐而不为？"

我沉默良久，燃一支烟，缓缓地吸。

勖存姿问我："你是什么时候学会吸烟的？"

我问："他老了很多吗？"

"谁？"

"我'父亲'。"

"我不知道，我根本没见过他，你得问家明，"勖存姿答，"看，你还是很关心他的。"

"据说他当年是个美男子。"我按熄了烟。

"令堂也是个美女。"

"两个如此漂亮的人，如此伧俗，一点灵魂都没有。"我忽然笑起来，直到眼泪淌满一脸，接着我掩上脸，"什么都没留下，只留下我这个人，生命的浪费。"

"不，"勖存姿说，"你不是生命上的浪费，你活得很好。"

"是，一直活下去，简直是可厌的，无论发生什么事，我总还得把功课做完。"

"我会帮你。"勖存姿说。

"你收买，你杀人，你运用你的权势——我永远不会原谅你。"我喃喃地说，"唯一对付你的办法是比你更冷血，我不能崩溃。"

"我明白。"他说，"我也并不希望你垮下来，我爱你。"

"勖先生，我深知你爱我，像你爱石涛的画，爱年年赚钱的股票，爱——你一切的财产，我只是其中之一。"

他沉默一会儿。"我不懂得其他的爱。"

"你可以学。"

"我？勖存姿？"他仰面哈哈地笑起来，然后看着我说，"我勖存姿不需要再学。"

"好的。"我点点头说，"你是勖存姿，我应该知道。"

没多久之后，我那不争气的父亲终于出现了。

我在书房招呼他。

"请坐。"我说。我对他并没有称呼。

他点点头，打量与估价着我的家私——我的财产，女佣问他喝什么，他说威士忌。

我把用人叫回来，我说："黑啤可以了。"

女佣看他一眼，遵命而去。

他似乎并不介意。

"你的母亲去世了。"他开口第一句话。

"我知道。"我说着拉开抽屉，"你要多少？"

他装模作样地跳起来："我是你的父亲！你以为我是来讨饭的？"

"要不要？"我冷冷抬起头，"不要拉倒。"我合上抽屉。声音弄得很大。

他坐下来。

"看！我的时间不是很多。"我说。

"我们是父女……"他的声音低下去，连他自己都不置信起来，这么虚弱的理由。

我打量着他，他老了。漂亮的男人跟漂亮的女人一样，老起来更加不堪，油腻而过长的头发，过时的西装，脏兮兮的领带。

父亲微弱地抗议道："我飞了一万里路来看你——"

"所以别浪费时间，坐失良机，你到底要多少？"

他犹疑一会儿，伸出五只手指。

"五百港元？"我嘲弄地问。

他又抗议："我搭飞机来回都四千港元。"

"你到底要多少？"我拉开抽屉，拿出直版的二十镑一整沓钞票，在另一只手中拍打着，"说呀。"

"五万。"

"狮子大开口。"

"五万是港币。"

"来一次五万，太划算了。"我摇摇头。

"你手中抓着就有五万。"他贪婪地说。

“我手中抓着的是我的钱。”

“我是你父亲。”

“我还以为你是我债主呢，对不起，我今天才知道父亲可以随时登门向女儿索取现金，多谢指教，我今日才知道。”我微笑。

他的面色如霓虹灯一般地变幻着。我看看手中三四吋厚的钞票，一扬手扔出去，撒得一书房都是，钞票滴溜溜在房中打转，最后全部落到地板上。

他瞪着我。

“当我才十六岁的时候，我母亲便教导我：‘女儿，如果有人用钞票扔你，跪下来，一张张拾起，不要紧，与你温饱有关的时候，一点点自尊不算什么。’”

我走出书房，大叫一声：“送客。”

十分钟后我再回到书房去，他人走了，地上一张钞票都不剩。我看过椅子后面，地毯角落，一张钞票都不剩，他都捡走了。

我躺在沙发上，忽然悲从中来，大叫一声，都是这个男人，他的不负责任，不思上进，毫无骨气，疲懒衰倦，害了母亲，害了我。都为这个男人。

勖存姿过数日跟我说：“原来我想说：‘横竖要付出，索性做得漂亮一点。’后来想想，谈何容易，我自己也做不到，何必劝你。”

“不过他始终是你父亲，别叫他恨你，令他羞愧是不对的，但也别叫他恨你。”勖存姿说。

“我有假期，希望你可以陪我到麦都考堡去。”他说。

我默不作声。

"我这座堡垒连公主也住得。"他说。

我仍不搭腔。

"好的，如果你不高兴，我不勉强你，"他叹口气，"你确实还需要休息。"

我到学校去，一间间课室走过，到湖边，到河畔。退学，谈何容易，我当初跑到这里来的目的是什么？我怎么可以退学！

支撑下去吧。退学做什么？专心坐在家中当勋存姿的小老婆？小老婆一向可以兼职，我不拿钱去贴小白脸已经很对得起他。

我的心理医生一直跟我说："姜小姐，一切是你的幻觉，没有人会无端枪杀另一个人，你受了很大的刺激……我们都明白……"

这种医生再看下去，我可真的要发疯了，我茫然站在河畔，著名的康河，有谁愿意在河底做一条柔软的水草呢？我的头发已经好久没剪，如果落在河里，头发也应该像水草般漂荡。

整个月来我穿着同一条牛仔裤，整个月来都不肯自动洗澡，在精神崩溃的边缘我都问自己：怎么可能旁人都那么镇静？难道一切真是我的幻觉？猎狐那天所发生的事，难道一切属于虚设？

我糊涂起来。

夜晚辛普森陪我睡，她坐在床边，让我喝一点酒，看我眼睁睁地躺到天亮，我把时间用在思虑我的一生，小时候发生过的一切细节，我都小心翼翼地写下来。

我跟辛普森说："如果我死了，你将会是唯一想念我的人。"

辛普森的鼻子发酸，声音苦涩："姜小姐，勖先生是很疼你的。"

我点点头。"这点我也明白，但是我只怕他……"

我并没有死，因为要努力戒掉药物，我尽量在白天劳动，无端端绕住屋子跑十个圈子。

勖存姿替我搬了家，后园子有私人网球场，我可以邀请任何同学来玩，运动后有芬兰浴[1]，友人们往往来了不肯走，我也乐得身边有一班吃吃喝喝的人，有什么不好？我请得起，屋子里因此又热闹，我忽然明白为什么某种人身边喜欢跟着一大帮朋友。也许不是为了寂寞，也许只是希望听见一些人声。

像我，我根本连话也不想与他们多说，自己坐在一个角落，由得他们听音乐、下棋子、喝酒，甚至是打情骂俏，一日又一日，我麻木地度过，这是我治疗自己的方式，麻木不仁地日复一日，看不到昨天与明天。

我很久没有写功课，勖存姿替我找了一个见习律师做枪手，暂时对付着。法科并不多笔记，记堂只应个卯，我不再认真，因为一切来得太容易。

从这个时候开始我喝得很厉害，我不是酗酒那种人，却也常常手中捏着酒杯，喝得醉醺醺，尤其是周末，高朋满座，通宵达旦地喝与吃，音乐直到天亮，全部供应免费，远近驰名，很多人慕名而来，我几乎成为沙龙的女主人，但是我并

[1] 芬兰浴：又称桑拿。

没有那样的雅兴，我只是坐在一个角落独个儿喝，并没有去剪头发，也不换衣服。

一次一个金发女郎，穿着合时的衣饰，指着我怪叫："这是谁？"脸上露出不屑的神色。

我只沉默地看她一眼。

辛普森太太冷冷地说："小姐，如果你不喜欢她，我劝你迅速离去，因为她是这里的女主人。"

金发女郎讪讪地退开。不，她并不舍得离开，因为她在喝唐柏利侬[1]的香槟，而那边的自助餐正在上鱼子酱与三文鱼。

我闷闷不乐，替我设了酒池肉林，我还是闷闷不乐。有时我挥挥手，他们就得立时三刻地全部离去，可是去了还会再来，每个周末，这里都有狂欢节日。

贪婪的人，吃完还带走，还顺手牵羊，浴间内的各式香水频频失踪。

辛普森肉刺得要死，她说："姜小姐，不如到外面去请客，新家具都弄脏了，这群都是猪，而且对你也不安全。"

我说："弄脏了自然有人买新的，你愁什么？"

可是我也腻了，派对终于停止。家具果然自上到下被全部换过，我与辛普森在装修期间搬到旅馆去。

踏进旅馆，我才感慨万千，从勘存姿接我来到如今，已经两个多年头，现在又近秋天。我早已归化英籍，那宗案子到今天，也有一年，早已不了了之。

---

[1] 唐柏利侬：法国唐培里侬，Dom Perignon，顶级香槟。

照说应该忘记吧？应该的，从头到尾，勘存姿并没有碰过我第二次。而我呢，连他为我买下的堡垒都不肯去看一下。

但是我们之间的关系并没有破裂。

家明到旅馆来看过我一次，问候我。

"你好吗？"

"很好。"我淡然答。

每个人都巴不得我死，我死也不能死在这干人面前，我怎么能满足他们的欲望。

"你要振作起来——"

"谁说我不振作？"我打断他。

他没有再说下去。

我问："聪慧好吗？她在什么地方？"

"回内地去了。"他低下头。

"什么？"我一怔，"回哪里了？"我听错了吧。

"回内地，"家明说，"她现在在北京。"

"在北京？"我几乎没跳起来。

"是的。"家明背转身，"我们婚后没停过一日吵嘴，终于她又出发旅行，到了北京，不肯再回来，如今已经半年。"

半年。我不敢相信耳朵。

家明说："北京现在的温度是零下三摄氏度，她愉快地写信来，说她手足都长了冻疮，可是她班上的孩子们都很乖——"

"班上？"我瞠目结舌。

"她替初中生义务补习英文，很吃香，校方甚至会考虑聘她做正式教师。"

"北京？"我喃喃地说。

"勖先生受的打击很大，聪慧的信用简体字。"家明自西装外套里掏出信，问我，"你可有兴趣看？"

我不由自主地接过信来。

我没有见过聪慧的字，却是小粒小粒，非常漂亮，一律简体，抬头写"父亲大人"。

父亲大人：

女在祖国，已找到人生真正的意义，以前认为金钱可以买得一切，可是母亲与聪恕何尝缺少金钱，却长远沉沦在痛苦中。来到祖国，寻到我们勖家祖先的出生地，走到珠子胡同，徘徊良久，寻到根与快乐的源泉，把脸与手紧贴在墙上，呼吸真正的生命，决定留下来。

父亲请原谅我。不需要寄钱来。中国人唯有住在祖国才能获得真正的幸福，水唯有归源大海才有归属，我寻到我要的一切，随着太阳起床，跟着太阳回家，把我所懂得的教给孩子们，心中没有其他念头，衣服自己洗，头发也自己洗，已学会煮饭烧菜。带来的两条牛仔裤非常有用，只是手脚都长了冻疮，经过治疗，不日将痊愈。

日前往琉璃厂，翻到一套《红楼梦》，惜贵甚，蹲在那里每日看一个回目，以前还没有需要，一切东西已排山倒海地倾至，一点真谛都没有。

我正努力学好国文，祝你们好。苦海无边，及早回头。

女　聪慧拜上

我一边读信，脸上一定苍白如纸。聪慧！开黑豹跑车的聪慧！信封上的日子是五个多月前的。

我震惊地抬起头，我问："聪慧住在什么地方？"

宋家明摇摇头。

"你是说你不知道？"我失声问。

"没有人知道。勖先生托人去找，内地大得无边无涯，他的势力又到不了那里，一直没有音信。"

"但是——"我喘气，"你们就由得她去。"

"很明显她快乐。"宋家明低声说，"她是个单纯的女孩子，或许她真的找到她要的一切了。"

"你相信？"

他抬起头来。"为什么不？各人的兴趣是完全不同，"他说，"看你！你付出了多少！你怎么知道别人不当你是傻子！"

我呆住。

"勖存姿失去了聪慧，他已是个老年人，受不住勖夫人日夜啼哭，精神很差，听说他身体也不好，现在由聪憩伴着勖夫人……"

我感慨至深，忽然之间想起《红楼梦》里的曲子：一帆风雨路三千，把骨肉家园，齐来抛闪。恐哭损残年。告爹娘，休把儿悬念。自古穷通皆有定，离合岂无缘？从今分两地，各自保平安。奴去也，莫牵连。

我跑到书房，一顿乱翻，把这首曲子递给宋家明看，自己的眼泪已经流出来。

家明看着书那一面，整个人失魂落魄似的，良久才凄然说："原来都是早已有的。"

半年不通音信，由此可知她真是下了决心脱离勖家。

多么可笑，原是勖家的人，倒眼睁睁地把万事全抛。不是勖家的人，像我与宋家明，却千方百计地谋钻进勖家，不惜赔上灵魂兼肉体。

"聪慧失了踪，"宋家明说下去，"勖太太夜夜做梦，一忽儿看见聪慧向她讨鞋子，一忽儿看见聪慧蓬头垢面，她眼睛哭得红肿……"

可爱的聪慧，永远硬不起心肠的聪慧，一直咕咕笑的聪慧，纯真的聪慧。

我靠在沙发上，哭了一日。

再见到勖存姿，我自动要求陪他去苏格兰。

他只是点点头，笑应了。家明说他最近很多事都撒手不管，精神大不如前。我开始觉得他有老态；勖存姿也终于疲倦了。

麦都考堡在北海岸边的圣安德鲁，终年受劲风吹袭，高原绿草如茵，我们到的那一日，太阳尚和煦得很。

勖存姿有点高兴，他说："你小时候读过'艾凡赫'吧，沃尔特·司各特住过麦都考堡。"

我点点头，不由自主地搀扶着他。他把手按在我的手上。

绵羊成群成百地在我们身边经过，咩咩不绝。

麦都考堡远远在望。

我问："绵羊也是我们的吗？"

"是你的。"他说。

"什么时候盖的？"我问。

"一六二三到一七一六年，一九三○改建，部分房间由我装置了中央暖气，家具全经过翻新，我相信你会喜欢。"

喜欢？不，不，并非我不懂得感恩，我要一座堡垒来做什么？我黯然。把母亲还给我，让我们重新为生活挣扎，也许我一辈子不能自剑桥毕业，但有什么关系呢？反正现在的生活不能满足我。什么也不必追求的生活根本不是生活。

我开始接触到聪慧的空虚，她的人生观。从一个大城市到另一个，处处锦衣，处处玉食，有什么意义？

进了堡垒，我并没有公主的感觉，反而觉得"身外物"这三字异常清晰。男佣生起壁炉，厨子做好七道菜的晚餐。可是我不快乐，勖存姿也不快乐。

他说："……失去聪慧，如果没有聪恕，我只剩你了……但是你不会跟我一辈子吧？"

我觉得他这话异常不吉利。我说："还有聪憩呢。"

"聪憩……她又生了女儿，还打算生下去呢，我也没见过这般老派的年轻人，服帖了。聪憩自幼跟她亲生母亲，与我不接近。"

"聪慧很幸福。"我说。

"幸福？"勖存姿感慨地说，"世上诸人，难道不以为我是最幸福的人？"

"喝点酒？"我问。我手中拿着白兰地。

"你现在还吃药吗？"

"不吃，只喝酒。"我说。

"多久没上课了？"

我失笑。"好久没去，我早已放弃。我还要做律师干吗，有多少律师可以赚得麦都考堡?"

融融炉火中,墙壁上挂着不少油画。我用半醉的眼睛眯着看一看,光与影都像是伦勃朗。

我问:"真的还是假的? 这里有七八幅呢,若是真的,湿度与气温都不对,画容易损坏。"

"你若当它是真的,它便是真的。"勖存姿伸个懒腰。

然而这一切还是不能加给我快乐。

勖存姿说:"叫人来把火熄掉,我倦了。"

我拉拉唤人铃。

"明天我与你到别的房间去看看。"他仿佛很累,目光呆滞,还勉强地笑,"我替你买了一套首饰——"

我婉转地说:"我已经够多首饰了。"

他自口袋里取出黑丝绒的盒子,我礼貌地取过。"谢谢。"

"取出来看看。"他命令。

是一串四方的红宝石,在炉火中闪着暗红的光。宝石不外总是红红绿绿,习惯以后,不过是一串串冰冷的石头。我顺手挂在脖子上。

"好看吗?"我问他。

"好看,你皮肤白。"他合上眼睛。

这个不幸的老年人,因为聪慧的失踪,他仿佛足老了十年,再也支撑不住。

他回房去睡,我坐在偏厅中把玩宝石项链。

后来我回房睡上一张铜床,豪华一如伊利莎白女皇。半夜听见重物堕地声,直接的感觉便是勖存姿出了毛病,奔到他房间去,看见他倒在地上,脸上已变青白。

我连忙把他带着的随身药物喂他，召来用人，用人以电话报警。

我们并没有再回麦都考堡。我在医院陪他直到他再次过危险期。这次我镇静得多。

我问医生："他还能挨上几次？"

"几次？"医生反问，"这次都是自鬼门关里把他抢回来的，小姐，心脏病人永远没有第二次。"

宋家明还是赶来了，勋家实在少不掉这个人。

他问："当时你们在一间房里？"

"并不如你想象中那么香艳秘诡。"我说，"我听到他摔在地上。"

"你害怕吗？"

"并不。"我说，"我已见过太多可怕的事，麻木了。勋夫人呢？请她来接勋先生回去，真的出了事，我担当不起。"

"现在他并没有事，勋先生的生命力是特别强的。"

"聪慧可有任何消息？"

"没有。"

我低下头，说道："为了可以再见聪慧一面，我愿意放弃她的父亲。"

"你错了，你仍把自己看得太重要，"家明看我一眼，"聪慧现在或许比你想象中的快乐得多，你永远不会知道。"

"我要看见才会相信。"我说道。

家明说："我实实在在地告诉你，没有看见就相信的人有福了。"

"你相信吗？"

"我最近看《圣经》看得很熟，"他苍白地说，"自从聪慧走后，我一次又一次地问自己，我是否对得起她——"

"她不会计较，聪慧的记性一向不好，她不是记仇的人，她品性谦和。"

"你呢？"家明抬头问。

"我？我很懂得劝解自己，天大的事，我只当被疯狗咬了一口，既然不是人，跟谁理论去？"

"我可不是狗，我是喜爱你的。"他低下头。

"但是你能够为我做什么？"

他抬起头："我爱你不够吗？"

"不够。"我说，"各人的需求不一样，你告诉聪慧说你爱她，已经足够，她不需要你再提供任何证明。但是我，我在骗子群中长大，我父亲便是全世界最大的骗子，我必须要记得保护自己，光是口头上的爱，那是不行的。"

"没有爱，你能生活？"

"我已经如此活了二十四年。"我惨笑，"我有过幻觉，我曾以为勖存姿爱我，然而我现在还是活得好好的。"

"我告诉你是不可能的，你不相信，你老是以身试法，运气又不好。"

"我运气不好？"我反问，"我现在什么都有，我的钱足够买任何东西，包括爱人与丈夫在内。"

"可惜不是真的。真与假始终还有分别，你不能否认这一点，尤其是你这么感性这么聪敏的人，真与假对你还是有分别的。你并不太快乐，我也不快乐，勖存姿也不快乐。"

"我要离开苏格兰了。"我说道。

"你到什么地方去？巴哈马斯[1]？百慕达？太阳能满足你？如果那些地方不能满足聪慧，更不能满足你。巴黎？罗马？日内瓦？你还能到什么地方去？"

我吞下一口唾沫。

我知道我想去哪里。到那间茅屋房子去，睡一觉，鼻子里嗅真烟斗香，巴哈的协奏曲，一个人的蓝眼珠内充满信心……我想回那里睡一觉，只是睡一觉，然后起床做苏芙喱。

"曾经一度，我请你与我一起离开勖家，你没答应，现在我自己决定离开了。"

我讽刺地笑："你离开勖家？不可能。"

他并不再分辩："你走吧，我留下来照顾勖先生最后一次。"

"我当然会走的。"我冷笑，笑得自己背脊骨冷了起来。走？走到哪里去。我并没家。剑桥不再与我有任何关系。

我走到哪里去？世上只剩下我一个人。提着华丽的行李箱，箱子里载满皮裘，捏着一大把珠宝，然而我走到什么地方去？

我认得的只剩下勖存姿以及勖家的人，我早已成为他们家的寄生草，为他们活，为他们恨，离开他们，我再也找不到自己，这两年多我已完全失去自己，我只是勖存姿买下来的一个女人。

走。

我踏出医院，口袋里只有几便士铜板，勖存姿的司机见到我，早已把丹姆拉驶过来。自从我在伦敦第一次踏上这辆

---

[1] 巴哈马斯：巴哈马，是一个位于大西洋西岸的联邦制岛国。

车子，我已经注定要被驯养熟，像人家养了八哥，先把翅膀上的羽毛剪过，以后再也飞不掉。

走到什么地方去？

"回剑桥。"我说。

司机很为难："姜小姐，从这里回剑桥要七八小时的车程呢。"

"我该怎么办？"我问。

"旁人多数是搭火车或飞机——姜小姐，不如我叫辛普森太太来接你，你略等一些时间。"

"不，借些钱给我，我搭火车回去。"

"但姜小姐，我恐怕勖先生会怪我。"

"他不会的，他还在医院里。给我五十镑，我搭火车回剑桥。"我伸出手。

"姜小姐——"

"我恳求你。"

他自口袋里拿出一沓镑纸，我抢过来——"加倍还你。把我送到火车站去。"

司机驶我到车站。

我下车，买车票。"到剑桥。"我说。

"没有火车到剑桥，只到伦敦。"

"好的，就到伦敦。"我付车资。

火车刚缓缓驶进车站，我买的是头等票，三十六镑。我发觉五十镑根本不够到剑桥。

我拉拉大衣，上车，只觉得肚饿，走到车头去买三明治与咖啡，我贪婪地吃着，把食物塞进嘴里，脑海里一片空白，我吃了很多，那种简陋粗糙的食物，是原始的要求。

吃完我回到车厢去睡，一歪头就困着了。

看见母亲的手拍打着玻璃窗："喜宝，喜宝，你让我进来，你让我进来。"

我大叫，挣扎。

母亲看上去又美丽又恐怖又年轻，我开了窗，风呜呜地吹，忽然我看到的不是母亲，而是我自己。

她在说："让我进来。"抓住我的手，一边喘息，"喜宝，让我进来。"

我挣脱她，冷冷地说："我不认得你。"

"不，喜宝，我就是你，你就是我，喜宝，让我进来。"

"小姐。"

我睁开眼睛。

"查票，小姐。"

我抹掉额上的汗，自口袋里掏出票子递过去，稽查员剪完票还我。

坐在我对面的是一个老太太与一个小女孩子。女孩子十六七岁，正是洋妞最美丽的时候，一头苏格兰红发，嘴角一颗蓝痣，碧绿眼珠，脸上都是雀斑，一双眼睛似开似闭，像是盹着了，又不似，嘴角带着笑，胸脯随火车的节奏微微震荡，看得人一阵一阵酥麻。我知道这是什么，这是青春。若是我是个已经老去的男人，我也会把她这样的青春买下来。

我惊惶地想：这是我。三年前初见勖存姿，我就是这个样子，如今我已是残花败柳。

残花。

败柳。

我低下了头。

那位老太太一路微笑一路说："……美丽的项链……"

我一身是汗，火车中的暖气著名过分。火车隆隆开出，开到永恒，而我没有一处地方可去。

如果我去香港，用勋存姿的钱买座房子，安顿下来，或者可以有个家。可是我到什么地方去找工作？我并没有文凭，我只懂得寄生在男人身上。反正是干这一行，还没哪个老板比勋存姿更胜一筹。

算来算去，我并没有第二条路可以走。

八

我并不想走，我恨他的时候有，爱他的时候也有，但我不想走。

火车到站了。是伦敦。

我落车，走向匹克狄利，走很久，肚子又饿了。终于走到苏豪。

站在路中央，是清晨，一地的废纸，天蒙蒙亮。我一直踱过去，踯躅着。一个水兵走过我身边，犹疑一下，又转头问我："多少？"

我一惊，随即笑。"五十镑。"我说。

"十镑。"他说。

"十镑？"我撑起腰，"十镑去你老母。"

他退后一步，大笑，倒是没动粗，走开了。

根本上有什么分别？价钱不同而已。

那一夜勖存姿的手放到我身上，再放松，肉体还是起了鸡皮疙瘩。我并不是这块材料，勖存姿走眼，可怜的老人，他不知道我与流莺没有分别。

一辆计程车驶过来，我截停。"去剑桥。"

"小姐。你开玩笑。"他把车驶走。

"喂。"我叫他。

但是司机已经把车子开走。

我索性坐在路边。想抽烟又没烟，想睡觉又不能躺路边，没奈何，只好用手支着头，什么也不说，什么也不想，懒洋洋地打个哈欠，就差没扪虱子。

我悲苦地笑起来。

一个警察远远看见我，好奇地站停在那里注视我。

皮裘与珠宝，何尝能够增加我的快乐，脖子上红宝石鲜艳如血，照不亮我的面色。

警察走过来向我说："小姐，你有什么事？"

"没有什么事。"我说。

"小姐，这种时间最好别在路上游荡。"

"到处游荡？我并没有游荡，我正想回家。"我说。

"家？家在什么地方？"

"剑桥，牛津路三号。"我说。

"跟我来，小姐，你永远走不到牛津路去。"他不肯放我，"到警署来坐一下。"

"好好，"我说，"我跟你去。"

"你家里的电话号码，小姐。"

我报上去。"我姓姜。"我再补上姓名。

"我们很快就知道你是否在说谎了。"他向我眨眨眼。

"请。"我说。

电话拨通，来听电话的显然是辛普森太太，问清楚首尾之后，她在那边大嚷，我用手掩住脸，我很疲倦，想喝酒，想洗澡。

那警察放下电话说："小姐，你家里人说马上来接你。"

他声音里透着惊异，"叫你坐着别动。"

我说："我有别的事要做，从剑桥到这里，要很长的一段时间，我不习惯坐在这里等，你不能拘留我。"

"可是你家人——"

"我家人与我会有交代。"我站起来。

他只好眼巴巴地看我走出去。

我一直走到火车站，摸口袋里的钱买车票，上车。在火车的洗手间看到镜子，自己都吓一跳。十镑，我的确只值十镑，多一个便士也没有：半褪的脂粉，苍白的面孔，蓬松的头发……我不忍再看下去，眼泪簌簌地流下来，没有人能伤我的心，可是我自己能够。三年短短的一千多日，我竟能老成这个样子，我是完了。

我用手掩住脸，在火车上一直再没有把手放下来。

到站的时候肚子饿得发疯，跑进火车的饭堂就吃：黑啤酒，猪肉饼。把我们都放在孤岛上，王侯与用人没有什么分别。

吃完之后我叫一部计程车回家。

口袋已经没有钱付车费，我大声按门铃，对司机说："等一会儿。"

女佣来开门，我说："给他车费。"我径自往屋里走，一边打着饱嗝。

女佣追上来说："小姐，辛普森太太与司机赶到伦敦去了。"

"我知道。"

"我去与你放水——"

"你先去付了车费再说。"

"我转头马上来。"

我到房间脱去衣裳，一面大镜子对牢我。我端详自己。再这样子自暴自弃，无限度地吃下去，很快变成一个胖女人，一脸油腻，动作迟钝。

我长叹一声。

女佣奔上来："小姐——"

"请你到医生那里，说我要安眠药，拿一瓶回来。"

"你——"

"我洗澡与休息。"我说。

"小姐，我马上回来，你自己当心。"女佣犹疑着，不敢离开我。

"得了，我又不是三岁小孩子。"

她咚咚地跑下楼去。

我放一大缸水洗澡洗头，倒下半瓶浴盐，泡上良久，女佣很快就回来。

我问："药取来了没有？"

"护士听说是你要，不敢不给，"她一副得意扬扬的模样，"他那诊所根本就是勖先生出钱开的。"

"小姐，"女佣趁辛普森不在，话顿时多起来，"你这条红宝石项链——"她眼睛闪得迷惑。

"是假的。"我说，"你出去吧。我想睡一觉。"

"是。"她一路上替我收拾衣服。

我掀开缎被，钻进被窝，长叹一声，同样是失眠，躺在床上总比躺在街上好。

我把头埋进柔软的枕头。

　　我睡着了。

　　是辛普森太太的声音把我吵醒的，她操兵似的冲进房来。"呵，老天，谢谢上帝，终于看见你了，姜小姐，你怎么可以叫我这样担心。"

　　她坐在我床沿。

　　"辛普森太太。"我抱住她。

　　"你没有再喝酒吧？"她温和地说。

　　"没有。"

　　"起床吃点东西。"她说，"来。"拿着睡袍等我。

　　在饭桌上我看到大学里寄来的信，他们询问我何以不到学校，我把信都扔在一旁。

　　"勖先生明天回来。"辛普森说。

　　"他可以出院？"我放下报纸问。

　　"他说要出院，谁敢拦阻他？"辛普森笑。

　　她与我可真成了朋友，我唯一的可以相信的人，也仿佛只剩下她。

　　我说："明天是复活节，这只戒指送给你。"我把小盒子推给她。

　　她早已收惯礼物，但一贯客气着："我已经收了你这么多东西，真是——"很腼腆。

　　"你为我做了那么多。"我说，"应该的。"

　　她把戒指戴在手上，伸长了看看。"太美了。"钻石在阳光下闪烁着。

　　我拎着茶杯走到长窗，阳光和煦。

　　"学校打电话来问你，为什么缺课。"辛普森说。

"不上课就缺课，有什么好问的，把人当小学生似的。"我转头笑。

辛普森隔很久，小心翼翼地说："姜小姐，你不觉得可惜吗？"

"不。"我简单地说。

夜里我坐着喝酒，看电视，电视节目差得可以，怕得买电影回来看，买套《飘》的拷贝准能消磨时间。

我们看到一半有人按门铃。

辛普森吩咐下去："这么夜了，你看看是谁，别乱放闲人进来。"

女佣去开门，半晌来回话："是一个女人，找勘先生。"

我问："找勘先生，是中国人还是英国人？"

"是欧陆人，金发，年轻的。"女佣答，"但很脏。"

我看看辛普森。

"让我去跟她说话。"她站起来走向门口。

我忍不住拿起酒杯跟过去。

辛普森打开门，门外站着一个金发女郎，灰绿而大的眼睛，脸色很坏，嚅嚅地说不出话来。

辛普森问："你找谁？"

"勘存姿先生。"

"他不在。他明天才来，你明天来吧。"

"我可否进来跟他家人说一句话？"

"你是勘先生的什么人？"

"我是他……以前的朋友。"

我明白了一半。

"他家人不在此。"辛普森说。

"他的秘书呢？管家呢？"那女孩子尚不肯放弃。

"我就是管家。"

"我可否进来坐一会儿？我想喝杯水。"

辛普森说："我们都不认识你。"

我说："让她进来。"

辛普森犹疑一下，终于打开门让她进来。

我看着她，她也看着我。我知道她是什么人，她也知道我是什么人。

"请坐。"我说，"我可以为你做什么？"

"我肚子饿，没有钱。"她说，"给我钱，我马上走。"

"你先吃一顿再说。"我说，"钱一会儿给你。"

"谢谢。"她低声说。

女佣端上食物，她狼吞虎咽地吃下去，喝红酒像喝水一般。等她饱了，脸色也比较好看。她年纪并不大，顶多比我长三两年。

我问："他给你的钱花到哪里去了？"

"赌。"她答。

"赌掉那么多？"我问。

"一半。输起来是很容易的。"她说，"不信试试看。"

"还有一半呢？"

"被男人骗了。"她说。

"可是勖存姿对女人一向阔绰。"我不置信。

"我知道，"她苦笑，"以前，在英国，我有邦街的地契。"

"你都输光了？"

"是。"她若无其事地说。

"为什么？"

"我很寂寞，没有可以做的事，唯一的工作便是等他回来。"她说，"闲了便开始赌。"

"你是什么地方人？"

"奥国[1]。我母亲还有点贵族血统，后来家道中落，可是也还过得不错。"

"认识勖存姿的时候，你在做什么？"我问道。

"我是巴黎大学美术系学生。"

我的脸色转为苍白。她是我的前身，我在照时间的镜子。

"你见过他的家人？"我问。

"没有。"她摇摇头，"一个也没有。"

"后来……你辍了学？"

"是。我有那么多钱，当时想，念书有什么用？"她并不见得悔恨，声调平静，像在说别人的事，"勖先生对我很好。"

"你为什么离开他？"我说。

"他离开我。有一日他说：'你去吧，我不能再来见你，可是你如果有困难，不妨来找我。'我在苏莲士拍卖行里知道他住在这里。"

"你需要多少钱？"我问。

"五十镑？"她试探地问。

我真是为她落泪。我进书房，打开抽屉，取了一沓钞票出来，塞在她手里。

---

[1] 奥国：奥地利共和国。不是官方称谓。

"谢谢，谢谢。"

她喜不自禁。

我温和地说："去洗个头，买件新衣裳。"

"是，是，我现在就去，"她说，"谢谢你。"

"如果我还在此地，你尽管来找我。"

"谢谢。"

我送她出去。她那灰绿色的眼睛里闪着媚态，她是一个美女，虽然憔悴了，但看得出以前的盛姿，骨架子小，身上多肉的洋妞是很少的。

我关上门。

辛普森太太看着我，我摊摊手。

"真是堕落。"她批评。

我问："如果我不赌不嫖，乖乖地过日子，你想咱们两人能否过一辈子？"

辛普森笑说："我与你？十辈子也花不完这些钱，免得你担心，勖先生不知道有多少股票写了给你，你还不知道，而且只准你收利息，不准你卖出手去，你想他替你想得多周到。"

是的，这么多女人当中，他最喜欢我，我是"同类型"中最得宠的。

勖存姿回来，我的工作也就是等勖存姿回来。

他回来的时候坐在轮椅上。

我问："为什么坐轮椅？"声音里带着恐惧。

"因为我不想走路。"他说。

我松下一口气。

"家明呢？"我问。

"他走了。"勖存姿没有转过脸。

"走了？"我反问，"走到什么地方去？"

"他离开了勖家。"

"什么？"我追问，"离开勖家，到什么地方去发展？"家明向我提过这件事，我以为他早忘却了。

勖存姿抬起头，他很困惑地说："家明，他进了神学院，他要当神父。"

我手中正捧着一只花瓶，闻言一惊，花瓶摔在地上碎了，我说："什么？做和尚？"

勖存姿说："为什么？我跟他说：'家明，聪慧走失不是你的错，上天入地，我总得把她找回来。'但是他说：'不，勖先生，你永远也找不到她，她寻到快乐，她不会回来。'我以为他悲伤过度，少年夫妻一旦失散，心中难过，也是有的，谁知他下足决心要去，可不肯再回来了。"

我失措，就这样去了？

"可是我说家明，你这样撒手走了，我的事业交给谁呢？你猜他说什么？"

"什么？"我呆呆地问。

他说："勖先生，你如果不放弃地上的财宝，我实实在在地告诉你，你进天国比骆驼穿过针眼还难。"

我一阵昏厥，连忙扶住椅子背。

勖存姿喃喃地说："我的家支离破碎，喜宝，我要你回剑桥，把所有的功课都赶出来，你来承继我的事业。"

我退后一步。"可是勖先生，你有聪恕，还有聪憩，至少聪憩可以出面，她有丈夫，一定可以帮你忙，而且你手下能干的人才多着，不必一定要亲人出来主持大事。"

"你不会明白，只有至亲才可靠。"

我失笑："可是我也是外人，勖先生。"

"我明白。"勖存姿抬起头，"你并不姓勖，但是我信任你。"

"我？"我抬起头，"你相信我？"

"你还算是我亲人。"他的声音低下去。

"别担心，勖先生，你身体还是很好，"我说，"支持下去。谁家没有一点不如意的事？你放心。"

他沉默一会儿。"有你在我身边，我是安慰得多了。"

"我并不能做什么。"我说，"只会使你生气。"

"你应该生气，"他说，"一个老头子不解温柔的爱。"

我凝视他，以前他口口声声说他是老头了，我只觉得他在说笑话，现在他说他老，确有那种感觉。

他咳嗽一声。"至今我不知道有没有毁了你。"

"毁了我？"我说，"没可能，如果那一年暑假没遇见你，我连学费都交不出来，事情不可能更坏了。"

"但是你现在并没有毕业。"

"毕业？我有这么多钱，还要文凭做什么？"我问。

"钱与文凭不是一回事，多少有钱的人读不到文凭。"

"何必做无谓的事？"我笑笑。

他把手放在我手上。"我是希望你可以毕业的。"

我不肯再搭这个话题。

他说："聪憩想见你，你说怎么样？"

"我？我无所谓，她为什么要见我？"为什么是聪憩？

"她要与你讲讲话。"他说，"现在聪慧与家明都离开了，她对你的敌意减轻，也许如此。"

我点点头。"我不会介意。"

"那么我叫她来。"勖存姿有点高兴。

我坐在他对面看画报，翻过来翻过去，精神不集中。

勖存姿说："如果你没遇见我，也许现在已经结了婚，小两口子恩恩爱爱，说不定你已经怀了孩子。"

"是，"我接口，"说不定天天下班还得买菜回家煮，孩子大哭小号，两口子大跳大吵，说不定丈夫是个拆白，还是靠我吃软饭，说不定早离了婚。"

勖存姿笑笑说："喜宝，在这个时候，也只有你可以引我一笑。"

"我并不觉得是什么遗憾，"我想起那个金发的奥国女郎，"至少将来我可以跟人说：我曾经拥有一整座堡垒。何必悔恨，当初我自己的选择。"

他看着我。

我嘲弄地说："我没觉得怎么样，你倒替我不值，多稀罕。"

"可是你现在没有幸福。"

"幸福？你认为养儿育女，为牛为马，到最后白头偕老是幸福？各人的标准不一样。到我老的时候，我会坐在家中熨钞票数珠宝，我可不后悔。"

"真的不后悔？"勖问我，"还是嘴硬？"

"像我这种人？不，我不懂得后悔。即使今夜我巴不得死掉，明天一早我又起来了，勖先生，我的生命力顽强。"

我的手摸着红宝石项链。这么拇指大的红宝石，一块戒面要多少钱。世上有几个女人可以挂这种项链。天下岂有十全十美的事，我当然要有点牺牲。

况且最主要的是，后悔已经太迟了。

我长长地叹一口气。

勋存姿陪我住了一段时间，直到聪憩来到。

我不得不以女主人的姿态出现，因为根本没人主持大局。

我招呼她，把她安顿好，也没多话，聪憩的城府很深，我不能不防着她一点，可以不说话就少说几句。她住足一个星期，仿佛只是为了陪她父亲而来，毫无其他目的。

一夜我在床上看杂志，聪憩敲门进来。

我连忙请她坐。

"别客气。"她说，"别客气。"

"应该的。"我说，"你坐。"

她坐下来，缓缓地说："喜宝，这些日子，真亏得你了。"

她无缘无故地说这么一句话，我不由自主地呆一呆。

她说："也只有你可以使勋先生笑一笑。"

连她都叫父亲"勋先生"。勋存姿做人的乐趣由此可知。

我低下头。"这是我的职责。"

"开头我并不喜欢你，但是我现在看清楚了，只有你可以帮到勋先生。"她也低着头。

我惊骇地看着她，我不明白她想说些什么。

"勋小姐——"我说。

她的手按在我的手上。"你先听我说。我弟弟是个怎么样的人，你是知道的——"

"聪恕并没有怎么样，聪恕只是被宠坏了，有很多富家子是这样的。"

"他在精神病院已经住了不少日子。"

"可是那并不代表什么。"我说，"他是去疗养？"

"疗养？"聪憩又低下头，"为什么别人没有去疗养？"

"因为别人的父亲不是勖存姿。"我简单地说。

"你很直截了当，喜宝，也许勖先生喜欢的便是你这一点。"

我黯然，唯一的希望便是有个人好好地爱我。爱，许多许多，溺毙我。勖存姿不能满足我，我们之间始终是一种买卖。他再喜欢我也不过是如此。

"家明在修道院出了家。他现在叫约瑟兄弟，我去看过他，你知道香港的神学院，在长洲。"

"令堂呢？她身体好吗？"我岔开话题。

"我看她拖不了许久，血压高，日夜啼哭，还能理些什么，她根本只是勖先生的生育机器而已。"

"我……我更不算什么。"我说。

"你可以帮我。现在只有你。"她紧握我的手。

我始终不明白。"但是我可以为你做什么？"我问，"如果可能的话，我一定尽力而为。"

"替我照顾我的孩子。"

我抬起头，心中一阵不祥。

"我长了乳癌，这次是来开刀的。"

"不。"我跳起来，"不能这样。"

"是真的，医生全部诊断过了，我不能告诉父母，只能对你说。"

"可是乳癌治愈的机会是很大的，你——"我一个安慰的字也想不出来，只觉得唇焦舌燥。勖存姿的伤天害理事是一定有的，但是报应在他子女身上，上天也未免太不公平，我呆呆地看着聪憩，只觉得双手冰冷。

"方先生是知道的？"我问。

"嗯。"

"方先生应当陪你来。"

聪憩笑，笑里无限辛酸。"应当，什么叫应当？我一直想生个儿子，以为可以挽回他的心，可是肚皮不争气，生来生去都是女儿。"

我错愕之至，这么理想的一对模范夫妻，真看不出来。

聪憩说："你叫我跟谁说去？我连个说话的人都没有，母亲又不是我的生母，父亲忙得喘气的机会都没有。"

我想想她的处境，确然如此，我叹口气，踱到窗口前坐下，这房间里的两个女人，到底谁比谁更不幸，没人知道。

"谢谢你。"

"我陪你去医院。"我说，"我不会告诉勖先生。"

"谢谢你。"

我忽然问道："请你告诉我，钱到底有什么用？"

"钱有什么用？"她哑然失笑，"钱对穷人来说很有用。至于我，我宁愿拥有健康，跟方家凯离婚，带着孩子远走高飞。"

"如果没有钱，又如何远走高飞？"我反问。

"我还有两只手。"聪憩说。

"两只手赚回来的钱是苦涩的，永生永世不能翻身，成年累月地看别人的面色，你没穷过，你不知道，"我悲愤地说，

"我何尝不是想过又想，但是我情愿跟着勋先生，反正我已经习惯侍候他，何苦出去侍候一整个社会上不相干的人。我一生当中，还是现在的日子最好过。"

聪憩怔怔地看着我，她不能明白，事情不临到自己头上的时候，永远不明白。

陪聪憩去看医生，勋存姿并没有怀疑，他以为我们约好了上街购物喝茶。

聪憩的每一个动作都透着温柔，连脱一件大衣都是文雅的。然而听她的语气，她的丈夫并不欣赏她，岂止不欣赏，如今她病在这里，丈夫也没有在她身边。

她说道："右乳需要全部割除。"

"我陪你。"

"不必了，明早你来看我，告诉父亲，我上巴黎去了。"

"勋先生是一个很精明的人。"我说。

"但是你从来不对他撒谎，你的坦白常使他震惊，他再也想不到你会在这种小事上瞒他。"

聪憩其实是最精明的一个。

"我陪你进手术室。"我握着她的手。

她的手很冷，但是没有颤抖，脸色很镇静。

"你怕吗？"我问。

"死亡？"她反问。

"是。"

"怕。"她答，"活得再不愉快，我还是情愿活着，即使丈夫不爱我，我还可以带着孩子过日子，寂寞管寂寞，我也并不是十六七岁的小女孩子，我忍得下来。"

"你不会死的。"我说。

她向我微笑，我从来没见过更凄惨的笑。

护士替她做静脉麻醉注射，她紧紧抓住我的手。

我轻轻地说："明天来看你。"

她点点头，没过多久便失去了知觉。

我把她的手放在胸上，然后离开医院。

勖存姿对着火炉在沉思，已自轮椅上起来了。

他问："你到医院去做什么？不是送聪憩到机场吗？"他又查到了。

"去看一个医生，我爱上住院医生。"我笑说。

他看我一眼。"我明知问了也是白问。"

我蹲在他身边。"你怎么老待在伦敦？"

"我才住了三个礼拜。"

"以前三小时你就走了。"

"以前我要做生意。"他说。

我听得出其中弦外之音，很害怕。"现在呢？你难道想说现在已经结束了生意？"

"大部分。"

"这是不可能的，不可能！"我说，"勖存姿不做生意？商界其他的人会怎么想？"

"我老了，要好好休息一下。"他说，"我要检讨，是为了什么，我的孩子都离我而去，我什么都给他们，我也爱他们，就是时间少一点，可是时间……"

"勖先生，我早先跟你说过，你把所有活生生的人当作一件家具，一份财产，我们不能呼吸，我们没有自由，我们不快乐。"

"我不明白。"

"勖先生，你是最最聪明的聪明人，你怎么会不明白。"

他正颜说："但是我并不像那种有钱父亲，一天到晚不准子女离家，逼他们读书……我不是，钱财方面我又放得开手。"

"我本人就觉得呼吸困难。"我苦笑，"勖先生，你晓得我有多坚强，但是我尚且要惨淡经营，勉强支撑，你想想别人。"

他说："我还是不明白。"他倔强而痛苦。

我叹一声气，他不明白他的致命伤。

"喜宝，我想你跟我回香港去。我想见见他们。"

"我与你回香港？"我瞪目，"住在哪里？"

"替你买一层房子，还有住哪里？酒店？"他反问。

我镇静下来，反而有一丝高兴。也好，在英国我有些什么？现在书也不读了。任何城市都没有归属感，倒不如香港，我喜欢听广东话。

"好的。"我说，"我跟你回去。"

"谢谢你。"他说。

我抬一抬眉，十分惊异。他说谢谢。

"事实上，"他说下去，"事实上如果你现在要走，我会让你走。"他眼睛看着远处。

自由？他给我自由？我可以走？但是我并不想走，我恨他的时候有，爱他的时候也有，但我不想走。

我说："我并不想走，我无处可去。"

他忽然感动了，"喜宝——"他顿一顿，"你跟我到老？"

"那也并不是很坏的生涯，"我强笑，"能够跟你一辈子也算福气。"

"你怎么知道没处可去？你不趁年轻的时候出去看看，总要后悔的。"

我斩钉截铁地说："外面没有什么好看的！外面都是牛鬼蛇神！"

"好，喜宝。好。"他握住我的手。

聪憩动完手术，我去看她。

她呜咽地——"我的身形……"她右半胸脯被切割掉……

她伏在我胸膛上哭。我把她的头紧紧按在胸前，我欠勖家，勖家欠我，这是前世的一笔债。

她的哭声像一只受重伤的小狗，哽呛、急促、断人心肠。我不能帮她，连她父亲的财势也帮不了她，她失去丈夫的欢心，又失去健康，啊，金钱诚然有买不到的东西。

我一整天都陪着她，我们沉默着。

第二天我替她买了毛线与织针，她不在病床，在物理治疗室。大群大群断手断脚的男男女女在为他们的残生挣扎，有些努力做运动，绷带下未愈的伤口渗出血来。

聪憩面青唇白地靠在一角观看，我一把拉住她。

她见到我如见到至亲一般，紧紧抱住我。

"我们回房间去。"我说，"我替你买了毛线，为我织一件背心。"

聪憩面色惨白地说："我不要学他们……我不要……"

"没有人要你学他们，没有人，"我安慰她，"我们找私家医生，我们慢慢来。"

"我的一半胸……"她泣不成声。

"别担心——"但是我再也哄不下去，声音空洞可怕，我住了嘴。

护士给她注射镇静剂入睡，我离开她回家。

三日之后，聪憩死于服毒自杀。

勖存姿与我回香港时带着聪憩的棺木。辛普森也同行。她愿意，她是个寡妇，她说希望看看香港著名的沙滩与阳光。

方家凯与三个孩子在飞机场接我们。孩子们都穿着黑色丧服，稚气的脸上不明所以，那最小的根本只几个月大，连走路都不大懂得。

方家凯迎上来，勖存姿头也没抬，眼角都未曾看他，他停下来抱了抱孩子。孩子们"公公，公公"地唤他。

然后我们登车离去。

香港的房子自然已经有人替他办好了。小小花园洋房。维多利亚港海景一览无遗。可是谁有兴致欣赏。勖存姿把自己关在房中三日三夜，不眠不食，锁着门不停地踱步，只看到门缝底透出一道光。

如果家明在的话，我绝望地想，如果家明在的话，一切还有人做主。

方家凯的三个女孩来我们这里，想见外公。我想到聪憩对我说："……照顾我的孩子。"他们勖家的人，永远活在玫瑰园中，不能受任何刺激。

然而聪憩还是他们当中最冷静最理智的。勖家的人。

我常常抱着聪憩最小的女儿，逗她说话。

"你知道吗？"我会说，"生活不过是幻象，一切都并不值得。"

婴儿胖胖的小手抓着我的项链不放，玩得起劲。

我把脸贴着她的小脸。

我说："很久很久之前，我与你一样小，一样无邪，一样无知，现在你看看我，看看我。"

她瞪着我，眼白是碧蓝的，直看到我的脑子里去。

我悲哀地问："为什么我们要来这一场？为什么？"

她什么也不说。

我喂她吃巧克力糖。辛普森说："给婴孩吃糖是不对的。"

我茫然地问："什么是对？什么是错？"

勖存姿还是不肯自书房出来，一日三餐由辛普森送进书房，他吃得很少。

我有时也开车与聪憩的女儿去兜风。她们是有教养的乖孩子，穿一式的小裙子，很讨好我，因为我是唯一带她们上街散心的人。她们在看电影的时候也不动，上洗手间老是低声地央求我。两个女佣跟着她们进进出出。在旁人眼中她们何尝不是天之骄子。但我可怜她们，是谁说的，富人不过是有钱的穷人，多么正确。

方家凯来跟我谈话。

"谢谢你，姜小姐。"他很有愧意，"替我照顾孩子们。"

"别客气。"我倒并不恨他。我什么人也不恨。

他缓缓地说："其实……其实聪憩不明白，我是爱她的，这么长久的夫妻了，我对她总有责任的……"

我抬头看着他。

"……是我的错，我觉得闷。人只能活一次，不见得下世我可以从头来过，我又不相信人死后灵魂会自宇宙另一边冒出来……我很闷，所以在外边有个女朋友……"

方家凯一定得有个申诉的对象，不然他会发疯。

"但是聪慧不原谅我，十多年的婚姻生活……每一件事都是习惯，做爱像刷牙……姜小姐，我已是个中年人，我只能活一次——"方家凯掩上脸。

我明白，我真的明白。他年纪大了，他害怕，他要寻找真正的生活与失去的信心。还有生命本身的压迫力……我明白。

"我明白。"我说。

"真的？"他抬起头来，"她是个比较年轻的女孩子，非常好动，十分有生气。我不爱她，但与她在一起，一切变得较有意义，时光像忽然倒流，回到大学时代，简单明快，就算戴面具，也是只比较干净的面谱：就我们两个人，没有生意、孩子、亲戚、应酬，只有我们两个人，因此我很留恋于她。我永远不会与聪慧离婚，也不可能找得比聪慧更好的妻子，但聪慧不明白，她一定要我的全部，我的肉体我的灵魂我的心，她就是不肯糊涂一点。我不是狡辩，你明白吗？姜小姐。"

我明白。

"我怕老。像勖先生，即使赚得全世界，还有什么益处呢？我只不过想……解解闷，跟看书钓鱼一样的，但没有人原谅我。我真不明白，聪慧竟为这个结束她的生命，"他喃喃地，"我们只能活一次。"

我把脸贴着他的小女儿的脸。"你知道吗？生活只是一个幻象。"

"我会照样地爱她，她失去身体任何一部分，我仍然爱她，为什么她不懂得？"方家凯痛苦地自语。

我说："方先生，女人都是很愚蠢的动物。"

"我现在眼闭眼开都看到她的面孔。"

"她不会的，她不会原谅你的。"我说。

"我倒不会怪她不原谅我。"方家凯说，"我要跟她说，我如果知道她这么激烈，我就不会跟她争。"

"对着倒翻的牛奶哭也没用。方先生，好好照顾孩子。"

"谢谢你，姜小姐。"

我说："至少你有苦可诉，因为你摆着人们会得同情的现成例子，我呢，我还得笑。"

"姜小姐。"方家凯非常不安。

"回去吧。"我把他小女儿交在他的手中。

他离开了。

九

生命是这么可笑，我们大可以叠起双手，静观命运的安排与转变，何必苦苦挣扎。

二十五岁的生日，我一个人度过，没有人记得。如果当年我嫁了个小职员，纵使他只赚那么三五千，四年下来，或许也有点真感情。带孩子辛苦，生命再缺乏意义，在喧闹繁忙中，也就过了。说不定今日孩子亲着我的脸说"妈妈生辰快乐"，丈夫给我买件廉价的时装当礼物……我是不是后悔了？

　　我照常吃了饭，站在露台上看风景，维多利亚港永远这么美丽。几乎拥有每一样东西的勘存姿却不肯走出一个三百平方呎的房间。

　　"但是我不能控制生命。"勘存姿在我身后说道。

　　"勘先生。"我诧异，他出来了。

　　他说："你寂寞吗？"他把手搁在我肩膀上。

　　我把手按在他手上。"不。"

　　"谢谢你！"勘存姿说。

　　"为什么每个人都谢我？"我笑问，"我做了什么好事？"

　　"家明会来看我们。"他说。

　　我一呆。"真的？"我惊喜，"他回来了？"

"不，他只是来探访我们。"他说。

"呵。"我低下头。

我又抬起头打量勖存姿。他还是很壮健，但是一双眼睛里有说不出的疲倦，脸上一丝生气也看不到，我暗暗叹口气。

"今天是我生日。"我说。

"你要什么？"勖存姿问我，"我竟忘了，对不起。"

我苦笑。我要什么？股票？房子？珠宝？

"我知道，"他抚摸我的头发，"你要很多很多的爱。如果没有爱，那么就要很多很多的钱，如果两件都没有，有健康也是好的。"

"我不仍是有健康吗？"我勉强地笑。

"喜欢什么去买什么。"他说。

"我知道。"我握着他的手。

"休息吧。"勖存姿说，"我都倦了。"

但我不是他，我一天睡五六个钟头怎么说都足够，平日要想尽办法来打发时间。

我上街逛，带着辛普森。逛遍各店，没有一件想买的东西，空着手回家。我请了师傅在家教我裱画，我知道勖存姿不想我离开他的屋子。裱画是非常有趣味的工作，师傅是一个老年人，并不见得比勖存姿更老，但因为他缺乏金钱名誉地位，所以格外显老。

师傅问我还想学什么。

我想一想。"弹棉花。"我说。

他笑。

我想学刻图章，但是我不懂书法。弹棉花在从前是非常美丽的一项工作，那种单调而有韵味的音响，工人身上迷茫的汗，太阳照进铺面，一店一屋的灰尘，无可奈何的凄艳，多像做人，毫无意义，可有可无，早受淘汰，不被怀念，可是目前还得干下去，干下去。

勖存姿看着我说："呵，你这奇怪的孩子，把一张张白纸裱起来，为什么？"

我笑笑。"菩提本无树，明镜亦非台。我们岂一定要裱乾隆御览之宝。"

他笑得很茫然。勖存姿独独看不透这一关，他确信钱可通神，倒是我，我已经把钱银看得水晶般透明，它能买什么，它不能买什么，我都知道。

我陪着他度过这段困难的时间，镇静得像一座山。但是当家明来到的时候，我也至为震惊。我看着他良久说不出话来，一颗心像悬在半空。

"家明——"我哽咽地。

"我是约瑟兄弟，"他和蔼地说，"愿主与你同在，以马内利[1]。"

他剃了平顶头，穿黑色长袍，一双粗糙的鞋子，精神很好，胖了许许多，我简直不认得他，以往的清秀聪敏全部埋葬在今日的纯朴中。

"家明，勖先生需要你。"我说。

"请勖先生向上帝恳求他所需要的，诗篇第二十三篇：耶和华是我的牧者，我必不致缺乏——"他说。

---

[1] 以马内利：意思是上帝与我们同在。

"家明——"我黯然。

"我的名字是约瑟。"家明说。

"信上帝的人能这么残忍？"我忽然发怒，"耶稣本人难道不与麻风病人同行？你为什么置我们不理？"

"你们有全能的上帝，"他的声音仍然那么温柔，"何必靠我呢？'在天上我有谁呢？''在地上我也没有所爱慕的。''人都是说谎的。'姜小姐，你是个聪明人，你想想清楚。"

"上帝？"我抓住他的袍角，"我怎么能相信我看不见的人？"

"'那没有看见就信的，有福了。'姜小姐，我们的眼睛能看多深，看多远？你真的如此相信一双眼睛，瞎子岂不相信光与电，日和月？"

"家明——"我战栗，眼泪纷纷落下。

"只有主怀中才能找到平安。"他说，"姜姐妹，让我为你按首祷告。"

"家明——"

"姜姐妹，我现在叫约瑟。"他再三温和地提醒我。

他轻轻按着我的头，低头闭上眼睛，低声开始祷告："我们在天上的父，愿人都尊你的名为圣，愿你的国降临……"

我叫："不，家明，我不要祷告，家明！"

他睁开眼睛："姜姐妹——"

我泪流满面。"家明，我是喜宝，我不是什么姜姐妹，在这世界上，我们需要你，我们不需要一本活《圣经》，你可以帮助我们，你为什么不明白？"

"我不明白，"他平静地说，"你不明白——"

"我不明白什么？我不明白上帝？"我站起来问他，"他可以为我做什么？你要我怎么求上帝？"

"安静，安静。"他把手按在我肩膀上。

我瞪着他，苦恼地哭。

勖存姿的声音从我身后传来："喜宝，让他回去吧。"

我转过头去，看见勖存姿站我身后。我走到露台，低下头。

"你回去吧，家明。"勖存姿说。

"谢谢你，勖先生。"宋家明毕恭毕敬地站起来，"我先走一步，日后再来。"

女佣替他开门，他离开我们的家。

"勖先生！"我欲哭无泪。

"随他去，各人的选择不一样。"他说。

可是宋家明，那时候的宋家明。

勖存姿重新把自己锁在书房里。

辛普森跟我说："你出去散散心吧，去打马球。"

"我情愿打回力球。"我伸个懒腰。

"那么去澳门。"辛普森说。

"赌？"我想到那个金发女郎，她可以输净邦街的地产。我不能朝她那条路子走。

"不。"我说，"我要管住我自己。我一定要。"

"你每日总要做点事，不能老是喝酒。"

我微笑，抬起头。"你知道吗，辛普森太太，我想我已经完了。"

"你还那么年轻。"她按住我的手。

我拨起自己的头发，用手撑住额角。"是吗，但我已经不想再飞。"

"姜小姐，你不能放弃。"

我叹口气。"为什么？因为我心肠特别硬，皮特别厚，人特别泼辣？别人可以激情地自杀，我得起劲地活到八十岁？真的？"

辛普森无言。

"谢谢你陪我这些年。"我拍拍她的手。

"是我的荣誉。"她衷心地说。再由衷也还是一副英国口吻，夸张虚伪。

我摇摇头。

"你可觉得寂寞？"

"不。勖先生不是日日夜夜地陪伴着我？"我说。

辛普森叹口气。

一个深夜，勖存姿跟我谈话。他说："喜宝，如果你要走，你可以走。"

"走？我走到什么地方去？"我反问。

"随便什么地方，你还年轻……"

"离开你？你的意思是叫我离开你？"我问。

"是的，我的生命已将近终结，我不能看着叫你殉葬，你走吧。"他眼睛没看我。

我很震惊，勉强地笑："勖先生，请不要把我休掉。"

他仰起头笑两声："你这话叫我想起一段故事。"

我看着他。

"林冲发配沧州，林冲娘子赶进去说：'你如何把我休了？'你又不是我的人，如何用这'休'字？"

"你又叫我到什么地方去？"我摊手，"世界虽大，何处有我容身之地？谁来照顾我？谁担心我的冷暖，叫我与谁说话？"

"我总比你早去，到时你还不是一个人，不如现在早出去训练一下独立精神，你会习惯的。"

"我当然会习惯，像我这种贱命，"我还在笑，嘴角发酸，"可是我的精力要等到最后一步棋子才发挥出来，无谓时不想浪费，现在时间还没到。"

"你为什么不肯离开？"

我不出声。

"带着我的钱，你出去活动活动，一年半载就成为名女人，我会帮你，你甚至可以用我的姓：勖姜喜宝。你别说，我这个姓还顶值尊敬。届时追求你的人不知多少，你总能挑到个好的嫁出去，即使嫁不掉，也能夜夜笙歌，玩个痛快，好好地出风头——何必跟着个行将就木的老头子挨闷气？"

我燃起一支烟，深深抽一口，我说："勖先生，这种女人香港也很多，你认为她们快乐吗？"

"你认为你现在快乐吗？"他说。

"我喜欢现在这样。"我说。

"那么多皮裘晚服与珠宝都心焦。嫦娥应悔偷灵药。"

"我喜欢穿大衬衫与牛仔裤。"我说。

"为什么？"他问。

"开头的时候，为了钱，为了安全，为了野心；到后来，为了耻辱，为了恨，为了报复；到现在，勖先生，请不要笑我，现在是为了爱。我爱你。"我说。

他一震，没有看我。

"自幼到大，我不爱任何人，也没有人爱我。我不对任何人负责，也没有人对我负过责任。我不属于任何人，也没有人属于我。可是现在我知道我应该留在什么地方。"

"你是可怜我这老人？"

"你？"我苦笑，"瘦死的骆驼比马大，你勖先生再过十年跑出去，要多少二十来岁的女孩子争着扶你？"

"为什么你不走出去让许多二十来岁的男孩子来扶你？"

"我看穿了他们，每一个。"我乏味地说，"我怎么知道他们要我的心还是要我的钱？做一个女人要做得像一幅画，不要做一件衣裳，被男人试完又试，却没人买，待残了旧了，五折抛售还有困难。我情愿做一幅画，你勖先生看中我，买下来，我不想再易主。"

"主人死了呢？"

我站起来。"死了再说，我活一天算一天，哪里担心得这么多！你死了再说！"我急躁起来。

"你的脾气一点也不改。"他微笑。

"很难改。"我又坐下来，"连勖存姿都容忍我，别人，管他呢。"

他喃喃地说："我也看不到有什么好的男孩子……以前家明是好的……像家明这样的男孩子也不多了。"

家明。

我温和地说："别替我担心。天下没有十全十美的事，这种事可遇而不可求，多想无益。"

"可是你老关在家中……"他担心得犹如慈母一样。

"他会来敲门，你放心。"我说，"该我的就是我的，逃不了。"

"你真是不幸。"他拍拍我的肩膀，说道，"喜宝——"

"我倒不觉，你再提醒我，我倒真的要患自怜症了。"我说，"凡事不可强求。"

"你真看得开？"他犹自担心。

"我看得有千里开外。"我点点头，"因为我不得不看得这么远。"

"以后的日子怎么过？"他问。

"一日一日地过，像世界上每一个人那样过。"我说。

"不后悔？"他问。

我坦白地说："后悔管后悔，过管过。"

他不出声，过一会儿说："好，随得你。"

我试探地问："我要不要去看看勖太太？"

"如果她要见我，她会上门来。"

这样子便结束了我们的谈话。我始终不知道欧阳女士是如何嫁的勖存姿。她的出身暧昧，她的容貌不见空前绝后——总有个原因。我没有问，我已学会永不问任何问题，是以我是个最好的情妇。他有空，我陪他，他没空，我等他。

有没有意义是各人价值观点问题，养孩子有什么意义？生命有什么意义？一艘渡海轮沉没海底，社会有什么损失？活着的人照样饮宴嫁娶。地球爆炸消失，宇宙有什么损失？我干吗要打扮得花枝招展到扶轮会、狮子会去跳舞？

我想到聪恕。我叫辛普森去打听聪恕。

辛普森拨电话到石澳的勖府去。啊,石澳的勖府,聪慧开着她的黑豹小跑车来接我到她家去玩,像是七个世纪前的事。

辛普森摇头说:"他们那边用人不懂英语。"

我反问:"你为什么不学广州话?这里是中国人的地方。"

我自己找到勖夫人。她有点糊涂,一时弄不清楚我是什么人。我很意外。

我说:"我是姜喜宝。"

"啊,姜小姐,"她声音倒是很平静,并不十分伤心,"什么事?"

"勖先生想问一声,你近些日子可好。"

她一阵沉默。

"我想来拜访你,"我说,"我可以来吗?"

"可以。"她说,"我也正静着,有个人说说话不妨。"

"那么我现在来。"

"你喜欢吃些什么?现在我们这儿日日下午做下点心。"

"中的还是西的?"我问。怎么问得出。

"春卷、糕点这些而已,还炖点参,可合口味吗?"

"可以。"我说,"我下午就来。"

我告诉勖存姿,我要上石澳他家。

他不以为意。"你去干什么?闲得慌?不如找些有意义的事做。"

我没有吭声,但下午还是去了石澳,自己开的车。

勖太太穿着旗袍与绣花拖鞋迎出来,静静地打量我,然后说:"这回子瞧你,比聪慧还小着几岁似的。"

提起聪慧的时候，声音也没有什么异样。

我坐在她对面。她把点心拿到我面前，看着我吃，因此我吃得很多。她又把茶盅递给我，问我："勖先生可好？"

我想了一想，咽下食物才答道："精神倒还好，但是心情欠佳。"

我发觉我做勖存姿的"人"久了，渐渐也就成为习惯，他们都开始承认我。

"也难怪他哩，我也病了好久，聪慧没影子，聪憩又没了。"她眼睛红红，"我不过是挨日子，一点意思都没有。聪慧也是的，总不想想她爹娘，真忍心，如今的年轻人都这么任性，说去就去，一点留恋都没有，母女一场，没点情意。"但是语气中抱怨多过伤感，"我去问过佛爷，都说还活着。求过签，也一样讲法，可是我还是想见到她，真死在我面前，我倒死了条心。"呜呜咽咽哭起来，仍然是受委屈、生了气的眼泪，而不是伤心。

我呆呆地坐着。

我能做些什么呢？

"我想到聪慧房间坐坐。"我说。

"日日等她回来，天天抹灰尘，什么都没动过，你上去吧。"勖太太说。

我走到聪慧房间，轻轻推开门。向南的大睡房连一个小客厅。梳妆台上放着一整套的银梳子，水晶香水瓶子，我捏捏橡皮球，喷出一股"蒂婀小姐[1]"香味。我茫然想，这正

---

[1] 蒂婀小姐：迪奥小姐，Miss Dior。

是聪慧的作风，拣香水也拣单纯的味道，换了是我，就用"哉[1]""夜间飞行"。

一本画册被翻开在高更的《大溪地女郎》[2]那面：红色的草地，金棕的人面。银瓶里的一枝玫瑰花——真是小女孩气。想必女佣还日日来换上新鲜的花。

白色瑞士麻纱的床罩，绿色常青植物。聪慧永远这么年轻可爱。我坐在她的摇椅里，头搁在一边。上帝没有眷顾她一生，多么可惜。

我深深叹口气。像我这种人，早已遭遗弃，上帝看不看我都是一辈子，但聪慧……粉墙上挂着原装米罗版画，还有张小小张大千的工笔仕女图，一切都合她身份。

我拉开她书桌抽屉，她并不写日记，厚厚的一本通信簿，里面尽是些著名的金童玉女的电话地址。现在的舞会欠了勖聪慧，他们有没有想念她，过一阵子也忘了吧？

我站在小露台上一会儿，回来拨一拨水晶灯上坠子。她现在在哪儿？过惯这般风调雨顺的生活，她真能适应？能过多久？几时回来？

勖夫人在门口出现，她说道："我待她很好哇——我事事如她意，要什么有什么，她父亲也疼她……"

我明白勖存姿不回来这里的原委。

我问："聪恕呢？"

---

[1] 哉：让·巴杜（Jean Patou）的JOY，是"世界上成本之最贵"的香水。

[2]《大溪地女郎》：《两个塔希提妇女》，是高更的一幅油画。

"聪恕在医院里。"

"你们让他住医院这么久，有一年多了吗？"我震惊。

"没法子，回来实在闹得不像话。"她叹口气坐下来。

"怎么个闹法？"我很害怕。

我说："不能让他在医院里自生自灭，那种地方——你知道他们是怎么对付病人的。"

"那是私家医院，不同的。"

"你有没有去看他？"

"自然有，连我都不认得了，拖鞋连热水壶往我头上摔……"

"勖先生知道吗？"我往后退一步。

"怎敢让他知道啊！"勖太太坐下痛哭，"我都没个说话的人，眼看小的全不活了，我这个老不死的还摆在这里干什么呢？"

我如五雷轰顶似的，过了很久，定定神，站起来说："我要去看聪恕，你把地址给我。"

"我叫司机送你去。"勖太太站起来说，"可是他不会认得你。"

"不！如果他还记得人，他就该记得我。"

我坐勖家的车子到达疗养院。很美丽很静的地方，草地比任何网球场都漂亮。

我抹一抹汗，跟门口的护士说："我来看勖聪恕。"

那护士看我一眼。"勖聪恕？他住二楼，二〇三房。"

"他如何了？他危险吗？"我有点害怕。

"他，不是危险病人，我们这里没有危险病人。"护士有一张年轻的小圆脸，她说，"可是我们预防他随时恶化。"

"他恶化了没有？"我问。

"他没有进步，时好时坏。"她带我上楼，"勖家很有钱，不是吗？"她笑笑，"他们不愿意接他回家，说是怕影响他父亲的心情。"

"他不再认得亲友？"我问。

"看他心情如何，大多数时候他很文静。住我们这里的病人，大多数希望得到亲友更多的关注。"她笑，"你明白吗？其实没有什么大事。"

我有点放心。我明白聪恕的为人，他永远不愿长大，一直要受宠爱，一直要人呵护，也许这只是他获得更多宠爱的手段。

护士敲敲二〇三的房门，跟我说："唤人的时候请按铃。"

我推门进去。

聪恕衣着整齐，躺在露台的藤椅上看书。

我已经在微笑了。"聪恕。"我叫他。

他没有放下画报。

我走到他身边，端张椅子坐在他身边。"聪恕，是我，我来看你。"

他仍然没有放下画报。他在看《生活》杂志。

他放下画册，看着我，眸子里一股死气。

我心中抱歉。"聪恕，让我们讲和，我们再做朋友，我现在回香港住，我天天可以来看你，好不好？"

他不答。

"聪恕，你知道你两个姐妹都不在了，你父亲只剩下你，你得好好地振作起来。"

他把画册又拿起来。我按下他的手。但是他的手不再潮热。他的面孔还是那么秀美，可是不再有生气。我忽然发觉护士把他的病情估计得太轻。

我握住他的手，心中发凉，我轻轻地问道："你听得我说话吗？"

聪恕呆呆地瞪着我。

"我是小宝。"我说，"记得吗？"

他又拿起画报。

我抢过那本《生活》杂志，发觉里面是一页页的厚纸板，空白的厚纸板，一个字也没有，只得两张封面封底，我像看见一条毒蛇似的，把那本杂志摔到地上。

我按铃。

护士进来。不是先头那一个。

我指着地板上的"书"，忍不住惊恐。

护士耸耸肩，手插在口袋里，闲闲地说："他们都说要看书，我们只好给他们看。"

"他不认得我！"我说。

"小姐！这里是精神病疗养院，这里不是游乐场，他凭什么要认得你？你要不要他起身迎接你？"护士讽刺地说完，转身走开。

完了。我想，完了。若果勘存姿知道这个消息……我不敢想下去。

聪恕呆呆地坐在藤椅里。我再走过去，蹲在他身边，摇撼他的手臂。

"聪恕，你仔细看看我，你不是一直想见我吗？我现在在这里。"聪恕一点知觉也没有，我浑身战栗起来，于是把他的手按在我脸上，"聪恕！我是喜宝！"我大声叫喊，"聪恕！"

我的心掉入无底深渊。

"说一句话，随便什么话。"我求他，"聪恕。"

他看着我，脸上的表情仿佛在可怜我同情我，一种惋惜，带点自嘲，他脸上有这个表情。

我说："聪恕，我知道你不原谅我，至少你骂我几句。你开开口，聪恕，我每天来看你。"

他什么也不说，只坐在那里，到后来索性闭上眼睛。

我坐了近一小时，忽然大笑起来。生命是这么可笑，我们大可以叠起双手，静观命运的安排与转变，何必苦苦挣扎。我笑得直到护士走来瞪着我，才站起来走。

勖家的司机我是认得的，他趋向前来问我："姜小姐，少爷如何了？"

我说："他不认得我。"

司机默默把我驶回勖家。勖太太又迎出来，拉住我："你去了这么久。"

聪恕不再认得我。我这个人现在对他来说，一点意义也没有，他清醒了，他终于清醒了。

她问："聪恕有没有说什么？"

"没有。"我说，"他很安静。"

"有时候他很吵。"勖太太说。

我忽然发觉她老了，很啰唆，而且不管我是什么人，她仿佛不愿意放我走，只要有人听她说话，陪她说话，她已经满足。

我说："我要回去了，明天再去看聪恕。"

勖夫人的眼泪又挂下来："你说他……他还管用吗？"

"我不知道。"我说，"我不知道。"

没多久之前，一块冰冷的钻石便能令我脉搏加速，兴奋快乐，我那时是如此无知，如此开心，真不能想象。那只是没多久之前的事。

回到山顶的家，我喝了很多酒，陪勖存姿吃晚饭。

勖存姿说："小酒鬼。"

我笑一笑。他仿佛有点高兴。

"勖先生，你的生意都交给些什么人？"我问。

"你不是真的有兴趣知道吧？"他问。

"不。"我叹口气，他什么都看得穿，我最最怕他知道聪恕现在的情况。

"你下午在什么地方？"他问，"真去见了我妻子？"

他又开始担心我在哪里，这证明他真的振作了。我小心翼翼地说："是，我去见过她，又去看聪恕。"

"你跟她有什么好说的？"勖存姿问。

"她跟以前不同了……老很多，对我并不反感。她很……想念聪慧，又担心聪恕。"

"聪慧一点消息也没有。"他说，"我派了好些人上去找她。这孩子，白养她一场。"

"或者她已不在北京，或者在苏北，或是内蒙古，教完一所小学又一所——"

"为什么不写信？"勖存姿心痛地说。

"孩子们很少记得父母，"我说，"'痴心父母古来多，孝顺儿孙谁见了。'"

"一封信，我只不过想看到她亲笔写的字。"

"我觉得她活得很好，家明说过，她求仁得仁，便是她最大的快乐。"我分辩。

"但是我只想看她一封信！"

我维持沉默。勖存姿比不得一般老人，他不接受安慰开导。

过一会儿他问："聪恕好吗？"

"他的话很多。"我尽量镇静。

"我说过不想你再见他。"勖存姿皱上眉头。

"他需要人陪他说话，他寂寞。你知道他。"

"他？"勖存姿冷笑，"我自然知道他！他活得不太耐烦，巴不得生场病挟以自重，没想生出瘾来了，家里一时多事，也任得他闹。"

我不敢出声。

"我不赞成你去看他。"他说。

"只有我去看他。"我说，"你想还有谁呢？我要爱上他，早就嫁了他，你未必阻止得了。"

"你还是用这种口气跟我说话！"勖存姿忽然发怒，"你知道聪恕，他抓到这种机会，还能放开你？"

"我保证他不会！"我说，"他有病，他需要心理治疗。"

勖冷笑："我劝你别把自己看得太重要，你以为你是他的心药？连他自己都不知道他要什么！"

"我已决定明天去看他，我会日日去看他。"我耐心地说，"我希望他会痊愈，不因为其他的原因！因为他是你的儿子。"

"他根本没有病！"

"你上次去见他是什么时候？"我反问。

他不响了。

"让我去见他。"我请求。

"你老是跟我作对！"他说，"连我叫你走都不肯走，你是跟我耗上了。"他的声音转为温柔，"你这个孩子。"

我走到他面前，他把我拥在怀内，我把脸靠在他胸膛上。

"你瞧，"他说道，"终于等到我有空陪你，又可惜快要死了。"

"只要你现在还没有死。"我倔强地说。

"小宝，我爱你就是为你的生命力。像你这样的女孩子……迟暮的老人忍不住要征服你，即使不能够，借一下光也是好的。"

我紧紧地抱住他。

"你放心，我不会亏待你。"他喃喃地说。

"我什么也不要，你把一切都收回去好了，我只要你。"

"我只是一个糟老头子，把一切都收回来，我跟一切糟老头子并没有两样。"

"但你爱我。"我说，"其他的糟老头子不爱我。"

"哪个男人不爱你？说。"

"直到你出现，没人爱过我。"

他感动，我也感动。我们都除下面具，第一次老实地面对赤裸裸相见。

我到长洲神学院去找宋家明。

在传达室里见到我，我与他握手，称他"约瑟兄弟"。

"姜姐妹，你也好。"他温柔地说，"你可是有事？"

"是的。我想说说以前的事，约瑟兄弟，你不介意吧？"

"当然不介意。上帝是真神，我们不逃避过去。"

"约瑟兄弟。"我开始，"你可记得一个叫冯·艾森贝克的人？"

他一震，随即平静下来。他答："他已不在人世了。"

"可是这件案子，当事人可还有危险？"我问道。

"有一个马夫在猎狐的时候不当心猎枪走火，射杀冯·艾森贝克。他现时在服刑中。"

我安下心。

"他出狱时会得到一大笔报酬，这是一项买卖。"他说。

我点点头："谢谢你，约瑟兄弟。"

"当事人在法律上毫无问题。他良心如何，我不得而知。"他低下头。

"你呢，约瑟兄弟？"

"我日夜为此祷告，求上帝救我的灵魂。"

"这是你入教的原因？"我问，"你们都是为了逃难？"

"不。我认识了又真又活的上帝。"

"好的，我相信你。"我叹一口气。

"每个人都好吗？"他殷勤地问。

"不好，都不好。尤其是聪恕，我昨天去看过他，他连我都不认得了。"我说，"我想与你商量一下，该怎么处置这事。"

他又是一震，脸色略变。

"勖先生不知这件事，我不主张他知道，能瞒他多久是多久。可是聪恕，我想替他找个好医生，不知道你是否可以帮我。"

"我可以为你祷告。"

"你不是和尚，不理任何世事，我需要你的帮忙，今天下午与我一齐去看聪恕。你们难道不做探访的工作？抑或是你信心不够，怕受引诱？"我说。

约瑟兄弟仍然心平气和，低头思想一会儿，然后说："我陪你去。"

"谢谢你。"我说。

"谢谢主。"

我与他一起离开长洲。船上风很劲，可是我们一句话也没有。这人是约瑟兄弟，不是宋家明，宋家明是戴薄身白金表，穿灰色西装，戴丝领带的那个风度翩翩的脑科医生。宋家明的聪敏智慧、宋家明的风姿仪态……然而宋家明也死了。

我看看身边的约瑟兄弟——我认识他吗？并不。我们对宗教总是向往的，向往死后可以往一个更好的世界，西方极乐，我们渴望快乐。爱是带来快乐最重要的因素，我们因此又拼命追求爱，一点点影子都是好的。

我跟家明说："生命真是空虚。"

他微笑："所罗门王说生命是空虚中的空虚。"

"所罗门王？那个拥有示巴女皇的所罗门？"

"是的，聪明的所罗门王。"他点点头，"可是你看田里的百合花，它不种也不收，但是所罗门王最繁荣的时间，还不如它呢。"

我侧转头，我不要听。

不是我凡心炽热，但我不是听天由命的人，即使兜了一个大圈子回来原处，但花过力气，我死得眼闭。

"你最近好吗？"他问我。

我点点头。"不坏，还活着，我不再像以前那么自私，现在比较懂得施与受的哲学。脾气也好了，心中没有那么多埋怨，现在……兵来将挡，水来土掩。"我长长叹口气。

"你还是抱怨。"他笑笑。

"或许是。"我说，"没有不抱怨的人，"我也笑，"做人没有意义。也许神父修女也有烦恼，只是不好意思说出来。"

他微笑，不出声。

我说："念一次主祷文只要十五秒钟。我也常常念。"

他不出声。

我闭目养神。他肯陪我看聪恕，我已经心满意足。以前他随传随到，勷家谁也不把他当一回事，只当他是个特级管理秘书长。现在……人就是这点贱。

船到岸，司机在码头等我们。我让他先上车，他也不退让。宋家明真把他自己完全忘记了。以前他非等所有的女士上了车不可的。

他真勇敢。我能学他吗？我能忘记自己？

我们到达疗养院。

聪恕在午睡。

我觉得又渴又饿。宋家明跪在聪恕床边祷告。

我去找医生商量："我们需要一个好医生，专门看他。"

"这里的医生原是最好的。"

"他需要更多的关注。"

"他可以出院回家，情况不会更好。"

"外国呢？瑞士可会好点？"

"一般人都迷信外国的医生，其实在这里我们已有最完善的设备。"

"我们想病人尽快复原。"

"小姐，有很多事是人力有所不逮的，你难道不明白？"

"你的意思是，我们在上帝的手中？"

"你可以这样说。"

我回到病房，宋家明仍然跪在那里祷告，聪恕已经醒来，莫名其妙地看着他，又看着我。

我还是决定替聪恕转医院。宋家明其实什么忙也帮不了。我取到勖夫人的签名，把聪恕转到另一家疗养院。护士们仍然一样的刻薄，医生们一样的冷淡，但是至少有点转变。

我每日规定下午两点去看他，每天一小时。

我大声对他读书。我与他说话。但是得不到回音。

他在扮演一个聋哑的角色。

我天天求他："聪恕，与我说话，求求你。"

我甚至学着宋家明，在他床边祷告。日子一天天过去，多日之后，他没有一点起色，家中带来营养丰富的食物使他肥胖，他连上浴间都得特别护士照顾，每天的住院费用是七百多元港币。

两个月之后，勖存姿说："聪恕最近如何？"

"老样子。"我不敢多说。

"我想出一次门。"他说。

"我陪你去。"我不加考虑地说。

"不，你留在香港。"

"为什么？有哪里我是去不得的？我在寓所等你就是了。"

"我去看看老添。"他说，"顺便结束点业务。"

"一定不准我去？"

"我去几天就回来。"他温和地说道，"你怕？"

"打电话给我。"我说。

"我会的。"

"看到漂亮的女孩子，少搭讪。"我说。

他没有笑。他只是说："我难道不正拥有全世界最漂亮的女孩子？"

就在他走的第二天，聪恕开口讲话。

我在读《呼啸山庄》。

他把头抬起来说："今天天气好极了。"

我一惊，低着头，不敢表示惊异，但是心跳得发狂。

我翻过一页书，轻轻地读下去。

他站起来，踱到露台去，我又怕他发怒，又怕惊动他，一额头的汗，忽然记起诗篇第二十三篇，喃喃读："我虽然行过死荫的幽谷，也不怕遭害……"

聪恕说道："今天的天气的确很好。"他的结论。

那日我赶到勖夫人那里，来不及地把"好"消息告诉她。她听了，不说话，可是拥抱着我痛哭起来。

"为什么哭，他不是说话了？"我问。

"没有用的，然后他就开始发疯，把他隔离关一个月，锁住他，他又静一阵子，没有用的。"

我如顶头浇了一桶冷水。

"我不放弃。"我坚决地说。

过一天我读书的时候，聪恕把我的书抢过，一把撕得粉碎。我默默地看着他。他对我露齿狞笑。对。谁叫我对他疏忽了这么多年，我活该受他折磨。他扑过来打我，我推开他。他的力气大得出奇。

他用手出力地扼住我脖子，我用手扳开他无效，唤人铃就在身边，但是我没有按铃，这样子也好，让他扼死了我，我一按铃他就会被关进隔离室。忽然间我自暴自弃起来——注定我会这样死吗？不见得。

渐渐地我身体轻起来，像飘在空中，视线模糊，失去听觉，但心头清醒得很。

终于聪恕绊跌了茶几，发出巨响，护士进来拉开他，扶起我。我什么也不说，看着聪恕在地上打滚，孔武有力的男护士把他按住，替他穿上白色的外套，把他双手反剪绑在背后，聪恕挣扎，开口尖叫恶骂，他开始说话，一分钟说好几十句。

我静静地听他叫着："……给我……这些都是我的，你们偷我的东西！偷我的东西！"

护士们把他扯将出去，我蹲下来问他："聪恕，我是喜宝，你认得我吗？我是喜宝。"

他瞪大眼睛看牢我，忽然张口吐得我一头一脸的唾沫。

护士跟我说："小姐，你回去吧。"

我心力交瘁地回到家中，不知道明天该不该再去看聪恕，我只觉万念俱灰。

辛普森说："姜小姐，明天又是另外一天。"

我点点头，连说话的力气都没有。

"姜小姐，我看你还是把这件事告诉勘先生吧，这又不是你的错。"

"这是几时开始的？"我问，"我只知道他在精神病院偷跑出来到英国看过我，情况很好，正像勘先生所说，他是故意生病挟以自重，怎么匆匆一年，就病成这样神志不清了？"

辛普森说："姜小姐，连勘先生自那次之后，都没再见过他，你何必内疚？"

我撩撩头发。"我没有内疚。"我说，"我只觉得这是我的责任，病人应该有亲友陪伴，我明天会再去。"

"有什么分别呢，姜小姐，他甚至认不出是你。"

"对我来说，是有分别的。"

"姜小姐——"

我按住她的手，辛普森不出声了。

我闭上眼睛问她："可喜欢香港？"

"美丽的城市，我很喜欢。"

"我们也许就此安顿在这里，你有心理准备吗？"我问。

"我不介意，姜小姐，我为你工作这许多年了。"

"辛普森太太，没有你，我还真不知怎么办。"

她微笑："我们成习惯了。"

"谁说不是呢。"我说，"既然如此，你就陪我到底也罢。"

"勘先生最近精神仿佛好点，"她问，"他到底多大年纪？"

"我真的不知道。"我说，"我知道他的事很少很少，他做的是什么生意我也管不着。"

"有没有六十？"辛普森好奇地问。

"不止了。"我笑笑。

"你从来没有查过他？"辛普森问。

"查？怎么查？跑到他书房去翻箱倒箧？我不是那样的人。他怎么说，我怎么听，我怎么信。不然怎么办？我既没做过妻子，又不知道一个情妇有什么权利。"

辛普森隔一会儿说："可是勖先生真的对你很好。"

我说："他不错是对我好。他的方式不对。"

"可是总结还是一样，他爱你。"

"是。"我说，"世界上我只有他了。"

"你可以依靠他。"辛普森说，"虽然他年纪大，但是他会照顾你一生一世。"

"一生一世。"我复述，忽然大笑起来。

"我说了什么好笑的事吗？"辛普森愕然问。

"对不起。"我说，"我的一生一世，我真不明白，我的一生一世原来是这样的。"

"有什么不好呢？"辛普森不明白。

"什么不好？"我反问。

"女人的最终目的难道不都如此？你现在要什么有什么。"

我马上问："幸福呢？"

"你还年轻，姜小姐，你才二十六岁，再隔十年，你爱嫁谁就嫁谁，幸福在你的双手中，一个女人手头上有钱，就什么都不必怕。"

"有了钱什么都不必怕？"我笑问。

"自然。"

"我们中国有个伟大的作家叫鲁迅，当时有大学生写信问鲁迅：'作为大学生，我们应当争取什么？'鲁迅答大学生：

‘我们应当先争取言论自由，然后我才告诉你，我们应当争取什么。'假如有人来问姜喜宝：女人应该争取什么？我会答：让我们争取金钱，然后我才告诉你们，女人应当争取什么。"我大笑，"这唤作'姜喜宝答女人'。"

辛普森不知道是否真听懂了，她也跟着笑。

我叹口气。

第二天，我去看聪恕，他用痰杯掷我。

我与勖夫人详谈："通常他静一两个月，然后大闹一场，然后再静，再闹，是不是？"

"是。"她又瘦又憔悴，像是换了一个人，只有说话的语气仍是那么慢吞吞的，急也急不来，最心焦的时候只会流眼泪。

"多久了？"我问，"聪恕由假病变真病，有多久了？"

"不记得。"

"你想一想。"我说，"有一次他自疗养院走出来到英国，那时还是好好的。"

"是，他去过英国，这我知道，约一年前的事，那次家明陪他回来香港，回来之后没多久，就恶化起来。"

我点点头："才一年，是不是？"

"是。姜小姐，你看他还有救没救？"

"我不知道。"我说，"我正在设法。"

"勖先生知道没有？"勖夫人问。

"他不知道。"我说，"他目前不在香港。"

勖夫人低下头，悲哀地说："他现在什么都不跟我说了。"

女人。在最困难的环境中还是忘不了争取男人的恩宠。

　　她瘦了这么多。本来肥胖的女人一旦瘦下来，脸上身上都剩一大把多余的皮肤，无去无从，看上去滑稽相。我相信欧阳秀丽以前必然是个美女，她有她那时候的风姿。美女，我们在年轻的时候都是美女。一朝春尽红颜老。这就是我的春天吗？忽然间我只觉得肃杀。现在的勖存姿已非十年前的勖存姿，欧阳秀丽并不知足，她不晓得她拥有勖存姿最好的全部。

　　"他年纪已经大了，在外边做些什么，我不去理他，他也不让我理。"她眼睁睁地看着我，"但是你为什么这样为聪恕吃苦头？你原本可以置之不理。"

　　"因为……"因为勖存姿爱我，因为勖聪恕从前也爱过我。

　　我每天去探望聪恕，我不再朗诵。我端张椅子，坐在他对面申诉。

　　我跟他说我幼年的事。我的恋爱，我的失意，我的悲哀，特别是我的悲哀。

　　我说："我很寂寞，每次听到有人死了，我就害怕，你看人，说去就去了，从此消失在地面上，再也见不到他。像聪恕，她人死灯灭，什么也不知道，而我们却天天怀念她。我还年轻，是否应该做我想做的事？我虽然还年轻，但也不知道下午是否还能活着。真是矛盾。我们都应该快快乐乐过完这一辈子，哪儿来的这么多不如意的事。"

　　他静静地听。

　　我滔滔不绝地倾诉，有时不自禁地流下泪来，每次回家，都舒服得多。

　　两星期之后，勖存姿回来。我在飞机场接他。

他一见到我便说："带我去见聪恕。"

我陪他上车，不出声。

"只有你知道聪恕在哪里，他在哪里？"勖存姿问。

"你不适宜见他。"我说。

"他是我的儿子！"

"他逃不了，他会回来。"

"让我见他。"

"我不会带你去！"

"没有人违反我的命令。"

我厌倦地说："杀掉我吧，我违反了皇上的命令，对不起，我这次不能遵命。如果你相信我，那么把聪恕交给我，在适当的时候，他会来见你。"

"他到底怎么了？"

"他没有怎么样。谁给你提供错误的消息？"

"错误的消息？为什么不让我见他？"

"因为你在这一年内见过太多的死人病人，我不相信你的心脏可以负荷。"

"他是我的儿子。"

"是你老子你也帮不了他。"

"你帮得了？"他暴怒。

"比你总好一点。"

"喜宝，你以为我会永远找不到聪恕？"

"你可不可以停止炫耀你的权势？如果你能找到每一个人，为什么你找不到勖聪慧？"

勖存姿一个耳光打过来。他用尽了他的力气，我一阵头晕，嘴角发咸。

　　他别转头。我自手袋掏出手帕，抹干净嘴角的血，我的嘴唇肿了起来。

　　我平静地跟司机说："停车。"

　　司机已经惊呆了，闻言马上把车子停下来。

　　我推开车门下车。

十

勋存姿的故事是完了，
但姜喜宝的故事可长着呢。

到什么地方去，我茫然地想。先喝点酒吧。我走进一家咖啡店，叫一杯水果酒。

回去吧，我告诉自己，终归要回去的，我不能离开他。在这种时候我不能离开他。我付酒账，出去叫计程车。回香港还没有坐过计程车，只觉得脏与臭，我离开现实的世界已经长久长久，我的老板只是勖存姿。

车子到家门口停下来，辛普森追出来："姜小姐！"

"勖先生怎么了？"我温和地问。

"急得快要疯了，幸亏你回来，不然我们真被他逼死，逼着我们去找你，我们上哪儿去找？你平时什么地方都不去的。"

我奔上楼去，听见勖存姿在那里吼叫："去找她！去找她！"声音里的恐惧很熟悉，哪里听过似的，猛然想起，原来是像聪恕的声音。

"勖先生，我在这里。"我走前一步。

他疾然转身，看到我整张脸涨红。

"喜宝！"

我迎上去。

他抱住我，把我的头往他的怀里按。

"喜宝——"

"对不起。"我抢先说。

"无论你怎样，不要离开我。"

这话从勖存姿嘴里说出来，仿佛有千斤力量。我仅余的一点委屈都粉碎无遗。

"勖先生，我很抱歉，我又发脾气了。"我说，"你见过这样坏脾气的女人没有？"

"没有。"他说，"但是你的脾气发得有道理。"

"任何事都应该好好讲，勖先生，我真不该暴躁，我觉得你不适宜见聪恕。"

"他到底怎么样了？"

"怎么样？病了。病来如山倒，病去如抽丝，现在的情况并不怎么妥当。"

"什么叫'不妥当'？"

"你真的要知道？"

"我还怕什么？"他仰起头笑，"你告诉我好了。"

"他不认得我。"我说，"他神志不清楚。"

勖存姿一震。"不认得你？"他脸上变色。

"他谁也不认得，他不再是他自己。"

"哦。"他低下头，"多久了？"

"一年左右。"

"为什么不早告诉我？我可以去找好的医生。"勖存姿说。

"医生？精神病看医生——"

"喜宝，我们必须把他救回来，我们要尽力，你答应帮我。"

"我当然是帮你的。"我说。

勖存姿在欧美请了最好的医生回来，但是一切都没有变化。聪恕只有在听我说话的时候最安静，仿佛我的声音起了催眠作用。

勖存姿整个人衰老下来。他自己也有两个医生成日跟着。最重要的是，他缺乏振作的动机。

他开始真正地依靠我，开始展露他的喜怒哀乐，他老了。

"喜宝，上帝已开始报复我。"他说。

我握着他的手说："我也认为如此。"我笑一笑，"可是我们要勇敢。"

他非常矛盾。

"喜宝，你何必陪我受苦？"

"我吃了你的穿了你的，不然怎么办？"

"你还是走吧。"他说，"走得越远越好。回英国去。"

"回去干什么？"我问，"剑桥又不算学分，要读还得从第一年读起。"

在夜深的时候他叫唤我的名字，我把床搬到他房里去睡，多年来我们第一次同房，有名无实。

我到这个时候的耐心好得出奇，对着他毫无怨言，常常累得坐在椅子上都睡得熟。

聪恕安静了很久，天天坐在椅子上听我说话。

勖存姿渐渐虚弱，体重大幅减轻，不愿进食。

一日他问我："喜宝，你信不信鬼神之说？"

"这个……仿佛得问家明。"我说,"我不知道。"

"自然。你还年轻,我知道是非到头总有报,但是为什么要报在我子女头上?"他苦笑。

"因为那样你会更伤心。"我说。

"我是一个伤天害理的人吗?"

我说:"当然是,你在做生意的时候压倒过多少人,又有多少人因你寝食难安。每个人都做过伤天害理的事,或多或少。我害人失恋,也欺骗过男人,为着某种目的不惜施手段哄着他们,给他们虚假的希望,这些都是伤天害理。"我说:"有能力的人影响别人,没能力的一群受人影响,一家公司倒闭,群众生计困难,更是伤天害理。"

我说:"发动战争,成千上万的人死去,捏权的看新闻片,只觉战争场面比电影更真实,这些刽子手身上又不溅半点血。我虽不杀伯仁,伯仁因我而死,我希望看着聪恕好起来。"

勖存姿沉默良久。

医生跟我说,他失去了意志力。

"以前勖先生有病,他总比我们之中任何一个人都镇静,他会笑着告诉我们,他很快就复原。心脏病发作这么多次,他都强壮地搏斗,但现在他不一样,现在他放弃了,他似乎不想活下去。"

我听着心如刀割。照顾完勖存姿又奔到聪恕那边去。

医生说:"别担心,他似有进步,脑电波图证明他最近有梦。"

我咽下一口唾沫:"他有没有机会痊愈?"

"很难说，"医生说，"精神病是隔夜发作，隔夜痊愈的病，爱克斯光[1]又照不出毛病来。"

但是勖存姿似等不到聪恕痊愈。他病倒在床上，我整日整夜就是忙着周旋在医生与医生之间操劳。

"我就快要去了。"他跟我说道。

"哦，你昨晚与上帝谈妥了吗？"我笑问。

"我与魔鬼谈妥了。"

"他说什么？让你与加略人犹大同房？"我又笑问。

"我在说真的，喜宝，你别再逗我发笑。"他握住我的手。

"你还很健壮，勖先生，请你不要放弃。"

"我竟不能一世照顾你，对不起。"他说。

"我与你到花园去走走。"我说。

"不必，红颜白发，邻居看到不知要说些什么。"

"我替你请个理发师回来好不好？你的头发确是太长一点。"我笑。

"嗯。"他说，"喜宝，你实在可以离开，这里再也没有你的事。"

"你的生意——"

"我都安排好了，你的生活与那边的生活，我都有数。"

"喜宝，我死后你将会是香港数一数二的富女。"勖存姿说。

"我不想你死。"我说，"你得活下去，我们再好好吵几年架，我不会放过你。"我努力挤出一个笑容。

---

[1] 爱克斯光：Xray，X 射线，常用于医学成像诊断。

他乏力地笑，倒在床上。

电话铃响了，我取起电话。

"姜小姐？这是疗养院。"那边说。

我的心扑通扑通地跳："什么事？"

"你认不认得有人叫喜宝？"他们可问得很奇怪。

"我就是喜宝。"

"那么姜小姐，请你马上来一趟，病人在叫嚷你的名字。"

"我马上来。"我说。

勖存姿问："谁？什么事？"

我怕让他受刺激。"一个老同学，电话打到这里来，我去看一看她。"

"也好，你出去散散心。"他摆摆手。

"我去叫辛普森上来。"我说道。

"我不要见那个老太婆。"他厌憎地说。

"反正我去一去就回来。"我勉强地笑，捏紧拳头，紧张得不得了。

勖存姿起疑，他说："你不像去见女朋友，你像去会情人。"他笑一笑。

我大声唤："辛普森太太！"

"过来。"勖存姿叫我，"让我握握你的手吧。"

"我很快就回来，一个小时。"我说。

"让我握你的手。"他说。

我只好过去让他握住我的手，心头焦急。

"又有什么人在等你？世界上真有那么多比我重要的人？"他缓缓地问。

我蹲下来。"不，没有人比你更重要。"我把头枕在他膝上。

"好，我相信你，你去吧。"他说。

辛普森上来站在我身边。

"我离开一会儿，你好好照顾勖先生。"我说道。

"是。"辛普森照例是那么服从。

我奔到车房，开动车子，飞快地赶到疗养院去。医生看到我迎出来，很责怪我："你来迟了，姜小姐，既然喜宝是你，你该尽快赶来。"

"勖聪恕呢？"我问。

"跟我来。"

我跟着医生上楼去看聪恕，他坐在藤椅上，看见我他叫："喜宝！"他站起来。

"聪恕！"我一阵昏眩，"聪恕！"

他笑："喜宝！"他迎过来。

我奔过去，两手紧紧抓住他的双臂，我不肯放开。"聪恕！"我看他的眼睛，他眸子里恢复了神采，有点恍惚，但是，很明显地，他的神志回来了。

"聪恕！"我用尽所有的力气大声叫他的名字。

"喜宝，发生过什么事？"他焦急地问我。

"发生过什么事？"我笑，然后哭，然后觉得事情实在太美妙了，于是又大笑，眼泪不住地滴下来。

"喜宝，究竟是怎么一回事？"他不住地问我，"我是不是病了？"

我抱住他。"一切都好了，没事，没事。"

我转头看牢医生，医生得意扬扬。"是的，他已完全恢复正常，我们得多谢——"

我连忙说："我看护他是应该的。"

医生扬扬眉，略为意外，然后说："我指的是周小姐。"他把身后的一个白衣女护士拉出来。

"周小姐？"我愕然。

到这个时候，我才发觉有这么个人存在，小小个子，圆圆面孔，五官都挤在一堆，但又不失甜蜜的女孩子，她正谦虚地微笑呢。

我怔住了。

医生说："多亏周小姐日日夜夜照顾勖先生，又建议电疗，她帮他……"

我没有听进去，这医生懂什么？照顾病人根本是护士的天职。

我日日对着聪恕说话……这多半是我的功劳。我跟聪恕说："来，先打电话给妈妈，安慰她一下，你还记得家中的号码吗？"我拉着他向走廊走去。

"当然。"他马上把号码背出来，"我怎么会忘记？"

真奇妙，我真不敢相信，一天之前他还糊涂不醒，现在跟正常人一样了。

我看着他拨电话。我跟医生说："真是的，怎么忽然间恢复正常了。"

医生耐心地说："不是'忽然间'，是周小姐——"

"电话通了。"聪恕转过头来说，"是用人来听的电话。"

"叫你母亲来听没有？"我问。

"等一等，喂？"他嚷，"妈妈？我是聪恕，谁？聪恕。什么聪恕，不是只一个聪恕吗？妈妈——"他又转过头来说，"她好像要昏过去了。妈妈！你来医院？好的，我等你。"他挂上电话。"我到底病了多久？"他疑惑地问。

医生说："周小姐会陪你回房间，慢慢跟你解释。姜小姐，你跟我到一到办公室。"

我兴奋地说："待勖太太一来，勖聪恕就可以出院。"

"我建议他暂时再留在这里一个时期。"医生说。

"为什么？"我问。

"他尚要慢慢适应。"医生说。

"是的，我要马上回去把这好消息告诉他父亲。"我站起来，"我把他父亲接来看看他。"

"也好，勖太太一到，难免又有抱头痛哭的场面。"医生也笑，"在这种病例中，十宗也没有一宗痊愈得这么顺利，姜小姐，或许你想知道我们医疗的过程——"

"最重要的是他已经痊愈了，"我笑，"其他的还有什么重要？"我推开医务室的玻璃门，"我去接他的父亲。"

"姜小姐——"

"等他父亲来你再说吧。"我笑，"那么你一番话不必重复数次。"

医生无可奈何地看着我奔出去。

我把车子开得飞快，途中一直响着喇叭，看到迎面有车子来并不避开，吓得其他的司机魂飞魄散。我从来没有这样轻松过，我想着该如何开口告诉勖存姿，这么大喜的信息，他一听身子就好。不错，聪恕是他的命根，他一晓得聪恕没事，他的精神便会恢复过来，只要他好起来，我们拉扯着总可以过的，我充满希望，把车子的速度加到顶点，像一粒子弹似的飞回去，飞回去。

到了家，我与车子居然都没有撞毁，我在草地上转了一个圈，大声叫："勖先生！勖先生！辛普森太太——"拖长着声音，掩不住喜悦。

我大力推开前门，奔进屋子。"辛普森太太——"

辛普森自楼上下来，我迎上去拉住她的手。"好了。"我来不及地说，"这下子可好了。"

她的脸色灰白。

我住口。

我们僵立在楼梯间一会儿。我问："有事，什么事？"

远远传来救护车的响号，尖锐凄厉。

辛普森说："勖老爷，"她停一停，然后仰仰头说下去，"勖老爷去世了。"

我用手拨开她的身体，发狂似的奔上楼。

我推开勖存姿的房门。我才离开一个小时。才一个小时。

他四平八稳地躺在床上，眼睛与嘴巴微微地张开。

一个老人，死在家中床上。这种事香港一天不知道发生多少宗，这叫作寿终正寝。但这不是一个普通的老人。他是勖存姿。

"勖先生。"我跪在他床前，"勖先生，你是吓我的，勖先生，你醒一醒，你醒一醒。"

辛普森说："我打电话到石澳那边，可是勖太太不在家。"

救护车呜呜地临近，在楼下的草地停住。

辛普森说："我又没法子联络到你，于是只好打九九九。"

我问："他就是这样躺在床上死的？"

"是。"辛普森说。

"临终有没有说话？"

"没有。"

"你没有在他身边？"我问。

救护人员噔噔噔喧闹地上楼，一边问着："在哪里，哪里？"

"他不要我在身边，他说要休息一会儿，我看着他上床才走开的，有长途电话找他，一定要叫他听，我上得楼来叫他不应，他已经是这样子，鼻子没气息，身体发凉。"

救护人员已经推开门进来。

我拿起勖存姿的手。

"让开让开。"这些穿制服的人吆喝着。

我服从地让开，放下勖存姿的手。

辛普森问："姜小姐，我们快通知勖太太，她在什么地方？"

我说："你应该找医生，不应该拨九九九。"

"我……慌了。"辛普森哆嗦着。

他们把勖存姿拉扯着移上担架，扛着出去。我应该找谁？我想，把宋家明找来，他一定要来这一次。但是我知道他不会来，世上已没有宋家明这个人了。

电话铃长长地响起来。我去接听，是勖夫人。

"喜宝，聪恕痊愈了！他跟好人一模一样，你快叫勖先生来听电话。"她是那么快乐，像我适才一样。

我呆着。

"喜宝？喜宝？"勖夫人不耐烦，"你怎么了？"

"勖太太，勖先生刚刚去世，我回来的时候他刚刚去。"我木然地说。

轮到那边一片静寂。

然后有人接过电话来听："喂？喂？"

"勖先生去世了。"我重复着。

"我姓周，姜小姐，你别慌乱，我马上过来帮你。"

"聪恕呢？"我问，"聪恕能够抵挡这个坏消息吗？"

"你放心，这边我有医生帮忙，能够料理。勖先生遗体在什么地方？"周小姐问。

"已到殓房去了。"我说，"他们把他扛走的。"

"你有没有人陪？"她问。

"有，我管家在。"我答。

"好的，你留在家中别动，"她的声音在这一刻是这么温柔中听，镇静肯定，"我与医生尽快赶到。"

"叫勖太太也来，我想我们在一起比较好。"我说。

"好。"她说，"请唤你管家来听电话。"

我把话筒递给辛普森，自己走到床边坐下。

我才离开一小时。一小时，他就去了，没个送终的人。他的能力，他的思想，一切都逝去。他也逃不过这一关。没有人逃得过这一关。

辛普森听完电话走过我这边，我站起来，她扶住我，我狂叫一声"勖先生"，眼前发黑，双腿失去力气，整个人一软，昏了过去。

醒来的时候只有辛普森在身边，她用冷毛巾抹着我的脸。

我再闭上眼睛，但却又不想哭出声来，眼泪默默流出来。

我想说话，被她止住。

"勖太太他们都在外面，勖少爷也来了，还有一位周小姐，律师等你读遗嘱。"她告诉我。

"谁把律师叫来的？"我虚弱地问。

"是勖先生自己的意思，他吩咐一去世便要叫律师的。"

我挣扎起来。"我要出去。"

勖夫人闻言进来。"喜宝。"

"勖太太。"我与她抱头痛哭。

"你看开点，喜宝，他待你是不差的，遗产分了五份，我一份，你一份，聪恕、聪慧，还有聪憩的子女也有一份。喜宝，他年纪已大了……"

生老病死原是最普通的事。数亿数万年来，人们的感觉早已麻木，胡乱哭一场，草草了事，过后也忘得一干二净，做人不过那么一回事，既然如此，为什么我心如刀割？

"你跟勖先生一场，"勖夫人说下去，"他早去倒好，不然误了你一生。来，听听律师说些什么。"

我坐在椅子上，聪恕在我右边。他竟没有看到聪恕痊愈，我悲从中来，做人到底有什么意思，说去便去。

律师念着归我名下的财产，一连串读下去，各式各样的股份、基金、房产……勖存姿说得对，他一死我便是最有钱的女人。毫无疑问。但我此刻只希望他活着爱我陪我。

自小到大我只知道钱的好处。我忘记计算一样。我忘了我也是一个人，我也有感情。

我怎么可以忘记算这一样。

此刻我只希望勖存姿会活转来看一看聪恕。像勖存姿这样的人，为什么死亡也不过一声呜咽。我万念俱灰，我不要这一大堆金银珠宝现钞股票，我什么也不要。

勖夫人的声音在我耳边响起来："喜宝，你还打算在香港吗？"她问我。

"什么？"我转过头去，"对不起，我没听见。"

"你还打算住香港？"她问。

我茫然。不住香港又跑到什么地方去？五年前我什么都有，就欠东风，如今有足够的金钱来唤风使雨，却一点兴致也无。我点点头："是，我仍住香港。"

勖夫人也点点头。"也好，"她说，"大家有个照顾。"

我有什么选择？我毕竟在这个城市长大，这里的千奇百怪我都接受习惯，我不愿搬到外国去居住。

"你搬一层房子吧。"勖太太说，"这里对你心理有影响，而且也太简陋。我与聪恕也想搬家。"

"搬家？"我又反问。

"叫装修公司来设计不就行了？"她说，"很简单的。"

是，我一定要搬，因为从今天开始，我是姜喜宝，我又得从头开始，做回我自己，我不想一直活在勖存姿的影子里，我要坚强地活下去。我搬了家，仍住在山上，离勖夫人与聪恕不远。辛普森跟着我，另外又用两个司机，两个女佣。

我常常听见勖存姿的咳嗽声，仿佛他已经跟着我来了。我心底黯然知道，我一辈子离不了他，他这个人在我心中落地生根，我整个人是他塑造的，我的生命中再也没有人比他重要，他的出现改变我的一辈子。

我请了律师来商量，把我的财产总数算一算，律师说了个数字。

我一惊："那是什么意思？是多少？"

"是九个数目字，八个零。"

"八个零？"我问，"那是多少？"

律师苦笑："那意思是，姜小姐，钱已经多得你永远花不完，除非是第三次大战爆发，或是你拿着座堡垒去押大小，否则很难花得了，你甚至花不完每天发出来的利息。"

"啊。"我说。

"这里是最详细的表格，你名下的财产列得一清二楚。每年升值数次。"

"呵。"我翻阅那沓文件，"什么？连伦敦这家最著名的珠宝店都是我的？"

"是，你是大股东，坐着收钱，年息自动转入瑞士银行户头，银行永远照吩咐自动替你把现款转为黄金。"

"呵。"我说，"我有多少黄金？"

"截至上月十五号，是这个数字。"他把文件翻过数页，又指着一个数字。

"这么多！"

"是，姜小姐，这是你的现款。"他抹抹额角的汗。

我问："我该怎么用？我一个月的开销实在有限，一个最普通的男人都可以照顾我。"

"我也不知道，姜小姐，似乎你在以后的日子里，应该致力于花钱。"他神经质地说。

"怎么花？"我问，"每天到银行去换十万个硬币，一个个扔到海里去？那也扔不光呀。"

"这真是头疼的事，姜小姐。"他尴尬地说。

"嗯。"我点点头。

站在我身边的辛普森直骇笑，合不拢嘴。

"我那座堡垒，我想卖出，价钱压低些不妨。"我说。

"其实不必，勖先生在生时已有人想买，但勖先生没答应，我有买主，可以卖得好价钱。但卖掉未免可惜，单是大堂中那六幅伦勃朗，已几近无价，养数个用人又花不了多少，姜小姐，你需不需要考虑？"

我缓缓地摇头。"我要它来干什么？我再也不会上苏格兰去。"我一个人永生永世留在此地，再也不想动。

"是，姜小姐。"律师说，"我替你办，剑桥的房子呢？"

"卖掉。"我说，"我也不要，把所有房产卖掉变为黄金，我不惯打理这种琐事。"

"但是姜小姐，纽约曼哈顿一连三十多个号码，那是不能卖的，可以收租。"律师指出。

"那么把单幢的房子卖掉，一整条街那种留着收租。"我叹口气。

"姜小姐，除了敝律师行，替你服务的人员一共有八十三名。"他说，"我们还是全权代你执行？"

"是。"我说道，"一切与从前一样，我若需要大量现款，就打电话到瑞士去。"

"对了。"律师笑，"就像以前一样。"

我送走他。一个人坐在客厅中央发呆。以前那种兴致呢？以前每走到一个客厅，心中老暗暗地想：真俗！真不会花钱！

如果那地方给了我，我不好好地装修一下才怪……现在自己的客厅墙壁全空着，连买幅画都没有劲，整个人瘫痪，像全身骨头已被抽走。

我自银行里换了一百万元直版钞票，全是大面额的，一沓沓放在书柜里，闲时取出来在手中拍打，像人家玩扑克牌似的，兴致异常好，一玩可以玩两个小时。

这算是什么嗜好？我想我已经心理变态。

我去看过聪恕数次。如今他真有钱了，一切捏在他自己手中，倒是返璞归真。

聪恕健康得很，只开一部小小的日本车，日常最重要的事是陪他母亲。

他跟我说："——芷君劝我再读书。

"——芷君说：男人总得有一份正当工作。

"——芷君觉得我适合教书。"

我忍不住反问："这个芷君到底是什么人？"

"你不知道芷君？"聪恕惊异，"你当然见过她。"

"谁？"我一点概念都没有。

"她是那个姓周的护士，你忘了？是她看顾我，我才能够痊愈的。"他说。

"呵，是她。"我说。他把荣耀都归于这个护士。

"你觉得她怎么样？"聪恕兴奋地问，"好不好？"

我鉴貌辨色，觉得异样。"很——"我想不出什么形容词，"很斯文。"我对这个周小姐没有印象，她是个极普通的女孩子。但聪恕似乎对她另眼相看。

他说："我觉得她很了不起，很有见解，我与她相处得非常融洽。母亲也不反对我们来往。"他的语气很高兴。

聪恕的性格一向弱，所以在最普通的女子身上，他得到了满足——至少他还是个富家子，这是他唯一的特色。如果我是这个叫周芷君的女孩子，我也不会放弃这种机会，总不见在医院里做一辈子的看护士。日子过去，总有人有运气当上仙德瑞拉。分别是我这个仙德瑞拉碰正勋家的霉运。

聪恕很快地与周小姐结婚。婚礼并不铺张，静悄悄在伦敦注册，住在他们李琴公园的家中度蜜月。

勋夫人叹口气。"我什么都不反对，聪恕这个人……简直是捡回来的，这个女孩子嘛，只要能生孩子便好。"

我沉默着。

"我真是庸人自扰，"勋夫人笑一笑，"还怕她不肯生？越生得多地位越稳固，就像我当年一样，只怕勋家坟场薄，没子孙。"她停一停，"也没有什么坟场，照遗嘱火葬。"

我还是沉默。

日子总会过去，记忆总会淡忘。

周芷君很快怀孕，满面红光，十个月后生个八磅半重的男孩子。那婴孩连我看了都爱，相貌像足聪恕，雪白粉嫩，一出世便笑个不停，并不哭，勋夫人心肝宝贝地叫个不停，整个人融化掉，把名下的产业拨了一半过去给这孙子。

周芷君在第一个孩子半岁大的时候又怀孕，她以后的工作便是生生生，越多越好，聪恕便只会跟在她身后心虚地笑，他何尝不知道他在做些什么，只是他现在也无所谓了，活到哪里是哪里。而他的妻……毕竟还算得体的。

我因为出入"上流社会"，渐渐有点名望，有好几本杂志要访问我，拿我做封面，我拒绝。在香港这种小地方出名，自然是胜过无名望，但是我个人不稀罕。

不过报纸上已经有隐名的文字来影射我，把我说成一个床上功夫极之出色的狐狸精。我一向不看中文小报，是勖夫人看完剪下来转交我的，我们两人读得相视而笑。

也有人来约会我。一半是因为好奇，另一半是因为我本身有钱，不会缠住男人，在这种情况下男人冒险被缠上也是好的，因为他们至少都会爱上我的钱。

男人爱凑热闹，做了"名媛"，一个来约，个个来约。我跟辛普森说："一个礼拜，只有七天，如果要上街，天天有的去，然而又有什么意义？"

"你可以选择一个丈夫。"辛普森提醒。

"呵哈！"我说。

丈夫。

辛普森说："真正知你冷暖的，不过是你的终身伴侣，你的丈夫。"她把这两句话说得似醒世恒言。

我不出声。

"现在当然有人关心你，就算你病，也还有大把人送玫瑰花，在这十五年内是不愁的，但十五年后怎么办？"辛普森振振有词，脸上的皱纹都跳跃起来。

"十五年后？"我微笑，"我早死了。"幸亏人都会死。

"姜小姐，事情很难讲，说不定你活到八十岁。"她像是恐吓我。

"八十岁？即使我嫁人，我的伴侣也死了。"我仍然微笑。

"你会寂寞的。"她拿这句话做终结语。

"我'会'寂寞？"我笑问，"是什么令你觉得我现在不寂寞？我都习惯了。"

"寂寞是永远不会习惯的。"辛普森惋惜地说，"你还年轻，姜小姐。"

我点点头。我明白。但我的价钱已经被勖存姿抬高了，廉价货的销路永远过于名贵货，女人也是货色，而且是朝晚价钱不同的货色，现在有谁敢出来认作我的买主？

勖太太说："喜宝，你还年轻，相信勖先生也希望你获得个好归宿。如果你有理想的对象，没有必要为他守着。"

我觉得他们都很关心我。我可以开始我的新生吗？并不能。在过去五年内发生的事太多，我无法平复下来过正常的日子。勖存姿永远不会离开，他就在我身边，我说过，我时常听到他的咳嗽声。

最近我约会的是年轻大律师，我很做作地穿最好的衣裳，化最明艳的妆，并且谨慎地说话，希望可以博得他的欢心，大家做个朋友。有时候我很听从别人的意见。

但是他与所有在香港中环出入的男人一样，算盘精刮到绝顶，两次约会之后，便开始研究我的底细。他像所有香港人，在世俗的琐事上计较，怕吃亏，永远不用双眼视物，喜欢挖他人的隐私，他不相信他所看见的一切。

他问我："你家中很有钱？"钱对他仿佛很重要。

"是。"我并没有夸张。

"是父亲的遗产？"他又问。

"是。"我答。我已经厌倦了。如此尔虞我诈要斗到几时呢？勖存姿对我的付出是毫无犹疑、不计牺牲的。

感情本是奢侈品，我盼望得到的并不是这些人可以给我的。

我请他到我家来，向他说明，我们以后不会再见面。一般女人身边多如此一个人管接管送，是不错的，但我是姜喜宝，现在的姜喜宝走到公众场所去，随时会引起一阵阵喁喁窃语。一个女人身边有钱，态度与气派永远高贵，我不需要再见他，我讨厌他，我讨厌一般男人。

我领他走遍我的住宅，最后脚步停在书房。

他看见一沓沓的直版现钞，眼睛发亮，失声问："这是什么？"

"钞票。"我简单地答。

"为什么兑那么多的钞票放家里？"他骇然。

"我喜欢，我有很多钞票。"我淡淡说。他转过头来看着我，脸上悔意浓厚，我忽然想到杜十娘怒沉百宝箱之后的李生，这位大律师的表情，不会比李生的面孔好看多少。

我说："原本我可以资助你开一家律师行，对我来说，属轻而易举的事。原来凭你的才能，凭我的资产，做什么都不难。你没想到吧？现在都完了。因为你问得太多，付出太少。"

他低下头，不响。

我说："再见。"

女佣替他把一道道门打开，让他出去。这是给斤斤计较的人一个教训。

他走了以后，我独自倒了酒坐在小偏厅中喝。勘存姿的故事是完了，但姜喜宝的故事可长着呢。

忽然间我心中亮光一闪，明白"譬如朝露，去日苦多"的意思。

去日苦多。

我大口大口地喝着酒。

谁知道姜喜宝以后会遇见怎么样的人，怎么样的事。

我苦笑。

图书在版编目（CIP）数据

喜宝 /（加）亦舒著 .-- 长沙：湖南文艺出版社，2021.5

ISBN 978-7-5726-0097-5

Ⅰ. ①喜… Ⅱ. ①亦… Ⅲ. ①长篇小说—加拿大—现代 Ⅳ. ① I711.45

中国版本图书馆 CIP 数据核字（2021）第 035939 号

上架建议：畅销·小说

XIBAO
喜宝

作　　者：[加] 亦舒
出 版 人：曾赛丰
责任编辑：匡杨乐
监　　制：毛闽峰
策划编辑：李　颖　陈　鹏
特约编辑：王　静
营销编辑：刘　珣　焦亚楠
版权支持：姚珊珊
封面设计：尚燕平
版式设计：李　洁
出　　版：湖南文艺出版社
　　　　　（长沙市雨花区东二环一段 508 号　邮编：410014）
网　　址：www.hnwy.net
印　　刷：三河市兴博印务有限公司
经　　销：新华书店
开　　本：775mm×1120mm　1/32
字　　数：221 千字
印　　张：10
版　　次：2021 年 5 月第 1 版
印　　次：2021 年 5 月第 1 次印刷
书　　号：ISBN 978-7-5726-0097-5
定　　价：49.80 元

若有质量问题，请致电质量监督电话：010-59096394
团购电话：010-59320018